人民共和國文化與文學叢書

八 編
李 怡 主編

第 9 冊

文學出版與國家意識形態的建構
——以人民文學出版社為中心（1949～1976）

宋 強 著

花木蘭文化事業有限公司

國家圖書館出版品預行編目資料

文學出版與國家意識形態的建構——以人民文學出版社為中
心（1949～1976）／宋強 著 -- 初版 -- 新北市：花木蘭文化
事業有限公司，2020〔民109〕
目 4+178 面；19×26 公分
（人民共和國文化與文學叢書 八編；第 9 冊）
ISBN 978-986-518-217-5（精裝）
1. 出版業　2. 國家主義　3. 意識型態
820.8　　　　　　　　　　　　　　　　109010902

ISBN-978-986-518-217-5

9 789865 182175

人民共和國文化與文學叢書
八　編　第九冊　　　　　　ISBN：978-986-518-217-5

文學出版與國家意識形態的建構
——以人民文學出版社為中心（1949～1976）

作　　　者　宋　強
主　　　編　李　怡
企　　　劃　四川大學中國詩歌研究院
總 編 輯　杜潔祥
副總編輯　楊嘉樂
編　　　輯　許郁翎、張雅淋　美術編輯　陳逸婷
印　　　刷　普羅文化出版廣告事業
出　　　版　花木蘭文化事業有限公司
發 行 人　高小娟
聯絡地址　235 新北市中和區中安街七二號十三樓
　　　　　　電話：02-2923-1455／傳真：02-2923-1452
網　　　址　http://www.huamulan.tw 信箱 hml810518@gmail.com
初　　　版　2020 年 9 月
全書字數　169005 字
定　　　價　八編 18 冊（精裝）台幣 55,000 元

文學出版與國家意識形態的建構
——以人民文學出版社為中心（1949～1976）

宋強 著

作者簡介

宋強，先後就讀於河南大學、北京師範大學，文學博士。現就職於人民文學出版社。

提　　要

　　1949 年，隨著中華人民共和國的成立，中國逐步進入社會主義發展階段。從 1949 年至 1976 年，新中國的國家意識形態建構經歷了曲折的過程。在這個建構過程中，文學出版發揮了重要作用。作為出版業的一部分，文學出版經歷了建立國營出版社、對私營出版社進行社會主義改造的過程，出版社經歷了從企業到政治思想機關的轉變。作為文學出版的實施機構，出版社從內部機構設置、出版流程上，在編輯、校對、發行等全環節上強調政治把關作用，確保了出版物政治導向的正確性，為國家意識形態的建構提供了保障。從作家與出版社的關係方面來看，出版社在出版物的選擇和內容上要求具有更多的話語權，但在新的政治環境下，作家與出版社對內容的修改是共同完成的。對作品的修改體現了國家意識形態的要求，它反過來又成為國家意識形態建構的重要手段。

　　本文借鑒了阿爾都塞的國家意識形態機器理論，通過分析意識形態「召喚」作家、文學出版機構的過程，呈現其建構的過程和複雜性。在阿爾都塞看來，國家意識形態機器包括教育、法律、政治制度、傳播、文化等許多方面，而文學出版是國家意識形態機器的重要組成部分。文學出版通過影響個人的思想意識和情感，灌輸政治立場和政治意識，讓個體與作家的立場產生共鳴，從而統一到意識形態的規範中，一起被「召喚」為主體。所以，研究文學出版與國家意識形態機器之間的關係，就顯得格外重要。

　　人民文學出版社作為新中國唯一一家以文學出版為專業的國家出版社，承擔了國家意識形態建構的重要責任。人民文學出版社出版的文學圖書，影響了幾代人的閱讀生活，對當時的社會思想產生了重要影響。所以，人民文學出版社是研究文學出版與國家意識形態建構的最好樣本。本書以 1949 年至 1976 年的人民文學出版社為中心，來考察文學出版活動如何建構國家意識形態，同時來考察國家意識形態如何通過文學出版發揮作用的過程。古今中外不同類別文學作品出版在行政干預下發生數量變化的過程，作家和編輯共同對文學作品刪改的過程，都是國家意識形態建構的過程。

　　在人民文學出版社首任社長馮雪峰等一批知識分子的努力下，人民文學出版社在拓寬思想空間、擴大出版範圍、爭取出版條件等方面，有了一定的突破。但在各種因素的綜合作用下，出版社的活動仍然受到嚴格限制，古典、外國、「五四」新文學作品的出版日漸減少；當代文學創作雖受到各種鼓勵，品種和印數快速增長，但概念化、教條化傾向越來越明顯。「五四」新文學的作品在出版時基本上都經過了修改，有的修改幅度還比較大。

　　本書分為緒論、正文和結論三大部分。緒論裏主要是梳理相關研究歷史，闡述本書寫作的目的和思路。正文部分主要探討作為文學出版實施機構的出版社是如何在意識形態要求下發展變化的。通過考察人民文學出版社的成立和發展歷程，梳理其吸納國營、私營出版社的歷史，分析它從企業轉變為事業單位性質，並逐漸變成「政治思想工作機關」的歷程。出版社的內部生產政治化要求日漸嚴格，在意識形態控制之下，對工作人員尤其是編輯的身份要求、把關責任要求越來越高。同時，分析人民文學出版社出書範圍日漸縮小的趨勢和經過，以及在具體的出版工作中，意識形態是通過何種管理形式發揮作用的，詳細考察了意識形態對編輯工作的各種要求，以及對出版工作各個環節的控制和要求。

在國家意識形態「召喚」為主體的過程中，個人作為被「召喚」的主體也充滿了複雜性。在日益緊張的政治環境下，思想空間的開拓仍然存在可能性，這包括創始人馮雪峰的努力，審稿意見中的不同聲音，也包括出版策略的調整（建立分社等），以及出版社各類人員雲集，客觀上帶來了思維的多元化。

當國家政治與作家立場是一致的時候，它們就會表現得很親密，而一旦發生衝突，寫作者就面臨調整自己以適應國家政治需求的問題。尤其是對「五四」新文學作品來說，它們本身思想內涵的豐富和駁雜，面對國家意識形態而言無疑是複雜的，所以必須按照政治的要求進行處理。本書重點針對中國現代文學作家作品的修改進行分析，利用人民文學出版社發稿檔案，通過研究編輯的審稿意見、編輯與作家的通信，對修改後的版本與作家初版本的比對，再現作品的修改過程。它們的修改過程，既體現了國家意識形態的要求，也是國家意識形態建構的具體實施。結語部分對文學出版與國家意識形態的關係進行反思，為當下處理兩者關係提供參考和借鑒。

全球化時代如何討論當下的文學問題
——《人民共和國文化與文學》第八編引言

李　怡

　　我們常常說，這是一個「全球化的時代」，也就是說，對當下文學的討論，「全球化」是一個不可回避的語境。但是「全球化語境下的中國當代文學」這個題目所包含的意蘊以及它所昭示的學術立場本身就是意味深長的。我覺得，在我們積極地研究當下文學自身成就的同時，適當的反顧一下我們已經採取或者可能會採取的立場，也不失為一種新的推進方式。「全球化」是新世紀中國學術的一個重大課題，「中國當下的文學」雖然已經闡述了多年，但在今天的「新世紀」或者說「新時代」的時間段落中，無疑也具有了特殊的意義。只是，如果我們竭力將這些關鍵詞置放在一起，其相互的意義鏈接就變得有點曲曲折折了。

　　從表面上看，「全球化」與「中國當下」，這是一個普遍性的時間和一個特殊空間的問題。我們常常在說「全球化時代」如何如何，這也就是說我們正在經歷一個正在怎麼「化」的過程，這是一個時間的過程。「全球化語境中的中國文學」，似乎應當考慮的是一個局部空間的文學現象如何適應更有普遍意義的時代發展的要求，當然，關於這方面的話題我們可以談出許多。例如全球化時代的經濟一體化進程與民族文化矛盾對於不同民族文化交流與融合的影響，而這種文化的衝突與融合對於文學藝術的創造又取著怎樣的關係，接踵而來的另一個直接問題就是：中國當下的文學，這一目前可能民族性呼聲很高的區域文學如何在呼應「全球化」時代的主體精神的同時保持自己真正的有價值的個性？近 40 年來的學術史上，關於這樣的「時代要求」與民族

國家關係的討論曾經也熱烈地進行過，那就是上一個世紀 80 年代中期的「走向世界」，當時，人們通過重述歌德與恩格斯關於「世界文學」時代到來的論斷，力圖將中國文學納入到「世界文學」時代的統一進程當中，因為這樣一來，我們就可以有力地走出地域空間的封閉而更多地呼應世界性的時代思潮了。

那麼，「全球化」的提出與當年的「走向世界」有什麼不同，它又可能賦予我們文學研究什麼樣的新意呢？在我看來，當年的「走向世界」思潮與其說是關於文學的理性的分析，毋寧說是一種文學呼喚的激情，一種向所有的文學工作者吹響的進軍的號角，除了面對啟蒙目標的偉大衝動外，關於文學特別是文學研究的新的理性評判系統並沒有建立起來，而啟蒙本身的意義也常常被闡述得籠統而模糊。所謂「全球化語境」，其實是為我們的文學特別是文學的研究提供了一個比較完整的新的思考的框架。例如作為人類精神發展基礎的「經濟」的框架：當前全球經濟一體化的過程對於文化與文學究竟會產生怎樣的影響？一個民族國家（諸如中國）的精神創造是如何回應或如何反抗這樣的「同一」過程的？而經濟制度本身又如何對精神生產形成制約或推動？這些思路從宏觀上看將與目前熱烈進行的「現代性」問題的討論相互聯繫，與所謂世俗現代性／審美現代性的分合問題相互聯繫，從而在文學的「內」、「外」結合部位完成細節的展開。顯然，這比過去籠統的「經濟基礎決定上層建築」或者「文學發展與經濟發展的不平衡原則」要具體而充實。從微觀上看，今天我們所討論的「民族國家文學」問題本身就聯繫著「一帶一路」這樣經濟的事實，我們似乎沒有必要將民族國家文學的發展局限在知識分子書齋活動之中，這裡所產生的可能是一個更具有深遠意義的「文化審視」問題——不僅當下中國的人們有了重新自我審視的機會，而且其他地方的人也有了深入審視中國的可能，其實文學的繁榮不就是同時貢獻了多重的視線與眼光嗎？或許正是在這個意義上，我以為，新世紀的「全球化」思維具有了比 80 年代「走向世界」思維更多的優勢。

但是，「全球化」思維又並非就可以敞開我們今天可以感知到一切問題，我甚至發現，在關於文學發展的一個基本的困惑點上，它卻與「走向世界」時代所面對的爭論大同小異了，這個困惑就是我們究竟當如何在「或世界或民族」之間作出選擇，或者說全球化時代的文學普遍意義與民族文學、地區文學之間的矛盾是否還存在，如果存在，我們又當如何解決？無論我們目前

的議論如何竭力「消解」所謂二元對立的思維，其實在學術界討論「全球化」與「民族性」的複雜關係時，我們都彷彿見到了當年世界性與民族性爭論時的熱烈，甚至，其基本的思維出發點也大約相似：全球化時代與世界化時代都代表了更廣大的普遍的時代形象，而中國則是一個局部的空間範圍。這兩個概念的連接，顯然包含著一系列的空間開放與地域融合的問題，也就是說「中國」這個有限空間的韻律應該如何更好地匯入時代性的「合奏」，我們既需要「合奏」，又還要在「合奏」中聽見不同的聲部與樂器！這裡有一個十分重要的理論假定：即最終決定文化發展的是時間，是時間的流動推動了空間內部的變化——應當說，這是我們到目前為止的社會史與文學史都十分習慣的一種思維方式，即我們都是在時代思潮的流變中來探求具體的空間（地域）範圍的變化，首先是出現了時間意義的變革，然後才貫注到了不同的空間意義上，空間似乎就是時間的承載之物，而時間才是運動變化的根本源泉，我們的歷史就是時間不斷在空間上劃出的道道痕跡。例如我們已經讀過的文學史總先得有一章「五四新文化運動的發生」，然後才是「五四在北京」、「五四在上海」或者「五四新文化運動在詩歌領域裡引發的革命」、「在小說領域裡產生的推動」、「在戲劇中的反映」等等。這固然是合理的，但從另一方面來說，它所體現的也就是牛頓式的時空觀念：將時間與空間分割開來，並將其各自絕對化。在這一問題上，愛因斯坦的「相對論」是從打破時空絕對性的立場深化了我們對於時間、空間及其相互關係的認識。在這方面，被譽為繼愛因斯坦之後最偉大的科學家的史蒂芬・霍金有過一個深刻的論述：

　　　　相對論迫使我們從根本上改變了對時間和空間的觀念。我們必
　　須接受的觀念是：時間不能完全脫離和獨立於空間，而必須和空間
　　結合在一起形成所謂的時空的客體。〔註1〕

　　這是不是可以啟發我們，在所有「時代思潮」所推動的空間變革之中，其實都包含了空間自我變化的意義。在這個時候，時間的變革不僅不是與空間的變化相分離的，而且常常就是空間變化的某種表現。中國現當代文學決不僅僅是西方「現代性」思潮衝擊與裹挾的結果，它同時更是中國現代知識分子立足於本民族與本地域特定空間範圍的新選擇。只有充分認識到了這一事實，我們才有可能走出今天「質疑現代性」的困境，為中國現當代文學尋找到合法性的證明。

〔註1〕 史蒂芬・霍金：《時間簡史》第21頁，湖南科學技術出版社2002年版。

　　在時間變遷的大潮中發現空間的本源性意義，這對我們重新讀解中國當下的文學，重新展開「全球化語境中的中國文學」這一命題也很有啟發性。比如，當我們真正重視了空間生存的本源性地位，那麼我們就會發現，從表面上看，這是一個普遍性的時間和一個特殊空間的問題，但在實質上來說，其實所包含的卻是中國自身的「空間」與全球化的「時間」的問題，所謂「全球化」，與其說是一個普遍的時代思潮，還不如說西方人的生存感受。是中國的經濟方式與生活方式在某種意義上匯入了「全球性」的漩流之中，於是，他們將這一感受作為「問題」對包括中國人在內的其他人提了出來，自然，中國人對此也並非全然是被動的對於外來「時間」的反應，他們同樣也在思考，同樣也在感受，但他們感受與思考的本質是什麼呢？僅僅是在「領會」外來的思潮麼？當經濟開發的洪流滾滾而來，當國際的經濟循環四處流淌，當外來的異鄉人紛至遝來，當接受和不能接受、理解和不能理解的文化方式與宗教方式，生活方式與語言方式都前所未有地洶湧撲來，中國的精神世界是怎樣的？中國的文學又是怎樣的？很明顯，在貫通東方與西方、全球與中國的「時代共同性」的底部，還是一個人類與民族「各自生存」的問題，是一個在各自具體的空間範圍內自我感知的問題。

　　理解中國當下的文學，歸根結底還是要理解中國人自己的感受。這裡的「全球化」與其說更具有普遍性還不如說更具有生存的具體性，與其說可能更具有跨地域認同性還不如說可能包含了更多的地域分歧與衝突的故事，當然，也有融合。既然今天的西方人都可以在連續不斷的抗議和攻擊中走向「全球化」，那麼，我們為什麼不是？所要指出的是，在文學創造的意義上，這裡的抗議與拒絕並非簡單的守舊與停滯，它本身就是一種「有意味」的姿態，或者，它本身也構成了「全球化」的一部分。

2019 年 12 月改於成都長灘

目

次

緒　論

第一節　研究對象與研究意義

一、研究對象

　　中國現當代文學的產生、興起和發展與文學出版關係非常密切。1949 年後，隨著第一次文代會的召開，社會主義文藝思想成為文學界的主導思想，文學創作和文學出版趨於一體化，完全改變了之前文學出版的模式，出版社的定位、作家與出版社的關係發生了根本性的變化。經過社會主義改造之後，出版社成為計劃經濟體制的一部分，成為國家意識形態傳播、發揮作用的重要平臺，它自身面臨著規範出書範圍、突出政治導向的問題，也通過規定編輯和校對的工作職責，從而規範作品的呈現方式，不斷對作家作品進行修改，使之符合國家意識形態建構的需要。

　　編輯和作家是如何通過合作對作品進行修改的，出版社內部是如何運作的，是如何通過編輯、校對、發行等各個環節對有可能產生政治問題的圖書進行把控的？通過分析這些問題，可以清晰呈現國家意識形態建構的過程。

二、研究目標、研究內容

　　本書主要研究 1951 年至 1976 年文學出版與文學制度、意識形態的關係。以人民文學出版社為中心，梳理文學作品修改和出版的具體情況及其意義，分析當代作家作品的出版機制和文學生產機制，從而深入研究新中國文藝體制下的文學出版與國家意識形態建構的關係。

　　1949 年，中華人民共和國成立，在「世界的東方」建立了一個全新的社會主義國家，這個國家形態在中國歷史上是前所未有的。國家成立之後，如何建設國家、如何統一國家的意識形態成為政府面臨的重要任務。

　　馬克思在批判資產階級國家時認為，國家是暴力機關，是一種鎮壓的「機關」，「它使得統治階級（在 19 世紀是資產者階級和大土地所有者『階級』）能夠確保他們對於工人階級的統治，使得統治階級能夠利用這種機關去強迫工人階級對剩餘價值的榨取過程（即服從於資本主義剝削）」。

　　這個國家概念也被馬克思主義理論家們稱為國家機器，包括警察、法庭和監獄，軍隊以及在這些之上的國家元首、政府和行政機關。阿爾都塞在馬克思主義國家機器理論的基礎上，對國家的概念進行了發展，他提出國家不僅包括暴力國家機器，還包括意識形態國家機器，宗教、教育、家庭、法律、政治、工會、傳播、文化等都是意識形態國家機器的組成部分。它們是階級鬥爭的所在，而且，「任何一個階級如果不在掌握政權的同時對意識形態國家機器並在這套機器中行使其領導權的話，那麼它的政權就不會持久。」〔註1〕

　　在阿爾都塞看來，「國家機器是可以長期存在下去的」，「甚至在像 1917 年那樣的社會革命之後，在無產階級和小農的聯盟奪取了國家政權之後，大部分國家機器仍然保存了下來。列寧一再重申了這個事實」。〔註2〕作為人民民主專政的社會主義新中國，一方面面臨複雜的國際環境，另一方面也需面對新中國剛剛成立、還有很多地方尚未解放的國內環境，這也需要在建立國家暴力機器的同時，建設和維護國家意識形態機器。對於領導人毛澤東而言，他甚至親自主導了幾次文化批判運動，「在他看來，新的國家機器雖然建立了，但必須要有與之相適應的政權意識形態作為基礎；他並且要求政權意識形態的絕對統治地位和相當的純潔性」。〔註3〕阿爾都塞的這一理論，為我們理解1949 年後中國的文學、出版提供了很好的視角和研究思路，我們可以藉此來考察當時的文學出版與國家意識形態的關係。

　　文學、出版作為國家意識形態的一部分，需要為新的政權服務，為國家方針政策服務。而且它們的發展過程本身，正是國家意識形態建構過程的組成部分。

〔註1〕《哲學與政治：阿爾都塞讀本》（下），第 284 頁。
〔註2〕《哲學與政治：阿爾都塞讀本》（下），第 333 頁。
〔註3〕黃開發：《文學之用——從啟蒙到革命》，北京十月文藝出版社，2004 年11 月第 1 版，第 352 頁。

新中國成立初期，在經過社會主義改造之後，出版業成為國家計劃經濟的重要組成部分，成為國家意識形態實施和傳播的「喉舌」。中國的出版業發生了根本性的變化，1949 年之前的市場經濟模式逐漸向計劃經濟模式轉變，出版機構由營利機構逐步變成為政治服務的國家機關。晚清和民國期間，現代中國一共出現過 2286 家文學出版機構〔註4〕，而到 1949 年之後，隨著私營出版業社會主義改造的完成，大量民營出版社或被取消或被併入國營出版社。作家的生存方式也發生根本改變，稿酬收入經歷了逐漸減少甚至取消的過程；作家本身也被納入「單位」體制中，依靠工資來生活。作家與出版社的關係也發生了變化，作家與出版機構之間基於市場交換原則的相對平等關係，變成了出版機構面對作家時帶有一定權威性質的相對不平等關係。與此同時，在出版機構中，編輯的工作職能也發生了變化，由發現稿件、加工稿件、為企業盈利，變成了以符合意識形態要求為目的、對稿件進行政治思想把關的職責。

意識形態國家機器發揮作用時，並不像暴力國家機器那樣直接和明顯，而是通過「傳喚或呼喚」的方式，「在個人中間『招募』主體（它招募所有的個人）或把個人『改造』成主體（它改造所有的個人）」〔註5〕。對新中國的出版機構而言，由出版社社長、總編輯、編輯、校對等所有環節工作人員構成的出版主體，以及與出版活動緊密相連的作家、詩人、學者以及後來的「創作小組」等，都是國家意識形態「傳喚或呼喚」的主體。「傳喚或呼喚」的過程可以通過具體的工作顯現出來，如對編輯的思想教育工作，對編輯工作的種種要求，尤其是要求編輯承擔「政治把關」作用；如對校對工作來說，首要工作職責便是消滅政治錯誤；如對出版社圖書發行工作的「訓誡」，對出現問題的圖書進行收回銷毀等。同時，出版社對讀者——也即國家的所有個體成員也在「傳喚或呼喚」，對每一個個體成員進行國家意識形態教育，將其塑造為承載國家意識形態的個體，重點是對作家的「傳喚或呼喚」，作家在修改作品或進行創作時，會主動進行自我規範，以符合意識形態要求。國家意識形態與出版社之間、出版社與作家之間，均呈現出「被傳喚為主體、臣服於主體、普遍承認和絕對保證的四重組合體系」〔註6〕。

〔註4〕鄧集田：《中國現代文學出版平臺》，上海文藝出版社，2012 年 3 月第 1 版，第 58 頁。
〔註5〕《哲學與政治：阿爾都塞讀本》（下），第 306 頁。
〔註6〕《哲學與政治：阿爾都塞讀本》（下），第 333 頁。

　　因此，我們有必要梳理新中國成立後人民文學出版社的運行背景和運作機制，並以典型作家作品的出版為中心，剖析中國現當代文學在 1949 年至 1976 年的命運與走向。

　　1949 年後，新中國建立了自己的出版制度，按政治、文學、美術等領域進行劃分，成立了一批國家級出版社，其中人民文學出版社被確定為出版文學作品的專業出版社。隨著社會主義改造的完成和計劃經濟的建立，可以出版文學圖書的出版社除了人民文學出版社之外，只有上海新文藝出版社、解放軍文藝出版社、中國青年出版社等數量不多的出版社。

　　人民文學出版社編輯出版涵蓋了所有的文學類型和歷史時期，即「古今中外」，它包括中國的現代文學和當代文學，中國的古典文學和外國的文學，而外國文學包括歐洲和美國的文學和亞非文學。以服務當下意識形態為中心，將中國當代文學出版單列，顯示了出版工作主要是服務當下「革命工作」的特點；而向古典和外國延伸，集中體現了「古為今用、洋為中用」的原則。這一體制對出版作品的選擇、出版結構的設計，都體現了國家意識形態在文學出版上的要求，並對當時社會的文學創作和研究產生了重要影響。

　　然而，在人民文學出版社內部建立了什麼樣的制度，才確保了一體化文學形態的出版原則；文學作品在出版社如何經過加工之後才面世，編輯在其中發揮了什麼樣的作用；不同的文學作品有哪些不同的發行渠道，哪些作品在發行時受到限制，從而限制了其影響力的發揮；它們如何影響和塑造了當時整個國家的文學環境──這些問題都非常重要，但長期以來，由於缺乏詳細資料以及系統梳理，從而成為學術界的研究盲區。

　　目前學界已有很多研究專著，包括對現當代文學交叉階段、「十七年」文學，以及針對同為文學意識形態重要載體的《人民文學》雜誌和《文藝報》的研究論著，但還未有專門從圖書出版角度進行相關研究的專著。而人民文學出版社作為新中國最重要的文學意識形態國家機器，具有獨特的、不可代替的研究價值。因此，以一手史料作為基礎，對人民文學出版社有史以來的發展歷程進行爬梳，在出版體制、作家心理機制、文學生產機制等領域，重現豐富的歷史現場，提供獨特的研究視角；以人民文學出版社為經典案例，深度梳理、深入分析 1949 年後文學出版與創作的關係，進而探究新中國成立之後，國家意識形態的建立與形成，將對多層次、多維度下的中國現當代文學史、出版史研究，產生重要意義。

　　人民文學出版社保存了建社以來大量的檔案材料，包括年度工作計劃、年終總結、會議記錄、選題計劃、發稿檔案、讀者來信等，其中發稿檔案裏對中國現代作家作品的評價、對當代文學作品出版前的審閱和修改等，為本研究提供了珍貴史料依據。本書對這些檔案材料進行了梳理，並在此基礎上，對當年的文學雜誌報刊進行細讀分析，以呈現整體文學環境。同時，在現代文學出版部分，以人民文學出版社現存檔案為依據，將研究焦點聚集在現代作家作品的修改和重寫上，並汲取現有學術成果，最大可能地還原歷史現場，呈現人民文學出版社作為文學意識形態國家機器的內在運作肌理，力圖將中國當代文學生態與文學意識形態關係的研究向前推進。

　　需要注意的是，人民文學出版社在建社初期所出版的「五四」文學（新文學）作品較多，但隨後日益減少。這個過程，也正是「個人」逐漸退場，強調「人民」「工農兵」地位的意識形態逐漸走向主導地位的過程。從 1951年至 1958年「反右」運動擴大化，人民文學出版社在出版新文學作品方面的指導方針，由出版「經過編選的五四新文學代表性作品」，變成了出版「反映兩條路線鬥爭」的作品。

　　而且人民文學出版社在出版「五四」新文學作家作品時，並不是將過去的作品直接重新出版，而是對作品進行重新編選，對其中內容和文字進行修改，重點是對作品不符合政治導向、不適合工農兵閱讀的內容進行修改，以被改造的面目再次出版。這種修改有的出自作家之手，有的出自編輯之手，但都是在出版流程中完成的。對於當時還在世的作家，出版社往往要求作家自己先做修改。如老舍對自己的作品進行了很多修訂，他在後記裏寫道：「除了太不乾淨的地方略事刪改，字句大致上未加增減，以保持原來的風格。有些北京土話很難改動，就加上了簡單的注解。」〔註7〕還有沈從文，也刪去了自己的很多作品，在《選集題記》裏坦承自己在選擇時，考慮不同體裁和主題，「但是由於篇幅字數限制，和讀者對象今昔已大不相同，習作中文字風格比較突出，涉及青年男女戀愛抒情事件，過去一時給讀者留下個印象的，怕對現代讀者無益有害，大都沒有選入」〔註8〕。在出版老舍作品時，人民文學出版社副社長王任叔強烈反對編輯室主任方白「將《駱駝祥子》與巴金的《家》

〔註7〕老舍：《老舍短篇小說選·後記》，1956年10月第1版。
〔註8〕沈從文：《沈從文小說選集·選集題記》，人民文學出版社，1957年10月第1版。

與曹禺的《雷雨》相比擬」，他在審稿意見中說：「《家》與《雷雨》對舊社會的抗議和控訴是有力的。巴金鼓勵青年追求光明的熱情是高的，《雷雨》就是像周繁漪那樣人物，也表現出對舊社會的掙扎，而《駱駝祥子》這個與世浮沉的人物，卻是很少有這種東西」，他建議用作家出版社名義出版開明版「節錄本」《駱駝祥子》〔註9〕，「使它在讀者群眾中去受考驗」，為了「不傷作者的感情」，同時以人民文學出版社名義出版老舍短篇小說選。馮雪峰提出《月牙兒》《黑白李》寫得不行，短篇小說選最好不收（人民文學出版社在給老舍正式的約稿信中也要求老舍刪去這兩篇）。出版社對老舍作品的評價和取捨直接決定了作品出版的內容，這也是國家意識形態對文學出版進行規範和控制的一個例子。

在新的出版體制下，編輯功能的發揮也是國家意識形態發揮作用的表現。此時編輯的主要責任發生重要變化，已不僅僅是對書稿進行加工等文字性工作，而更多地體現了政治方面的內容。如果說在1949年前的出版業，編輯的主要工作是組稿、稿件加工的話，1949年後則把配合政治任務進行宣傳，對圖書中的意識形態進行把關作為編輯最重要和最核心的工作。正如當時出版文件中所說：「我們的出版業既然是社會主義的出版業，因此它就必須貫徹為人民服務的方向，配合黨和國家在一定時期所提出的政治任務，貫徹黨和國家在政治、經濟和文化上的各項政策和方針，這是我們出版社內組織編輯工作的指導思想」〔註10〕。在這樣的條件下，為社會主義服務、政治把關成為編輯最重要的職責。

具體到出版工作中，所有的作品都需要在出版過程中根據意識形態要求進行修改，對於某些作品來說，需要進行大篇幅的刪改才能符合這一要求。中國現代文學作品出版情況尤其複雜。即使是郭沫若、茅盾、巴金、老舍的作品，也不得不經過大量刪改後才得以出版。在政治環境相對寬鬆的時候，沈從文、豐子愷的作品也得到過出版機會，但也都經過了大量修改。

曾擔任人民文學出版社領導職務的樓適夷曾回憶說：「作為一個編輯，在工作上，自己所發揮的權力，也是有點可怕的。我們好像一個外科大夫，一支筆

〔註9〕關於《駱駝祥子》不同版本的修改情況，金宏宇在《中國現代長篇小說名著版本校評》（人民文學出版社，2004年5月第1版）一書中進行了詳細考察。

〔註10〕《出版社內組織編輯工作的經驗》（1957年3月），此文是中國出版業代表團在萊比錫舉辦的社會主義國家出版會議上的發言稿。見《中華人民共和國出版史料》（9），中國書籍出版社，2004年12月第1版，第89頁。

像一把手術刀，喜歡在作家的作品上動動刀子，彷彿不給文章割出一點血來，就算沒有盡到自己的責任。這把厲害的刀，一直動到既成老大作家，甚至已故作家的身上。」〔註11〕而且這種修改主要是政治和思想方面的，樓適夷提到，如郭沫若的《女神》中《死的誘惑》太悲觀，茅盾的《蝕》《子夜》中「黃」的地方，曹禺《雷雨》《日出》，夏衍《上海屋簷下》被整體刪削，「當然，編輯部是當作意見向作者委婉提出協商的，而作者則無不遵命，一律照辦」。〔註12〕

　　在國有出版社成立初期，編輯的責任變得很艱巨，「以致編輯認為自己對一本書的一切方面，從政治到技術都要負全部的責任，因此審讀書稿時不能分清主要問題和次要問題，甚至在一些不關重要的技術問題上也絲毫不肯向作家讓步，書籍往往因此遲遲不得出版」。到了1957年，出版管理部門對編輯的責任要求日益清晰，「我們認為編輯對一本書的出版主要是負政治上的責任，一本書應不應當出版，值不值得出版，這是編輯必須解答的問題。而編輯的審查書稿就是要從政治尺度和科學或藝術尺度作出正確的評價。所以審查書稿，也就是評價書稿是編輯的主要工作和主要責任。」〔註13〕

　　《人民文學出版社編審條例》對編輯加工工作提出了具體要求，首先是編輯必須「特別注意政治性、傾向性的問題」，其次才是對「藝術、學術質量」「邏輯性、常識性的錯誤及語法錯誤與錯別字」「統一學術名詞」「改正標點符號」「檢查注介及索引」等進行修改。

　　1956年「雙百」方針推出後，很多作家、翻譯家對出版社和編輯強勢地位的不滿集中爆發。蕭乾在1957年5月20日發表了轟動一時的雜文《「人民」的出版社為什麼會成了衙門？——從個人經歷談談出版界的今昔》〔註14〕，他在文章中寫道，過去作家與出版社的關係「絕對不是單靠版稅來維繫」，「還有一種可貴的感情」，作家與編輯容易結下「建立在互相尊重和體貼」的友誼；而現在人民文學出版社有的編輯「出奇地馬虎、倨傲，重重地背了『中央一級』的包袱，因而時常擺出的是一副『你本來我不在乎，我不給你出你就別

〔註11〕樓適夷：《零零碎碎的回憶——我在人民文學出版社》，《新文學史料》，1992年2月。

〔註12〕樓適夷：《零零碎碎的回憶——我在人民文學出版社》，《新文學史料》，1992年2月。

〔註13〕《出版社內組織編輯工作的經驗》，《中華人民共和國出版史料》（9），中國書籍出版社，2004年12月第1版，第99頁。

〔註14〕原載《文匯報》，1957年5月20日，見《蕭乾文集·特寫、雜文卷》，湖北人民出版社，2005年10月版，第424頁。

無出路』的神氣」。社長馮雪峰也清醒地意識到出版社存在的問題，他的自我反省是沉痛的，「出版系統整個是官僚主義的，我們是典型的官僚主義環境中的典型官僚主義者」〔註15〕。王任叔到南京組稿時，曾向某教授道歉，說「我們社裏的官僚主義實在太嚴重了」〔註16〕。他感慨，「目前出版界『大一統』的體制實際上是在改造舊的出版社過程中忽視了過去的優秀傳統」〔註17〕。

曾寫過《關於刪改》、對編輯任意刪改文章提出過批評的王任叔，這時站出來為編輯說話，他提出：「我知道現在做編輯的，不比從前；從前做編輯的即使有自己的『獨立思考』，但在主要點上，卻不能不遵老闆的命的。現在做編輯的是遵人民的命，要考慮到六億人的利益和如何最好的為讀者服務，這個目標是同作家完全一致的」，「過去編輯的過失，不過是在考慮到六億人的利益和讀者的要求的同時，不夠尊重作家的勞動，如果作家在氣憤編輯不尊重自己勞動而感到不快的同時，也想一想絕大多數的編輯是同自己一樣為六億人的利益和讀者的要求而工作的，那還有什麼過失不可原諒，什麼事不可合作呢？」〔註18〕但是在實踐中，「六億人的利益」的標準往往會簡化成政治的標準。王任叔並不反對在政治把關意義上的修改，他反對的只是對文章風格和語言的過度修改。

在新的出版體制下，出版社和編輯的功能是如何發生變化的、出版社內部是如何運作的？對於重點作家的作品，都經歷了哪些修改？這些修改意義何在？這都是我們需要呈現的問題。

第二節　研究歷史和現狀

本書擬解決的關鍵問題包括：1949 年後文學出版與意識形態的關係，意識形態如何通過出版社發揮作用，出版社如何在意識形態主導下運轉、如何處理與意識形態之間的裂隙，重點是分析中國現代重點文學作品出版時的修改問題。

〔註15〕《文化部召開各直屬出版單位負責人座談會紀要》，《中華人民共和國出版史料》（9），中國書籍出版社，2004 年 12 月第 1 版，第 152 頁。
〔註16〕張友松：《我昂起頭、挺起胸來，投入戰鬥！》，《文藝報》，1957 年第 9 期。
〔註17〕《對出版事務「統的過多」「管的過死」：各出版社負責人座談出版工作中的問題》，《人民日報》，1957 年 5 月 13 日。
〔註18〕王任叔：《遵命集·編後記》，《王任叔雜文集》，生活·讀書·新知三聯書店，1997 年 8 月第 1 版，第 384、385 頁。

　　以往關於 1949 年後的文學出版與國家意識形態方面的研究，主要是從文學制度研究、文學刊物出版研究、出版研究這三個方面進行。文學制度研究方面，洪子誠提出 1949 年後當代文學「一體化」的特徵，即「中國的『左翼文學』（『革命文學』），經由 40 年代解放區文學的『改造』，它的文學形態和相應的文學規範（文學發展的方向、路線，文學創作、出版、閱讀的規則等），在 50 至 70 年代，憑藉其時代的影響力，也憑藉政治權力控制的力量，成為唯一可以合法存在的形態和規範」〔註 19〕。洪子誠進而分析了當代文學的文學環境與文學規範，指出「在進入當代這一文學時期的時候，重新審定中外文學的作家作品，對它們的性質和價值做出新的判斷，是面臨的重要任務。這關係到文學規範所依循的基本尺度，也關係到當代文學『資源』選擇（借鑒、吸收、改造、排斥的對象的區分）的問題。在 50 至 70 年代，審定、重評由具有政治權威地位的文學機構，以及由這些機構『授權』的批評家、出版社、報刊、研究所、學校實施」。〔註 20〕洪子誠在相關研究中，重點分析了新中國出版體制下，對外國文學的「重評」範圍，但對具體作品出版的研究等，未做展開分析，也沒有拓展到對出版環節對作品的遴選和編輯修改等問題的研究。王本朝的《中國當代文學制度研究（1949～1976）》設有專節《文學出版與當代文學》，對文學出版的制度化進行分析：「1949 年以後的生產包括報刊、出版和發行都成了國家文化事業機構，成為意識傳導、輿論控制和思想整合的手段」，「出版社的公有化使出版流程、圖書版式、圖書定價也都有了規範化的操作和管理」。他還在書中對出版社的作用、編輯的作用以及以《青春之歌》的出版過程為例進行了研究，但總體上還是屬於粗略式的概括性分析。〔註 21〕張均的《中國當代文學制度研究》（1949～1976）在文學制度研究方面進一步深化和細化，他專門討論了「文學出版制度的建立」問題，詳細考察了 1949 年後至 1956 年私營文學出版從復蘇到倒閉、國營出版社發展壯大的過程。私營文學出版社在新的環境下面臨資金壓力，當時的社會輿論也把私營企業當作「資本主義」來對待，從經濟條件到政治環境，都對私

〔註 19〕洪子誠：《中國當代文學史》（修訂版），北京大學出版社，2007 年 6 月第 2 版，第 4 頁。

〔註 20〕洪子誠：《中國當代文學史》（修訂版），北京大學出版社，2007 年 6 月第 2 版，第 17 頁。

〔註 21〕王本朝：《中國當代文學制度研究（1949～1976）》，新星出版社，2007 年 6 月第 1 版。

營企業的存在極為不利，造成其生存環境日益惡化，其日益萎縮也不可避免，所以紛紛走向主動改造或被動改造之路；而國家文學出版社的設立，則承擔了「作為執政黨的代理人」角色，「延安文人通過對社長、總編職位的壟斷，使『人民文學』在多重力量交錯的文學版圖中獲得支配地位」〔註 22〕。張均對私營文學出版社的變化過程進行的考察，推進了當代文學出版制度研究，但他對國營文學出版社的考察是從宏觀角度進行的，而從微觀角度來說，還有深入和細緻考察的空間。

　　對當代文學刊物出版的爬梳和研究，是近十年來當代文學意識形態研究的重點，而且集中在對《文藝報》和《人民文學》的考察上，在這方面有很多論文和專著，如武新軍的《意識形態結構與中國當代文學——〈文藝報〉（1949～1989）研究》〔註23〕，武著引入伊格爾頓的「意識形態結構」和「審美意識形態」概念，深入考察了意識形態結構與文藝體制的關係，其中設專章討論了文藝刊物管理體制、作家管理體制和稿酬制度的變遷。李紅強的《〈人民文學〉十七年》則以《人民文學》為研究對象，考察了新中國文學期刊的內部生產機制問題，深入分析了在政治運動過程中主編的更迭、審稿機制的微變等問題。〔註 24〕

　　對當代文學出版的研究，陳改玲的著作《重建新文學史秩序》，重點研究了 1950 年至 1957 年中國現代作家選集的出版〔註 25〕，詳細考察了人民文學出版社出版新文學選集的全過程，分析了編選方式到序言中的「批評和自我批評」，並深入考察了作品的修改問題，引起了研究者對當時社會狀態下文學出版問題的關注。黃發有的《中國當代文學傳媒研究》設有專章《中國當代文學的版本問題》，對 1949 年後出版作品進行修改的現象做了詳細整理，對曹禺、老舍、丁玲、楊沫等人作品的修改進行了研究和分析〔註 26〕。同時，新聞傳播研究界也對當代文學出版多有涉及，如陳矩弘的《新中國出版史研究（1949～1956）》詳細梳理了新中國出版業的創建過程，並設立專章《新中

〔註 22〕張均：《中國當代文學制度研究》（1949～1976），北京大學出版社，2011 年 4 月第 1 版，第 217 頁。
〔註 23〕武新軍：《意識形態結構與中國當代文學——〈文藝報〉（1949～1989）研究》，中國社會科學出版社，2010 年 12 月第 1 版。
〔註 24〕李紅強：《〈人民文學〉十七年》，當代中國出版社，2009 年 10 月第 1 版。
〔註 25〕陳改玲：《重建新文學史秩序》，人民文學出版社，2006 年 5 月出版。
〔註 26〕黃發有：《中國當代文學傳媒研究》，人民文學出版社，2014 年 10 月第 1 版。

國文學作品的出版》，概略性地介紹了新中國初期文學出版、外國文學出版、
《魯迅全集》的出版和兒童文學出版等情況。〔註 27〕王秀濤的《民營出版業
的改造與「十七年」文學出版秩序的建立》，考察了 1949 年後「利用、限制、
改造」民營出版業與文學出版秩序的建立問題。〔註 28〕

　　以上研究都為本課題的開展提供了很多線索和思路，也提供了很多材料。
但縱觀上述研究現狀，對文學出版的爬梳方面，基本上都是通過已經正式出
版的圖書和材料來進行分析的，基本沒有來自出版社內部的原始文獻材料作
為佐證，無法做到真正的深入和全面，其論證也就缺乏最有效的說服力。而
本書則大量使用了來自人民文學出版社的原始文獻材料，包括各種文件和發
稿檔案，作家與編輯、編輯之間的審讀、商榷等，歷歷在目。這些珍貴文獻，
在檔案庫裏沉睡數十年，在本書中第一次面世。這些材料，對出版社在當時
真實的情況進行呈現，尤其是對作家作品出版過程中的材料，非常值得爬梳，
因為通過對作家與編輯之間的通信、圖書發稿材料、出版社的三審報告等進
行梳理和分析，可以還原出許多重要作品成稿、修改的、出版的原始歷史現
場，而這個還原過程，正是本書所要解決的中心議題，即國家意識形態如何
將文學出版建構為自身載體的過程。

〔註 27〕陳矩弘：《新中國出版史研究（1949〜1956）》，上海交通大學出版社，2012
　　　　年 7 月第 1 版。
〔註 28〕王秀濤：《民營出版業的改造與「十七年」文學出版秩序的建立》，《中國現代
　　　　文學研究叢刊》，2011 年第 2 期。

第一章　人民文學出版體制的形成與國家意識形態

第一節　人民文學出版體制的建立

　　1949 年 10 月，中國人民共和國宣告成立。政治、經濟、文化都面臨重建秩序的任務，對出版業來說也是如此。由此，中國的現代出版業開始迎來重大變化。1949 年後，新成立的中國新聞出版總署對全國範圍內的出版工作方針管理方法，有一個變化的過程，一開始中國新聞出版總署並未打算讓民營出版社完全消失，而是計劃通過建立國營出版社，通過市場競爭，逐步佔據優勢。到了 1956 年，隨著民營出版社社會主義改造的完成，出版社已經全部變為國有。可以說，新中國出版業最根本的變化，就是逐漸消除了私營出版業，代之以國營出版業，把出版業納入整個國家意識形態生產和傳播體系之中，使之成為國家意識形態機器的重要組成部分。

　　1950 年 9 月 25 日，第一屆全國出版會議召開，會議通過了關於改進和發展全國出版事業的決議，對「人民出版事業」的基本方針，改進和發展出版工作，書刊發行工作、期刊工作、書刊印刷業進行規範。「中國人民政治協商會議共同綱領是我們一致遵守的原則；為人民大眾的利益服務是人民出版事業的基本方針。新中國人民出版事業要認真地執行民族的、科學的、大眾的文化教育政策，堅決地與封建的、買辦的、法西斯主義的思想作鬥爭」。出版事業「必須依照統籌兼顧與分工合作的方針，消滅無計劃、無組織的狀況，

實現專業化與計劃化」。〔註 1〕「專業化與計劃化」，成為新中國出版業日後發展的方向。

1950 年 9 月，全國新華書店第二屆工作會議確定了出版、印刷、發行分工和出版專業化的方針。胡愈之在閉幕講話中說：「所謂出版專業化，也是一種分工，那就是按不同的讀者對象、地區或出版物的性質來分工。」大會決定要成立一系列的專業出版社，首先確定要成立的是政治類的人民出版社，徐伯昕在總結報告中提到，「決定將原屬新華書店總處的出版部獨立起來，增設編輯部，成為直屬於出版總署的中央人民出版社，以出版馬列主義、毛澤東思想的譯著，政府和黨的政策文件，政治時事讀物為專業方向」。〔註 2〕按照這個方向，在中國新聞出版總署之下建立了一系列中央級專業出版社，並逐步對私營出版業進行社會主義改造，最終走向全國性的計劃經濟出版體制。

1950 年 10 月 13 日，第一屆全國出版會議召開，當時主管新聞出版行業的總署署長胡愈之在大會上明確提出，除已經確定要成立的人民出版社、人民教育出版社、工人出版社和青年出版社外，還要籌建「文學與藝術方面亦準備建立公營的或公私合營的專業的出版社」〔註 3〕。在這一方針的要求下，人民出版社和人民教育出版社於 1950 年 12 月 1 日率先成立，人民文學出版社則於 1951 年 3 月開始籌建。周揚命令文化部辦公廳主任沙可夫和文化部編審處主任蔣天佐負責，但主要奔走的是蔣天佐〔註 4〕。之後，馮雪峰被任命為人民文學出版社首任社長兼總編輯，在他主持下，人民文學出版社開始正式運轉。

當然，人民文學出版社並不是白手起家的，它不僅繼承了很多之前中國共產黨出版事業的成果，也吸納了許多改造後的民營出版社的資源。人民文學出版社成立和發展的過程，正是對民營出版社進行社會主義改造並不斷吸納的過

〔註 1〕《關於發布第一屆全國出版會議五項決議的通知》（1950 年 10 月 28 日），《出版工作文件選編》（1949～1957），第 62 頁。

〔註 2〕《徐伯昕在全國新華書店第二屆工作會議閉幕式上的總結報告》（1950 年 9 月 10 日），見《中華人民共和國出版史料》第 2 卷，第 490～491 頁，中國書籍出版社，1996 年 6 月第 1 版。

〔註 3〕《胡愈之署長關於第一屆全國出版會議綜合報告》，見《中華人民共和國出版史料》第 2 卷，第 637 頁。

〔註 4〕許覺民：《四十年話舊說新──祝人民文學出版社成立四十週年》，《新文學史料》，1999 年第 1 期。

程。它就像一座熔爐，將各種出版資源吸收進來統一熔煉，為打造「人民文學」的「鋼鐵」服務。它的形成過程，正是國家意識形態發揮作用的過程。

一、對國有出版資源的彙集

　　人民文學出版社對國營出版社資源的吸納在如下幾個方面：除繼承了原來新華書店的資源外，人民文學出版社還吸收了上海的魯迅著作編刊社、蘇聯移交中國的時代出版社等資源。新華書店是中國共產黨在延安創辦的，是傳播黨的政治立場和聲音的重要渠道。對這些資源的吸納、繼承和整合，意味著人民文學出版社具有「血統純正」的出身。

　　人民文學出版社的出版工作框架，則主要是在文化部藝術局編譯處的基礎上建立的，「原編譯處處長曹靖華，副處長蔣天佐，早已在周揚同志領導下，搞了一套出版計劃，並開始進行了。開國初期用新華書店名義出版了全套五十餘種解放區的文學作品，包括兩種得斯大林獎的長篇小說在內的文藝叢書；又由開明書店出版了幾種現代革命作家蔣光慈、洪靈菲等的選集；再就是曹靖華主編的《蘇聯文學叢書》，及正在進行的古典名著《水滸》的校勘、整理工作，已經斐然成章，有了一定的規模」，這些全都移交到了人民文學出版社，成為人民文學出版社日後加以利用重新出版的重要資源。雖然「雪峰同志任職以後，把原編譯處的計劃全部改變，主張從頭來過」，馮雪峰「取消了編譯處訂定幾種叢書的計劃，並不主張另搞叢書」，〔註5〕人民文學出版社之後陸續出版的中國現代文學作家選集，就是在開明版的基礎上修訂而來的，包括《水滸》的出版也是如此。

　　1952年7月，隨著馮雪峰來京，上海魯迅著作編刊社也隨之遷到北京，並加入人民文學出版社，成為其中的魯迅著作編輯室，專門從事整理和注釋魯迅著作。魯迅著作編刊社的納入，一方面是因其負責人馮雪峰職務變化所致，另一方面也是考慮到魯迅在新的話語體系下的特殊政治地位。魯迅被毛澤東高度讚揚，成為「中國文化的方向」，出版魯迅著作自然成為國家意識形態建構的重要工作，所以必須要納入人民文學出版社工作之中。

　　人民文學出版社還吸收了很多原新華書店和生活·讀書·新知三聯書店出版社的資源，在它成立第一年的工作計劃中，還將「處理新華、三聯已有

〔註5〕樓適夷：《零零碎碎的記憶——我在人民文學出版社》，《新文學史料》，1992年2月。

文學書稿」列入其中〔註6〕，這也是它繼承中國共產黨自身資源的表現。時代出版社原隸屬於蘇聯塔斯社，從四十年代開始在中國進行出版活動，馮雪峰還曾為其做過審稿工作。1952 年 12 月，時代出版社由蘇聯政府決定無償移交給中國，中宣部決定由中蘇友好協會總會作為領導機構，安排易定山擔任社長。1952 年 12 月 30 日，出版總署召開座談會商談時代出版社移交細節。在這次會議上，決定將時代出版社的一半編輯人員調入人民文學出版社。〔註7〕1953 年 2 月，時代出版社撤銷後，它原來的部分俄文編輯人員成為人民文學出版社的編輯，這其中包括孫繩武等人。1954 年 6 月，原時代出版社俄語文學方面的圖書資源，全部移交人民文學出版社和中國青年出版社。〔註8〕由原時代出版社併入人民文學出版社的這部分人員，成為人民文學出版社外國文學編輯室的主要組成部分，這也奠定了人民文學出版社外國文學板塊以俄蘇文學為核心的方向。〔註9〕

二、對民營出版社的吸收

　　對當時的私營出版機構而言，它們的政治待遇比不上新成立的國營出版機構，競爭力也下降很多，所以它們很多主動要求進行公私合營，以保存其生存空間；或主動要求進行社會主義改造，以努力融入新的時代環境中。出版機構也是如此，像傳統的老字號出版機構商務印書館、中華書局，也提出了這樣的要求。〔註10〕

　　在這樣一股公私合營、社會主義改造的洪流中，人民文學出版社也成為接納合作和改造的重點出版機構。在人民文學出版社 1951 年工作計劃中，曾明確寫道要「有重點地瞭解全國文學出版情況，研究與私營出版業如群益、海燕等分工合作的途徑」〔註11〕。在這個過程中，一些私營出版社也與人民

〔註6〕　《文學出版社五一年主要工作計劃初稿》，現存人民文學出版社。
〔註7〕　《關於時代出版社問題會談紀要》，《中華人民共和國出版史料》（4），中國書籍出版社，1998 年 3 月第 1 版，第 395 頁。
〔註8〕　《出版總署黨組關於時代出版社工作的請示報告（摘要）》，見《中華人民共和國出版史料》〔6〕，中國書籍出版社，1999 年 9 月第 1 版，第 315 頁。
〔註9〕　參看宋強：《孫繩武先生與外國文學圖書出版》，《出版廣角》，2015 年第 6 期。
〔註10〕　《出版總署黨組小組關於進一步改造商務印書館和中華書局的請示報告》（1953 年 11 月 3 日）中提到：「商務印書館、中華書局 1950 年曾要求全面公私合營，當時因客觀條件不成熟和主觀力量不足，我們沒有接受。」見《中華人民共和國出版史料》（5），1999 年 1 月第 1 版，第 591 頁。
〔註11〕　《文學出版社五一年主要工作計劃初稿》，現存人民文學出版社。

文學出版社合併，加強了人民文學出版社的力量。當時葛一虹創辦的天下出版社，在「三反」運動之後，葛一虹「不願意繼續有資本家的名義」，以「資金周轉不靈」名義要求歇業。由中國新聞出版總署進行協調，提出將天下出版社與人民文學出版社合併，「以加強後者的力量」，「馮雪峰、葛一虹表示同意」。於是，除葛一虹和妻子陸一旭之外，天下出版社的其他員工 11 人全部加入人民文學出版社工作。〔註12〕

當時，還曾有將上海出版公司併入人民文學出版社的計劃，鄭振鐸曾在書信中寫道：「『上出』能改為國營，和人民文學出版社合併是一大喜事！想來股東方面是不會有意見的。問題只在股本的計算問題。如何計價？決不能算得太多，其實全部捐獻也是好的，只怕不合『政策』，政府不予接受耳」〔註13〕。但由於其他原因，尤其是分別在上海、北京兩地，上海出版公司後來併入上海文藝出版社。

與此同時，其他的國有文學出版社也吸收了很多民營出版社，如上海文藝出版社是在新文藝出版社基礎上成立的，包含了群益出版社（郭沫若主持）、海燕書店（俞鴻模主持）和大孚出版公司（任宗德主持）、平明出版社和文化生活出版社（巴金主持）等私人出版社。

在這個過程中，無論是私營出版社要求公私合營，還是國營出版社對民營出版社的收入和改編，都是通過組織形式將私人資源納入國家組織的管理序列之中，使之為新的國家意識形態服務，本身就是意識形態「召喚」功能的體現，這也是國家意識形態建構過程的體現。

三、人民文學出版社的成立

周揚在 1950 年全國文化藝術工作報告時指出，「一九五〇年出版的文藝書籍，據初步統計，約有二千七百餘種，一千七百餘萬冊，文藝期刊及副刊九十種以上。在文藝書籍的出版工作中，存在著無計劃無領導的自流狀態。在全國的私營出版業中間，認真負責者固然不少，然而也有不認真不負責的出版商，單純以營利為目的，粗製濫造的風氣相當嚴重」。此時的出版業，「無計劃無領導的自流狀態」是最大的問題，顯然也無法擔當意識形態國家機器

〔註12〕《出版總署關於天下出版社與人民文學出版社合併情況向中央宣傳部的報告》（1953 年 12 月 11 日），見《中華人民共和國出版史料》（5），1999 年 1 月第 1 版，第 657 頁。

〔註13〕劉哲民：《鄭振鐸書簡》，學林出版社 1984 年版，第 182 頁。

的重任，從而使得建立國家級文學出版社的要求應運而生，正如周揚所說：「一九五〇年成立了國營的人民文學出版社。這個出版社將有計劃地出版中國現代和古代的文學、世界古典的和進步的文學，並與全國各地公私營文藝書籍出版業，實行正確的分工合作，使整個文藝書籍出版事業逐步走向正常的健全的發展。在整個文藝書籍的出版工作上，應特別注意通俗文藝書刊的出版，以滿足廣大工農群眾的需要。」〔註14〕在 1951 年，要「加強人民文學出版社的工作，整頓全國文藝書籍的出版工作，調整全國文藝刊物，大量出版通俗文藝作品」〔註15〕。1951 年 8 月，《人民日報》刊出消息，「國營人民文學出版社今年三月在北京成立。該社受中央人民政府文化部及中央人民政府出版總署共同領導，社長為作家馮雪峰。該社編輯方針將以現代文學為主，其次是中國民間文學、古典文學和外國文學。關於現代文學，以出版幾種叢書為主：中國人民文藝叢書、文藝建設叢書等。此外，也將從地方出版單位已有的書籍中，挑選優秀的作品重印，特別注意選印通俗文學作品；此外並將有計劃有步驟地出版我國古典作品或外國名著。外國文學方面，目前主要為蘇聯、新民主主義國家和資本主義國家的進步作家的作品。首先進行的是蘇聯文藝叢書的編輯出版工作，由該社與時代出版社共同負責進行。過去已由三聯或新華書店出版的名著，如《鋼鐵是怎樣煉成的》、《青年近衛軍》等書，都將重新校閱再版」〔註16〕。

　　人民文學出版社成立後，「由中央人民政府文化部領導，出版總署輔助領導」〔註17〕。國家行政領導機關「對出版社的管理主要是抓緊思想領導，監督計劃的執行」，「首先是監督選題計劃的執行」，「除了定期地參與對於選題計劃的討論和檢查之外，還必須經常關心出版物的質量和動向，注意一些帶有傾向性、普遍性問題」。〔註18〕中國新聞出版總署在考慮設立人民出版社時

〔註14〕 《中央人民政府文化部：一九五零年全國文化藝術工作報告與一九五一年計劃要點》，《人民日報》，1951 年 5 月 8 日。
〔註15〕 《中央人民政府文化部：一九五零年全國文化藝術工作報告與一九五一年計劃要點》，《人民日報》，1951 年 5 月 8 日。
〔註16〕 《人民文學出版社開始出版書刊》，《人民日報》，1951 年 8 月 17 日。
〔註17〕 《出版總署關於中央一級各出版社的專業分工及其領導關係的規定（草案）》，《中華人民共和國出版史料》（4），1998 年 3 月第 1 版，第 101 頁。
〔註18〕 《出版社內組織編輯工作的經驗》（1957 年 3 月），此文是中國出版業代表團在萊比錫舉辦的社會主義國家出版會議上的發言稿。見《中華人民共和國出版史料》（9），中國書籍出版社，2004 年 12 月第 1 版，第 89 頁。

曾提出：「人民出版社的組織應包含社務委員會及編審、出版兩主要工作部門。社務委員會委員、社長及主要負責人由出版總署選派。人民出版社的預算、決算，工作計劃須經出版總署核准，並應每三個月一次（一、四、七、十月上旬）向出版總署提出上一季的工作報告」。中國新聞出版總署對人民文學出版社的管理，與對人民出版社的管理是一樣的，因此以上材料，也完全適用於對人民文學出版社建制結構的理解。

人民文學出版社自身機構的設置也體現了國家意識形態的要求。對於編輯部門來說，它的編輯室從組建到發展，在1958年時有六個編輯組和一個編務室，其順序為：第一，新創作組；第二，五四文學（包括魯迅著作）組；第三，中國古典文學組；第四，蘇聯、東歐文學組；第五，亞非文學組；第六，歐美文學組；第七，編務室（下設資料科及宣傳聯絡幹事若干人）負責宣傳、聯絡、資料供應以及其他編輯行政工作。這種部室設置，將新創作組列為第一，是文學出版為政治服務的直接體現。將五四文學和魯迅著作組放在一起單獨列出，清晰地表明，在國家意識形態框架中，新中國文學是「五四」新文學基礎上的延續和發展，尤其是繼承了魯迅的文化方向。古典文學和外國文學分別列組，顯示了在批判中吸收兩種文化資源的心態。外國文學分為蘇聯東歐、亞非和歐美三組，體現的也是國家意識形態的要求：新中國與社會主義陣營的蘇聯東歐是必須緊密聯繫的，出版它們的文學作品是加強與之關係的重要途徑；亞非國家是新中國團結的對象，我們需要通過文學增加對它們的瞭解，加強與它們的友誼；歐美組在外國文學板塊中被置於最後，也充分體現了當時的國際政治環境和意識形態鬥爭的特色，當時的歐美國家對新中國帶有敵意，它們的文學作品自然不能隨意在新中國出版，但同時我們又需要通過那些批判資本主義制度的文學作品，比如批判現實主義作品，來凸顯資本主義的「罪惡」，所以也還是需要歐美文學組來進行相關的翻譯和出版工作。

除編輯部外，其他輔助部門設有生產部和辦公室，生產部「負責書籍的出版、發行工作。下設計劃財務科、出版科（包括美術設計）、校對科、材料科、發行科、排版所」；辦公室「設人事幹事、秘書幹事、打印組和管理科」。〔註19〕這也是計劃經濟體系下的要求，而且它們也承擔著意識形態把關的職

〔註19〕以上材料均來自《人民文學出版社概況》，見《人民文學出版社五年出版規劃草案（1958～1962）》（1958年9月編製），現存人民文學出版社。

責。人民文學出版社從成立開始，自身得參與到各種政治運動中去，它的出版方針、出版方向也隨之在運動中發生變化，帶上了鮮明的意識形態印跡。

第二節　從企業變為「政治思想工作機關」

　　1951 年至 1960 年之間，人民文學出版社作為企業，經營利潤完全上繳國家。然而，儘管人民文學出版社被當做企業來對待，卻在出書範圍、出版計劃、印製發行等環節不能完全自主，無法真正按企業方式運營。但即使是企業，政治責任仍然被作為第一位來強調。正如王任叔所說：「社會主義的出版事業，是整個國家事業的一部分，是全體人民事業的一部分。作為國家出版機構之一的人民文學出版社，就應當組織所有作家，包括老作家和新進作家，來共同為國家和人民服務」，「出版社是一個企業機構，同時也是思想工作機構，同其他思想機構一樣，是黨用來教育人民的。它用書籍宣傳黨和國家的政策，用書籍來反映全體人民，特別是勞動人民的生活面貌。就出版社說，它沒有自己的目的和利益。保衛黨和人民的利益，保衛國家的利益就是它的目的和利益。」〔註20〕

　　在 50 年代剛剛建立的計劃經濟體制之下，出版社的經營受到很多限制。1957 年，王任叔在文化部召開的座談會上提出，人民文學出版社「利潤完全上繳，經濟上統得太死，再生產的流動資金不夠。文學出版社去年年底止，預支稿費已達 38 萬元，稿費定額超支達 43 萬元，今年翻譯古典作品還要預付大批稿費，流動資金已很有限，只好向銀行貸款，利息支出很大」。王任叔還提到，「出版企業應和其他工商業不同，是否可以由國家投資給出版社，規定一定上繳比例，由出版社自己獨立經營，不要事事干涉」〔註21〕。除了在企業經營方面的限制，上級管理部門往往把出版社視作機關，經常性地安排涉及政治方面的工作。馮雪峰曾建議，「出版社的組織要徹底考慮，現在上級行政部門把出版社當作附屬機關看待，不顧出版工作的特點，如歡迎外賓，一定要出版社派出 50 個人對工作影響很大」〔註22〕，由此可見，當時的機關

〔註20〕《王任叔的發言》，作家協會編《中國作家協會第二次理事會會議（擴大）報告、發言集》，人民文學出版社，1956 年 6 月第 1 版，第 350 頁。

〔註21〕《文化部召開文藝作家座談會紀要》（1957 年 5 月 16 日、18 日），《中華人民共和國出版史料》（9），中國書籍出版社，2004 年 12 月第 1 版，第 167 頁。

〔註22〕《文化部召開文藝作家座談會紀要》（1957 年 5 月 16 日、18 日），《中華人民共和國出版史料》（9），中國書籍出版社，2004 年 12 月第 1 版，第 167 頁。

化管理方式一方面使人民文學出版社無法擁有企業經營的自主權，另一方面還給出版社的正常經營活動多少帶來了影響。

到 1960 年 9 月，人民文學出版社正式由企業單位改為事業單位，這意味著人民文學出版社作為出版社的商業屬性進一步削弱，甚至取消。轉變為事業單位後，王任叔抱怨的周轉資金不夠的問題得到了解決，因為事業單位體制下，取消了「現行的工商業稅與房地產稅的繳納任務」。對於出版社來說，利潤和經濟指標不再成為目標，「生產基金由國家財政撥給」，「考核經濟工作的成績，不以利潤完成多少為依據，要以節約開支、減少和杜絕浪費現象所執行的優劣狀況為斷」〔註 23〕。但是，隨之而來的是對出版活動本身的控制越來越嚴格。

1960 年 12 月，文化部副部長齊燕銘在人民文學出版社、作家出版社和中國戲劇出版社三社合併大會講話中，要求出版社必須「堅持政治掛帥」：「今後我們出版社要改為事業機構（目前還沒有實行起來）……最主要的是從思想上認識到單純追求數量指標是不行的」，「最根本的問題還是政治掛帥」。〔註 24〕

人民文學出版社由企業轉為事業單位之後，專門制定了加強黨的領導的規定：「今後社黨委必須更加充分發揮全社的核心領導作用。對兩個支部，應加強具體領導，充分發揚全體黨員同志的積極性、創造性。在各部室中成立黨的核心小組，更緊密地團結全社同志，更好地貫徹黨的方針政策。」社黨委是「集體領導和個人負責」，「凡全社性的重大問題和帶有方針、政策性的問題，都應由集體討論或請示上級決定」。「政治掛帥必須掛在書籍上」，要「保證社長、正副總編輯，有足夠的時間，進行書稿的審讀工作」，社黨委會「每月二次（至少一次），討論黨的方針政策以及我社書籍中的傾向性問題」；對於業務骨幹，「每隔兩周或三周舉行一次座談會，傳達和討論上級的指示，社黨委的決定，或交換工作中的情況和意見，討論出書中存在的問題，業務思想等」；「每月以科或以部室為單位，舉行一次思想見面座談會，談談思想、工作、學習、勞動、生活中問題」。〔註 25〕

〔註 23〕《人民文學出版社關於企業改革為事業的幾項措施（二次稿）》，1960 年 9 月 20 日。現存人民文學出版社。

〔註 24〕《齊燕銘副部長的講話》，人民文學出版社內部通知，1960 年 12 月 4 日。現存人民文學出版社。

〔註 25〕人民文學出版社：《加強黨的領導的幾項規定（二次稿）》，1960 年 9 月 20 日，現存人民文學出版社。

人民文學出版社在轉為事業單位之後，「文學出版工作是黨的思想工作的一部分」，至此，文學出版的功用被集中和限制在了「黨的思想工作」之內。對於人民文學出版社來說，「文學出版社是政治思想工作機關，也是學術研究機關和編輯出版機關，任務是為無產階級的政治服務，為工農兵服務，為社會主義事業服務」。〔註26〕學術研究、編輯出版已經處於次要地位，重要的是為「黨的政治思想工作」服務。在出版重心上，則提出「反對帝國主義和現代修正主義的鬥爭是當前政治思想戰線上的中心任務，文學出版事業，必須緊密結合這一鬥爭，成為黨的鬥爭的有力武器，成為黨在反對帝國主義和現代修正主義和資產階級思想戰線上的尖兵」。〔註27〕政治學習的強化，正是意識形態「召喚」主體的一種強有力的方式。編輯通過政治學習，將自身的政治立場、思想觀點統一到國家意識形態要求的規範中，從而在圖書編輯過程中充分實現內容把關。

在新中國管理體制之下，出版社逐步從企業單位轉為「政治思想工作機關」，這跟 1949 年時提出的國營出版社與私營出版社互相競爭互相發展的設想相比已發生根本變化。與此同時，將「政治思想工作」作為第一要求，勢必帶來諸多後果：在出書範圍上，「五四」新文學作品、古代和外國文學作品的出版被進一步壓縮，而服務當下政策的當代文學創作被突出和放大；作品出版時，對作者身份的要求，對內容的要求和修改變得更加嚴格；對文學作品的束縛越來越嚴，作品教條化傾向越來越嚴重。

第三節　出版社工作人員的遴選

1949 年後，「新制度和新秩序建立的一個重要方面，就是通過對舊政權及其人員以及『敵對階級的社會基礎』的政治清算來展開的」，「其具體路徑就是『劃分階級成分』」，「執政者在政治和社會生活的廣泛領域，根據變化的形勢對社會成員持續不斷地進行政治身份類別的劃分排列，有差別地給予社會成員不同的政治和經濟待遇」。〔註28〕人民文學出版社成員的變化，就是在這樣的大背景下不斷發生變化的。

〔註26〕《人民文學出版社關於企業改革為事業的幾項措施（二次稿）》，1960 年 9 月20 日，現存人民文學出版社。
〔註27〕《人民文學出版社關於企業改革為事業的幾項措施（二次稿）》，1960 年 9 月20 日，現存人民文學出版社。
〔註28〕高華：《階級身份和差異：1949～1965 年中國社會的政治分層》，香港中文大學亞太研究所，2004 年版。

由於出版社的特殊地位，出版者要承擔思想教育者的角色，因此成員的政治思想素質成了關鍵因素。尤其是對編輯人員的要求，政治思想水平成為剛性規定，只有黨員和政治立場正確、沒有歷史問題的可靠人員才能擔任；而且只要在這方面出了問題，就不能再擔任編輯工作，只能從事最初級的加工整理或者翻譯工作。

人民文學出版社作為新中國單位體制的組成部分，具有單位制度的所有特色。「對於國家而言，單位是當代中國政治體系的最堅實的支撐者和鞏固者；對於個人而言，單位又是個人社會化及其價值實現的唯一通道」〔註29〕，出版社人員都通過領取工資、評定級別等方式，在單位體制下生存。

當時的蘇聯對編輯素質的要求，放在首要地位強調的就是政治可靠，「編輯必須是受過馬克思主義教育的人，必須很好地瞭解共產黨的政策，在自己具體的工作崗位上積極地參與實現這種政策。他應該不斷地提高自己的學識，改進自己的業務能力」〔註30〕。在共產黨領導下的新中國也是如此。1957 年，文化部對新中國的編輯出版人員構成情況進行了分析：一是「解放前解放區的出版工作者，和國民黨反動派統治區的進步的出版工作者，這部分人數量雖然不多，卻是我們編輯工作的骨幹，他們的長處是政治覺悟高，但是一般科學文化知識比較差」；二是「解放後由高等學校畢業新參加工作的青年學生，這部分數量較大，長處是有熱情，對新鮮事物感受力強，但政治理論修養比較差，缺乏鬥爭和實踐的鍛鍊，書本知識不能聯繫實際，容易產生教條主義的習氣」；三是「從國民黨反動政府官辦的出版企業接收下來的和私營出版業實行社會主義改造時包下來的，以及從社會上吸收來的舊知識分子。這部分人數目不少，按照他們的政治態度，又大致可以分為進步的、中間的和落後的三種」〔註31〕

人民文學出版社社領導的選擇方面，是充分考慮到他們的政治身份的。1951 年 3 月，馮雪峰擔任人民文學出版社首任社長兼總編輯，出版社的管理者同時還有樓適夷，1954 年後王任叔加入，擔任副社長。作為人民文學出版社的負責人，首先在政治上必須是被認可的。馮雪峰自二十世紀三十年代就

〔註29〕劉建軍：《單位中國》，天津人民出版社 2000 年版，第 2 頁。

〔註30〕《編輯是出版社的中心人物》，1955 年 2 月 17 日《蘇維埃文化報》社論，信然譯，見《蘇聯出版印刷工作人員會議文件》。

〔註31〕《出版社內組織編輯工作的經驗》（1957 年 3 月），此文是中國出版業代表團在萊比錫舉辦的社會主義國家出版會議上的發言稿。見《中華人民共和國出版史料》（9），中國書籍出版社，2004 年 12 月第 1 版，第 89 頁。

開始在上海從事左翼文學活動，是左翼作家聯盟的領導人，還參加過長征，也是共產黨與魯迅之間聯繫的重要橋樑，由他來擔任社長和總編輯無疑是非常合適的。王任叔也是很早就以雜文作家身份參與革命，後曾擔任新中國駐印度尼西亞大使，在政治身份上是可靠的。

　　1957 年，馮雪峰被文化部定為「右派分子」，1958 年被開除黨籍，免去社長兼總編輯職務，改由王任叔擔任社長。1959 年，王任叔在「反右」中被打倒。1958 年，從人民文學出版社中分出副牌作家出版社，樓適夷、何文等擔任領導職務的人員隨之調離，人民文學出版社副社長許覺民負責出版社日常工作。1960 年，作家出版社、中國戲劇出版社與人民文學出版社合併，由嚴文井擔任社長兼總編輯，韋君宜擔任副社長兼副總編輯，日常工作主要由韋君宜負責。隨著政治運動的開展，他們先後離開人民文學出版社領導崗位，這種變動也是國家意識形態對建構過程要求更加純潔、更加嚴厲的體現。

　　什麼樣的人可以做編輯工作，並不是從業務能力方面來決定，而是首先考察其政治身份。1960 年，中央要求對國務院各工業部的出版物進行整頓，其中就提到很多出版社存在「編輯人員政治不純」的問題：「據 9 個部的 462 名刊物編輯人員的調查，即有 55 人有各種比較嚴重的歷史政治問題；其中有的甚至是歷史反革命分子、右派分子、有殺父之仇的分子等。有的刊物連一個黨員也沒有。（略）至於各部出版社編輯人員的政治情況，則更為複雜。」〔註 32〕對此，「必須保證黨對出版物的絕對領導，要派政治上堅強的幹部去具體領導和掌握刊物的編輯工作。對現有不稱職的幹部和政治上不純的人員，要堅決進行調整和撤換。對出版社的編輯人員也應當加以整頓」〔註 33〕。

　　在出版社，任命部門主任和副主任需報文化部出版局批准，出版社不能自主決定。出版社的任命請示不一定得到出版局的批准，王任叔曾說：「文學出版社主張任命舒蕪為第二編輯室第一副主任，趙其文為第二副主任，送到局裏，因為趙是黨員，就改為第一副主任，結果趙的能力不夠，工作抓不起來，很苦惱，而舒蕪又不高興。雖然趕快補救，任命舒蕪為編審，意見還

〔註 32〕 《中共中央工業工作部關於國務院各工業部整頓出版物工作的情況反映》
　　　　（196 年 6 月 11 日），《中華人民共和國出版史料》（10），2005 年 12 月第 1
　　　　版，第 280 頁。原文有節略字樣。

〔註 33〕 《中共中央工業工作部關於國務院各工業部整頓出版物工作的情況反映》
　　　　（196 年 6 月 11 日），《中華人民共和國出版史料》（10），2005 年 12 月第 1
　　　　版，第 281 頁。

是沒有消除。」〔註34〕

　　人民文學出版社作為執行和傳播國家意識形態的部門，組織工作人員進行政治學習，意義重大。除了遴選工作人員時嚴格把關外，對其政治學習的要求也非常嚴格。1953 年 6 月，人民文學出版社專門對全社人員的政治性學習提出了要求，並要求全社人員在工作之餘召開黨、團等會議。「每星期六下午之學習時間取消。星期三下午學習時間照常。規定為三時半至六時半，所有聽報告、上課、組織討論、考試測驗等學習活動，不論中級組、初級組，均在規定時間內舉行（閱讀文件在業餘時間）。業務學習每週一次，規定時間為每月二、四周的星期六下午三時半至六時半。」此時的政治學習任務尚有限定的時間範圍：「一切屬於工作性質的會議，可在工作時間內進行；一切屬於黨、團、工會、民主黨派的活動，均應在業餘時間之內進行。黨、團、工會、民主黨派的活動時間，每週每人不得超過四小時。」〔註35〕這在制度上確保了工作時間，而對政治活動、政治學習的時間做了一定限制。

　　但從 1951 年至 1966 年，政治學習也經歷了一個逐步加強、時間逐步增加的過程。1957 年，經過雙百方針推出後短暫的意見紛雜之後，出版主管部門加強了對出版社人員的學習管理。在他們看來，由於出版社編輯人員組成比較複雜，且其中有大量「從國民黨反動政府官辦的出版企業接收下來的和私營出版業實行社會主義改造時包下來的，以及從社會上吸收來的舊知識分子」，因此，對編輯的教育和思想改造非常重要，而且「政治思想教育占著首要的位置，在這方面我們用了最大的力量」。除選送少數人黨校和高校學習外，「絕大多數靠在職學習」，「有的出版社每日兩小時的學習制，有的是一年集中兩個月脫離工作專心學習」；有的出版社動員和組織編輯參加土地改革、抗美援朝、三反五反、肅反運動，有的派編輯到工廠、鄉村體驗生活。〔註36〕

　　關於政治方面的學習和業務學習被人民文學出版社當成制度確立下來。1960 年，試行脫產集中學習。1961 年，提出日常的學習節奏應該是「每星期

〔註34〕《文化部召開各直屬出版單位負責人座談會紀要》，《中華人民共和國出版史料》（9），中國書籍出版社，2005 年第 1 版，第 153 頁。

〔註35〕人民文學出版社辦公室編：《內部通報》，第六號，1953 年 6 月 1 日，現存人民文學出版社。

〔註36〕《出版社內組織編輯工作的經驗》（1957 年 3 月），此文是中國出版業代表團在萊比錫舉辦的社會主義國家出版會議上的發言稿。見《中華人民共和國出版史料》（9），中國書籍出版社，2004 年 12 月第 1 版，第 89 頁。

內要有一個半天進行政治理論學習、一個半天進行業務學習」；同時，還組織「科以上幹部，分期分批脫產學習『毛澤東選集』第四卷」。〔註37〕政治理論學習的中心任務是「學習毛主席著作」，內容主要是「上級黨委統一布置的政治理論、時事政策和文藝理論」。「學習毛主席著作，必須和做好工作和改造思想密切地聯繫起來，學習的目的在於改進工作和改造思想，而不是為學習而學習」，所以「政治理論學習必須和業務學習結合起來，政治是統帥、是靈魂」，「在每一個具體業務工作上，必須堅持政治掛帥」。〔註38〕

　　出版社的工作人員，尤其是編輯人員，是國家意識形態建構的直接執行者和操作者，他們能否發揮作用，決定了書稿的政治傾向是否與國家意識形態要求一致，所以他們的政治身份就顯得格外重要。即使在政治身份上有了保證，也還需要不斷加強思想上的政治學習教育，使其思想能持續保持與國家意識形態的一致。確保他們的政治和思想正確，再通過他們的編輯工作對書稿進行修改，再通過出版社其他各個環節的層層把關，把政治思想正確的要求落實到圖書出版上，才能真正實現國家意識形態的建構。

第四節　出書範圍的日益窄化

　　從 1951 年人民文學出版社建立到 1976 年「文革」後期，文學出版經歷了一個總體上來說從寬到窄的變化過程。雖然中間經歷了「雙百」方針後短暫的寬鬆環境，出版範圍一時間稍有鬆動，但之後又立即走上收縮的道路。我們以人民文學出版社的出書範圍為例，可以清晰地看到這一變化過程。

　　馮雪峰在擔任人民文學出版社首任社長兼總編輯期間，在出版範圍方面制定了如下工作方針：「一、當前國內創作及五四以後的代表作；二、中國古典文學名著及民間文藝；三、蘇聯及新民主主義國家文學名著以及世界其他各國現代進步的和革命的作品，近代和古代的世界古典名著。」〔註39〕但在實際執行中，出版「五四以後的代表作」變成了人民文學出版社真正的工作重點。1951 年至 1953 年期間，由人民文學出版社出版的圖書品種當中，「五

〔註37〕中共人民文學出版社委員會：《關於加強政治理論和業務學習的規劃（草案）》，1961 年 2 月 10 日。

〔註38〕中共人民文學出版社委員會：《關於加強政治理論和業務學習的規劃（草案）》，1961 年 2 月 10 日。

〔註39〕人民文學出版社一九五二年工作總結，現存人民文學出版社。

四以後的代表作」數量要超過當時的「原創」作品，內容質量上顯然也更勝一籌。

　　但這種出版實踐未能一直推行下去。到了 1954 年年底，根據上級要求，人民文學出版社對工作進行了「全面檢查」，在工作中開展「自我批評」，認為出版社的編輯方針「有脫離政治的傾向，有忽視文藝的政治宣傳作用和放鬆思想鬥爭的傾向」。「據一編室（即負責出版五四新文學及當代新作品的編輯室——引者注）的檢查：全年出書 78 種。1949 年以前的作品有 39 種，占 50%，其中五四作品居多，解放區作品被吸取的僅有 6 種。三年選題計劃中甚至很少注意到這一方面。新創作共 35 種，占全年出書品種的 45%，但其中反映國家社會主義改造的現實生活的，除通訊報告選外，只有 5 種，而且分量是很單薄的；如果以字數來算，則 1949 年以前的作品占 60%。新創作僅占 40%。這和我國豐富多彩的現實生活比較起來，那是太過落後了。」〔註40〕出版「五四」作品超過解放區作品，顯然並不符合「工農兵方向」，被認為是「脫離政治的傾向」也在所難免。〔註41〕

　　社長兼總編輯馮雪峰在 1954 年因「《文藝報》事件」被批判；「胡風反革命集團案」發生後，人民文學出版社五四新文學編輯室的牛漢、綠原等人被捲入；「反右」運動發生後，馮雪峰等被劃為「右派」；1958 年 4 月，馮雪峰被開除黨籍，同時撤銷人民文學出版社社長兼總編輯職務。這些變故使得人民文學出版社不得不對出版策略進行重大調整。

　　馮雪峰被撤職之後，在新任社長王任叔的主持下，人民文學出版社制定了《五年出版規劃草案（1958～1962）》（以下簡稱《草案》）。該草案針對過去的工作提出了「自我批評」意見，稱「五四以後新文學」的出版是「出錯較多的」，「所選的多是資產階級作家的作品，其中還有唯心主義思想極濃厚的作品選集；革命作家的作品選集，所佔的比例不多；而對於所選作家也沒有從政治上考慮到作者過去對革命文學的態度，相反的，在前言中卻被當作革命作家予以肯定；這就混淆了五四以來新文學中兩條道路鬥爭的真實面貌」。這些錯誤的原因都歸到了馮雪峰頭上，《草案》稱錯誤的產生「反黨分子馮雪峰負了社的主要責任，馮雪峰的政治思想和文藝思想也不能不給我們

<hr />

〔註40〕《一年來工作初步總結報告》（1954），現存人民文學出版社。
〔註41〕參見肖嚴、宋強：《上世紀五十年代「新文學選集」叢書出版略論》，《新文學史料》，2014 年 2 月。

的工作帶來重大的影響和損失」。〔註42〕

　　鑒於以往的「經驗教訓」，《草案》提出「出書輕重緩急的安排，其位置應該是：中國的新創作居第一位；蘇聯和其他兄弟國家的現代文學和資本主義國家的革命文學居第二位；五四新文學遺產和中國古典文學居第三位；外國古典文學居第四位。」〔註43〕這種調整本身也是國家意識形態建構的過程，在文藝為工農兵服務的總要求下，必然要求將當下的新創作放置第一位。而作為執政黨基礎的社會主義，需要加強蘇聯和其他社會主義國家的文學交流，其次才是資本主義國家的革命文學，這意味著資本主義國家的非革命文學肯定是不能出版的。五四新文學作為「遺產」，與中國古典文學同屬第四位，顯示出對五四新文學地位的有意弱化。然而出版社即使通過刪改，也還是無法避免五四新文學在新的話語體系下不犯錯。外國古典文學放到了最後，這也與它們在內容上與人民民主革命、與新中國建設相關性較少、不能直接服務當下社會建設有直接關係。1966年，「文革」開始後，出版社工作人員陸續隨文化部下放到「幹校」勞動，出版工作基本停滯，只有為數不多的樣板戲劇本和個別出於政治需要的圖書才得以出版。

　　出書範圍的窄化和不同類別出書比例的改變過程，既反映了意識形態的要求，也是意識形態在出版社發揮作用的表現。出版社通過自身的不斷修正和「淨化」，使編輯出版工作更加貼近政治的要求，這直接影響了當時圖書的出版，進而對社會思想文化的一體化起到重要作用。

〔註42〕《人民文學出版社五年出版規劃草案（1958～1962）》，現存人民文學出版社。
〔註43〕《人民文學出版社五年出版規劃草案（1958～1962）》，現存人民文學出版社。

第二章　出版社的「政治掛帥」

　　國營出版社成立發展起來之後，它們的管理也日益完善。其機構設置和管理體制，是確保意識形態發揮作用的重要保障。國營出版社建立的黨委領導體制，確保了它們始終在意識形態主管部門的管理下運作，也確保了它在工作中以政治為中心的體制。

第一節　黨委領導體制

　　1951 年人民文學出版社成立，歸文化部出版局直接領導。出版社內部採取「黨委領導下的社長負責制」，黨委會下設黨委辦公室（1958 年，下設「躍進」辦公室，與黨委辦公室合一）。行政管理方面採取集體領導，領導機構為社務委員會，「由社長、總編輯、編輯組組長、部室主任、青年團、工會負責人組成」，社務委員會下面設置有編輯會議、生產會議和行政會議等機構。

　　1955 年，人民文學出版社還設立了常設機構編輯委員會，是「編輯部最高權力機關」，主要職責是「確定編輯業務方針、選題計劃、有關重要文集、名著的出版，審查和評定用人民文學出版社名義出版的書籍」，組成人員包括：「（1）中共中央宣傳部文藝處代表一人。（2）中央人民政府文化部、出版事業局代表二人。（3）軍委總政治部文化部代表一人。（4）聘請各業務範圍有關的專家、顧問三人至五人。（5）中國作家協會常務理事會代表三人。（6）本社正副總編輯。」以上組成人員中，如果說後面三類代表主要是從內容、專業角度提供建議的話，那前面三類代表主要是為意識形態把關的。而且編輯委員會規定，「在上述人選中由中共中央宣傳部、中央人民政府文化部確定

一人為主任委員」，「編輯委員會每三個月舉行會議一次，必要時由主任委員決定將臨時召集之。」〔註1〕應該說，編輯委員會是集合了主管部門、政府意識形態管理部門的代表，對人民文學出版社出書方向、選題內容的導向起到了嚴格「把關」作用。

　　1960年9月，人民文學出版社由企業轉為事業單位之後，專門制定了加強黨的領導的規定：「今後社黨委必須更加充分發揮全社的核心領導作用。對兩個支部，應加強具體領導，充分發揮全體黨員同志的積極性、創造性。在各部室中成立黨的核心小組，更緊密地團結全社同志，更好地貫徹黨的方針政策。」社黨委是「集體領導和個人負責」，「凡全社性的重大問題和帶有方針、政策性的問題，都應由集體討論或請示上級決定」。「政治掛帥必須掛在書籍上」，要「保證社長、正副總編輯，有足夠的時間，進行書稿的審讀工作」，社黨委會「每月二次（至少一次），討論黨的方針政策以及我社書籍中的傾向性問題」；對於業務骨幹，「每隔兩周或三周舉行一次座談會，傳達和討論上級的指示，社黨委的決定，或交換工作中的情況和意見，討論出書中存在的問題，業務思想等」；「每月以科或以部室為單位，舉行一次思想見面座談會，談談思想、工作、學習、勞動、生活中問題」。〔註2〕

　　在《人民文學出版社編審條例》（1961年）中，對選題計劃作出要求：選題計劃分為長期選題計劃和年度選題計劃，「長期選題計劃（即組稿計劃）確定一個較長時期的（二至七年）選題及約稿對象」，「年度選題計劃（即發稿計劃）訂出本年度發稿的具體書名和作者、發稿季度（或月度），應有較大的可靠性」。年度選題計劃在上年9月訂定，「由各編輯部（室）經過內部討論後提出，經社內編輯辦公會議研究後，交全社編輯出版幹部進行討論及向有關方面徵求意見，再由社黨委會及社務會議討論通過，報請文化部及作協、劇協黨組批准」〔註3〕。

　　黨委領導體制下的出版社，從體制機制上確保了選題的政治導向正確性。

〔註1〕馮雪峰：《關於人民文學出版社設立編輯委員會方案（草案）》，《馮雪峰全集》
　　　　（六），人民文學出版社，2016年11月版，第428頁。
〔註2〕人民文學出版社：《加強黨的領導的幾項規定（二次稿）》，1960年9月20日，
　　　　現存人民文學出版社。
〔註3〕此次提出「報請文化部及作協、劇協黨組批准」，是因為此時人民文學出版社、
　　　　作家出版社、中國戲劇出版社合併，歸文化部直屬管理，在業務上同時受中國
　　　　作家協會、中國戲劇家協會領導。

不但與圖書出版直接相關的中宣部、文化部人員加入了出版社的編輯委員會，而且圖書選題計劃需上報給非圖書出版主管部門的作家協會、劇作家協會批准，這也可以看出，出版社在圖書的意識形態把關方面的謹慎和細緻。社內社外力量的結合，共同決定了圖書的內容導向。

第二節　編輯責任的政治化

《人民文學出版社編審條例》（1961 年）中規定，要「嚴格執行三級審稿制度」，「在任何情況下不得變更」。在一般情況下，由責任編輯擔任初審工作，需要通讀全稿後寫出書面的審稿意見，「必要時可由二人或更多的人擔任初審」，同時，責任編輯還需撰寫書稿的序言和書評。複審工作由編輯部室主任、副主任擔任，複審職責是重審初審的意見，「解決初審中未能解決的問題，並提出明確的處理意見」；設有組長的編輯部，由組長或副組長作第一次複審，主任作第二次複審，兩次複審的要求相同。全部發稿均需經總編輯（包括副總編輯）終審，「或由黨委會通過、總編輯授權的編輯部主任代為終審，作出出版與否的最終決定」，「如認為初審或複審沒有完成任務，可責成重審或補充」。

1960 年，文化部副部長齊燕銘在人民文學出版社、作家出版社、中國戲劇出版社三社合併大會講話中也提到，「總編輯要看過每一本書」。但是出版社每年出書品種很多，如果終審要審讀全部書稿的話，顯然工作量太大，在操作過程中也不現實。於是，《人民文學出版社編審條例》規定，「終審書稿的是否通讀，總編輯可視具體情況分別處理：中國新創作和外國現代創作（包括理論），重新加工整理的傳統民間文學及戲曲作品，均必須全部通讀。中外古典名著及現代經典性名著，內容熟悉已有定評者可以不審正文，只審『前言』、『後記』及其他類似附件。對於終審以及複審時不作通讀的稿件，由主管副總編按上述原則在年度發稿計劃上注明，經社長（副社長）同意後執行」。

在三審制的基礎上，人民文學出版社還有集體討論制度和社外送審制度。「凡新創作，（包括中國與外國的）及理論性的序言，應經三審人集體討論，並可視情況邀請原作者及其他作家、評論家參加討論。」對於有重大意見分歧的書稿，需要同時經過社長和總編輯的傳閱討論，對其中涉及重大思想性問題的書稿，還要求打印分送社外領導同志及有關人員審閱，「外審稿件必需經主管副總編同意後方可送出」。

　　審稿要審什麼？該文件也作出明確規定，「審稿應首先注意政治質量和政策思想，同時注意書稿的藝術或學術質量、出版的目的性，以及文字質量、技術質量等」。顯然，政治導向和思想內容是首先必須注意的，三審制相當於三道關口，存在政治思想問題的書稿肯定不會予以通過。

　　在新的出版體制下，編輯的主要責任發生了重大變化。如果說 1949 年前的出版行業，編輯的主要職能是組稿和稿件加工的話，那麼對於 1949 年後的國營出版社來說，「我們的出版業既然是社會主義的出版業，因此它就必須貫徹為人民服務的方向，配合黨和國家在一定時期所提出的政治任務，貫徹黨和國家在政治、經濟和文化上的各項政策和方針，這是我們出版社內組織編輯工作的指導思想」〔註4〕。因此，為人民服務、配合黨和國家的政治任務、貫徹黨和國家的政策，必然要求編輯要把意識形態把關職能作為首要職責。

　　在國有出版社成立初期，編輯責任並不明確，「以致編輯認為自己對一本書的一切方面，從政治到技術都要負全部的責任，因此審讀書稿時不能分清主要問題和次要問題，甚至在一些不關重要的技術問題上也絲毫不肯向作家讓步，書籍往往因此遲遲不得出版」。而到 1957 年，出版管理部門對編輯的責任要求日益清晰，「我們認為編輯對一本書的出版主要是負政治上的責任，一本書應不應當出版，值不值得出版，這是編輯必須解答的問題。而編輯的審查書稿就是要從政治尺度和科學或藝術尺度作出正確的評價。所以審查書稿，也就是評價書稿是編輯的主要工作和主要責任。」〔註5〕

　　《人民文學出版社編審條例》對編輯加工工作提出的要求，首先是讓編輯「特別注意政治性、傾向性的問題」，其次才是對「藝術、學術質量」、「邏輯性、常識性的錯誤及語法錯誤與錯別字」「統一學術名詞」「改正標點符號」「檢查注介及索引」等的要求。〔註6〕

　　人民文學出版社的很多編輯對待書稿極其認真，幫助作家、學者、翻譯家訂正了不少錯誤，常有作者提出將編輯納入作者署名之中的事。如責任編輯王利器在編輯范文瀾《文心雕龍注》時，「訂補了將近五百條注文」，范文

〔註4〕《出版社內組織編輯工作的經驗》（1957 年 3 月），此文是中國出版業代表團在萊比錫舉辦的社會主義國家出版會議上的發言稿。見《中華人民共和國出版史料》（9），中國書籍出版社，2004 年 12 月第 1 版，第 89 頁。

〔註5〕《出版社內組織編輯工作的經驗》，《中華人民共和國出版史料》（9），中國書籍出版社，2004 年 12 月第 1 版，第 99 頁。

〔註6〕《人民文學出版社編審條例（修正稿）》，現存人民文學出版社。

瀾提出著者應署兩個人的名字。〔註 7〕這樣的事情有很多，但在強調政治責任第一位的情況下，學術性的探討只能屈居其次。

但編輯不能無原則地對書稿進行刪改，《人民文學出版社編審條例》中規定，在編輯對書稿的政治傾向和政治問題進行把關的前提下，「新創作稿件中如有關思想內容、結構、增刪章節及文字上的重大修改，均應提出意見請作者自己進行。如由我社代為修改者，必須事先徵得作者同意授權，並在修改後送其過目同意後，方得發排出版。譯稿的修改可在徵得譯者同意後，由我社加工或組織社會力量校訂加工」。

由於對編輯政治把關功能的強調，同時編輯也過多地干預了作家文稿的修改，最終出版的圖書可以說是作者與編輯共同完成的文本。這也因此帶來了一個問題：一旦圖書出版後出了問題，圖書的編輯往往也會受到影響。對於圖書來說，應該作者文責自負還是編輯代負？韋君宜提出，這個問題值得注意。韋君宜認為應當是作者自負，「但過去社會觀感卻不然，刊物上登出什麼文章出了毛病，就怪編輯部。甚至在批評某篇有錯誤的文章時，根本不提作者名字，只提是在某刊物上登出的。在對於不大知名的作者寫的文章作批評時，尤其是如此」。這無形中給編輯很大的壓力，「這樣就不能形成編輯在審稿時字斟句酌，遇到點大不對處就想改，好像對待自己的文章一樣，因為要代他負責，出了岔子是編輯部的呀」。如果文章刊發後遭遇批判，那刊發文章的編輯自然難逃其咎，在鬥爭、運動激烈的時候，編輯也很容易被犯錯誤的作者牽連。《人民文學出版社編審條例》中規定，「總編輯對出版物負最後的政治責任」，這也意味著假如一本書出了問題，從編輯到總編輯，與書稿審讀相關的人員都將負有責任。

在面對具體書稿時，編輯、編輯部在政治把關上有時看法並非完全一致，時任《文藝學習》編輯的韋君宜就曾提到，編輯部是執行集體決定，「如果大家對其中一個論點不同意，執行的編輯為了『尊重集體領導』，就一定要求作者修改」。「編輯部的看法並不見得就正確，編輯部也不見得對讀者情況有完全準確的估計。」〔註 8〕對於質量差的稿件，尤其是年輕作者投來的稿件，處理起來很麻煩，韋君宜提到，「到底改不改，是個大問題，青年投稿者都要求

〔註 7〕王利器：《新版〈文心雕龍〉出版前後》，未刊稿，現存人民文學出版社。
〔註 8〕韋君宜：《編輯人員也有苦惱》，《韋君宜文集》第五卷，人民文學出版社，2013年 4 月第 1 版，第 336 頁。

修改刊用，這當然不可能辦到。編輯部就總想從中選一些有修改基礎的，改一改來用。退給本人改改不好，常常就代他改了」〔註9〕。

作者文責自負，還是編輯代負？這應該把它置於國家意識形態對出版社功能定位的語境中來理解。既然出版社是國家意識形態建構的執行機構，那麼編輯就需要將建構工作落實到書稿的內容審核上。雖說作者應該對自己的作品負責，但他的作品要經由作為意識形態把關機構的出版社進行出版，就必然經過思想內容的檢查。作為檢查者的編輯，與作者一起成為作品思想導向的負責人，與作者一起為國家意識形態的建構發揮作用。

第三節　圖書出版過程的政治化

一、出版說明、序言、前言、後記的政治問題

對於一本圖書來說，它的出版說明、序言、前言、後記這些附件與它的正文一起，都是圖書的重要組成部分。而且，這些附件往往成為規範正文思想傾向，尤其是引導甚至規範讀者閱讀過程時的思想傾向的重要工具。特別是對於文學作品而言，文學作品的很多故事情節和人物描寫，往往帶有多義性和複雜性，如何理解它的思想，就顯得格外重要。

出版社之所以重視出版說明、序言、前言、後記，不僅因為它們代表了出版社對圖書內容的介紹，還因為它們作為國家級出版社的評價，也直接代表了國家意識形態的立場。人民文學出版社的編輯陳新曾寫道：「出版界領導一再強調要寫好出版說明或前言、後記，出版社早期的領導人如馮雪峰、王任叔等同志更是認真嚴肅對待。」他還提到，王任叔在終審簽發書稿時，前言、後記是重點審讀的內容，他不僅親筆修改，「遇有問題時時常召集責任編輯和編輯室主任會商，有時甚至批注意見後退回，因此沒有一個編輯敢掉以輕心的。」〔註10〕

然而，在五六十年代政治運動不斷，有的圖書出版時，作者還沒有出現政治問題，而過了不久，作者因出現政治問題被「打倒」，出版社就只好將他的書收回銷毀；有的圖書因為出版週期較長，書還未出版，作者就被列為

〔註9〕韋君宜：《編輯人員也有苦惱》，《韋君宜文集》第五卷，人民文學出版社，2013年4月第1版，第336頁。
〔註10〕陳新：《編後瑣語》，1986年3月，未刊稿，現存人民文學出版社。

批判對象，他的書只能擱置；有的圖書因為序言或說明文字的觀點與變化著的形勢發生衝突，只好在重印時加以修改，這給撰寫這些內容的編輯帶來很多困難，正如陳新所說：「前言、後記最多只能反映書稿發排時的學術空氣和政治氣候，無法預計未來的發展變化。政治學術一向很難區分，而政治風雲瞬息變化，某些書籍的生命力相對就要穩定得多，這就難為其乎前言、後記了。」〔註11〕

　　發展到七十年代，所有的出版物都被要求「凡寫前言、後記，必須密切結合現實政治鬥爭」。主管出版工作的陳翰伯曾在一次編輯座談會上私下表示，「這種要求本身不合理，而且在每篇文章後勉強裝上一個政治尾巴，究竟能產生什麼作用，起什麼影響」〔註12〕。但是，出版社對此是不敢掉以輕心的。

　　出版說明和內容介紹等文字，一般由編輯撰寫，編輯室主任和社領導最終確定，這樣可以盡可能地體現出版社的立場和觀點。1958 年「大躍進」開始後，為了體現與群眾的結合，相關撰寫工作便開始由群眾撰寫、專群結合。如在制訂 1959 年十年國慶獻禮圖書計劃時，人民文學出版社就曾提出：「新創作的前言和小叢書的前言，一般說是下了些工夫寫的，但是質量不高，作為國家的文學出版機關，一本選拔的作品前面只有一個介紹性的出版說明，是十分不夠的，必須有更有分量和指導性的前言或序言，要有高度的水平。看來方法是有的，專群結合是一個方法，由專家寫或群眾寫，然後博採群議，讓群眾討論，反覆再三，然後定稿。」〔註13〕

　　在對最終出版的獻禮圖書進行質量檢查時，人民文學出版社「出書的目的性更為明確了」，因為在大部分圖書中通過「前言、後記或是比較詳細的出版說明」推薦了一批好書，「和指出必須採取批判的態度接受過去的文學遺產（如對於外國古典文學名著和中國古典文學作品和五四以來的作品的分析和評價）」，並認為「這一些前言、後記和出版說明，雖然寫得不夠深刻，有待於今後努力，在質量上要繼續提高，但在這一些前言、後記中重大的政治性的錯誤並未發生」，「這說明了在編輯思想上政治掛了帥」。〔註14〕

〔註11〕陳新：《編後瑣語》，1986 年 3 月，未刊稿，現存人民文學出版社。
〔註12〕陳新：《編後瑣語》，1986 年 3 月，未刊稿，現存人民文學出版社。
〔註13〕《國慶向黨獻禮的工作總結與元旦獻禮規劃》，見人民文學出版社「躍進」辦公室編《內部通報》，第二十一號，1958 年 10 月 20 日，現存人民文學出版社。
〔註14〕《「十一」獻禮書籍質量檢查小結》，見人民文學出版社「躍進」辦公室編《內部通報》，第二十三號，1958 年 11 月 4 日，現存人民文學出版社。

　　到了 1960 年，因為環境已經發生了很大變化，出版社對以往出版過的作品各卷的前言、後記等進行了檢查，不合時宜的就進行修改。編輯王仰晨在 1960 年 5 月專門寫了一封短信給另外一個編輯白崇義，提到：「似聽說你們曾檢查過一次前言、後記，我很想知道我寫過的一些中有無問題，我寫的前言有『短褲黨』、『倔強的紅小鬼』、『春蠶』、『日出』，後記有『蕭紅選集』等，如有什麼問題，盼告我。（還有『巴金創作評論』的『出版說明』）。」從這裡也可看出編輯內心的緊張。所以對於出版機構來說，圖書的出版說明、序言、前言和後記的撰寫是重要的政治問題，這也是直接體現國家意識形態性質的工作。出版社也正是通過這些圖書附件，更加直接地參與到國家意識形態的建構之中。

二、校對工作中的政治問題

　　人民文學出版社建社初期，校對科是人數最多的部門。校對科不僅負責人民文學出版社出版圖書的校對工作，校對科下還專門設有期刊組，負責由人民文學出版社出版的大量報刊的校對工作，據不完全統計，有《人民文學》《文藝報》《戲劇報》《譯文》《解放軍文藝》《民間文學》《電影藝術》等十餘種。人民文學出版社還要求新入職的編輯必須在校對部門進行鍛鍊，以熟悉校對的工作方法，此項規定甚至一直延續至今。

　　當時的校對工作不僅僅是消滅語言文字、文化知識等錯誤，更重要的是消滅政治錯誤。國有出版社對校對工作的重視是從政治高度出發的。在 1950 年，出版總署曾就新華書店的校對工作作出要求：「應認真作好校對工作，把減少和消滅錯字及其他錯誤看做嚴重的政治任務，應把校對工作的好壞當做檢查出版工作的第一個和最主要的任務。」〔註 15〕當時，葉聖陶的妻子胡墨林擔任人民文學出版社校對科首任科長，她有句話被廣為流傳：「校對，是出版物的第一個讀者。」她鼓勵校對人員對書稿的內容質量和技術質量提出意見，為書稿把好最後一道關口，消滅可能存在的問題。〔註 16〕在出版社內，校對工作規定是「三校一讀」，即書稿在發稿和排版之後，需要校對三遍、通讀一遍，而且還會根據具體情況增加或減少校次。

〔註15〕《出版總署關於統一全國新華書店的決定》（1950 年 3 月 25 日），《出版工作文件選編》（1949～1957），第 50 頁。
〔註16〕陳新：《編後瑣語》，1986 年 3 月，未刊稿，現存人民文學出版社。

陳新在人民文學出版社校對科工作時，曾負責《鋼鐵是怎樣煉成的》重排校對工作，在校對時發現書裏收錄了一篇文字，其中引用了一大段美共主席的話，而當時國內國外都在批判其人，陳新提出不宜印在書上，於是予以刪去。〔註17〕

人民文學出版社建社初期，除設立校對部門外，還有專門的整理科。整理科的設立，主要是考慮到當時調來的很多編輯人員並不熟悉編輯工作，在編輯規範上可能存在問題，於是要求在圖書校對前由整理科負責把關。整理科當時「從編輯部抽調新參加工作的大學畢業生和其他助理編輯、編輯，計有張奇、龍世輝、王笠耘、杜維沫、水建馥、王壽彭、施咸榮、文潔若、陳啟明等以及主動要求來的外文部兩位編輯共約十四五人」〔註18〕，劉嵐山任負責人。整理科從建社初期建立，一直到1954年底結束，所有稿件都由編輯交整理科整理之後，再由校對人員校對。整理科的任務除在規範、版式、文字錯誤等方面把關外，重要的工作便是發現「作品思想性問題」，「主要涉及政治、政策、法令、思想意識等方面的問題，為審稿時所忽略或遺漏，而在字斟句酌地整理時發現者」。〔註19〕

由於政治運動的頻繁和某些時段的錯誤政策，很多政治問題在當時可能是問題，之後會被認為不是問題。面對書稿，校對人員也有自己的思考，雖然知道必須按照政策、當下政治運動傾向對書稿內容進行把關，但從個人角度而言，也難免存在個人想法。陳新在調任校對科期刊組組長之後，負責期刊校對工作，對期刊中的大量「表態文章」甚為反感：「這種文章，恐怕除極少數有關係的人以外，基本上是沒有讀者要看的。但做校對的卻不僅不能不看，而且更要小心翼翼，因為一出錯誤，就是『政治問題』。」〔註20〕因為不正常的政治環境，批判文章看多了，反而可能同情起被批判對象來，陳新對胡風的印象即是一例。陳新本來對胡風的言論「既無好感也無惡感」，但因為校對工作，「每天要讀幾篇批判文章，有的人今天批判胡風，明天成了『胡風分子』被人批判，天昏地暗，目迷五色。文章更是千篇一律翻來覆去老一套，越談越煩膩，思想上漸漸同情胡風，甚至贊同胡風的思想見解起來」。〔註21〕

〔註17〕陳新：《編後瑣語》，1986年3月，未刊稿，現存人民文學出版社。
〔註18〕劉嵐山：《為整理工作正名》，1986年1月，未刊稿，現存人民文學出版社。
〔註19〕劉嵐山：《為整理工作正名》，1986年1月，未刊稿，現存人民文學出版社。
〔註20〕陳新：《編後瑣語》，1986年3月，未刊稿，現存人民文學出版社。
〔註21〕陳新：《編後瑣語》，1986年3月，未刊稿，現存人民文學出版社。

這是陳新事後的回憶文章，當然可能存在「以今日之我否定舊日之我」的現象，但從中可以看到當時校對工作者的一個側面。

即使編輯、校對再認真，也還是可能存在疏忽的時候。於是，有些圖書出版後還會發現問題，這時就需要訂正，甚至銷毀。如在 1958 年，「蘇聯塔吉克詩人土爾松查德的《亞洲的聲音》中發現有一處涉及印度與美國關係的地方應刪去，但直至裝訂出少數樣書後才發現，這是個政治性的錯誤」，於是馬上對問題處理後重新印製。〔註22〕

校對工作成為出版社工作的環節，由於直接面對的就是圖書的文字內容，所以也被提高到為國家意識形態把關的高度，其重要性幾乎與圖書的編輯工作相等同。而且，校對工作需要對圖書文本內容更加細緻的審讀，可以捕捉編輯有可能忽略的細微政治問題，其重要性就更加得到重視。在這種情況下，校對也有效地參與了國家意識形態建構的工作。

三、圖書發行中的政治問題

（一）「內部發行」圖書

經過層層內容把關，圖書出版之後是不是就沒有問題了？不是的，因為不論是編輯還是社長，都無法做到與變化著的政治運動完全合拍。有可能過去出版的圖書，它的作者是沒有政治問題的，它的思想內容和政治傾向是被允許的，但隨著政治環境的變化，既有可能它的作者在政治立場上出現問題，被打成「右派」，或被打成「反革命」，也有可能它的思想內容與現行政策導向之間有偏離，那麼它就變得不合時宜。而且，圖書出版後也有可能會受到不同層面讀者的批評，這種批評如果是針對政治思想方面的，出版社則要作出積極回應。為此，人民文學出版社提出，「必須經常地開展群眾性的書籍質量檢查，針對某一時期的某些傾向性問題展開討論，以提高我社出版物的質量和幹部的政治思想水平與業務工作能力」〔註23〕。

為了避免圖書出版後出現問題，控制發行渠道成為一個重要手段。人民文學出版社在1958年總結道，幾年來「出了一些可出可不出的書和壞書，已

〔註22〕人民文學出版社躍進辦公室編：《內部通報·工作週報》，第二十一號，1958年 10 月 20 日，現存人民文學出版社。

〔註23〕《人民文學出版社關於企業改革為事業的幾項措施（二次稿）》，1960 年 9 月20 日，現存人民文學出版社。

得到輿論界公正的批評」,「七年來出版物中出錯較多的是中國古典文學和現代文學方面」〔註 24〕,這些圖書更需要控制發行了。人民文學出版社的圖書強調「提高為主」,出版了很多專業性圖書,或給研究者參考的圖書。同時,普及性的圖書佔了很大部分。給研究者看的圖書中,有很多是作為「批判材料」出版的,不宜讓普通讀者看到,所以必須控制不同圖書的發行範圍。同時,在出版的大量圖書中,有很多受到過外界批評,或因政治運動的發展,一些作者的圖書不宜再進行發行,所以必須進行嚴格控制。

人民文學出版社在 1961 年專門制定了《關於計劃發行的辦法》。〔註 25〕在這個文件中提出,「我社出版範圍包括中外古今各方面文學作品及文藝理論著作,其出版目的及讀者對象不是單一的,一般說來,我社的出版物,讀者對象大體分為一般讀者和研究工作者兩類;兩類中,每類也互有不同對象。為了使書籍產生應有作用,杜絕可能產生的不良影響,在發行工作中應根據不同內容、不同讀者對象,採取不同的發行方法」。文件中提出了普及發行、控制發行和內部發行三類不同的發行方法。

普及發行包括大量發行和一般發行,大量發行的圖書是有限定的,「必須是密切配合政治,以共產主義精神教育廣大人民,有高度的思想性和藝術性的作品,(如《星火燎原》、《紅旗譜》等),革命回憶錄、優秀的新創作及蘇聯和兄弟國家的文學作品」,這類圖書「必須重點地、廣泛地向讀者推薦介紹,也是我社和書店的工作重點,應予極大重視」。一般發行圖書的範圍是「一般的新創作、蘇聯及其他社會主義國家現代文學,中外古典文學中具有進步性的作品」,「幹部、學生、軍人及一般工農群眾都是此類書的發行對象」。

控制發行的圖書,大致有五類:「(一)較艱深或資產階級的文藝理論著作,如黑格爾《美學》;(二)中國古典文學中有副作用的作品,如《醒世恒言》《李清照集》等;(三)中國『五四』文學中的作品,如《滅亡》《新生》等;(四)外國古典文學中有副作用的作品,如《約翰·克里斯朵夫》等;(五)外國現代文學中的不良傾向作品,如《生死存亡的時代》等。」這類圖書出版的主要目的是為了供研究者參考,「也酌量供應小部分讀者的欣賞或研究的

〔註24〕 《人民文學出版社概況》,見《人民文學出版社五年出版規劃草案(1958～1962)》(1958 年 9 月編製),現存人民文學出版社。

〔註25〕 《關於計劃發行的辦法(草稿)》,見人民文學出版社辦公室編《各種制度彙編》(1961 年 3 月),現存人民文學出版社。

需要，但不應普遍銷售。把這些書控制在一定的範圍內發行，一方面可以避免對一般讀者，特別是青年讀者產生不良影響；另一方面又保證了研究者需要」。因為有控制發行的存在，很多圖書作家想買而買不到。巴金的《滅亡》《新生》作為控制發行圖書的例子被放在文件裏，也許是考慮到其書中有無政府主義思想的原因。控制發行圖書在操作過程中很複雜，印數由出版社控制，「在出版前，根據出版意圖，預先提出控制印數及各省、市的計劃分配數函告各省店，俟書出版後發貨」，哪個省發多少印數，完全由出版社決定，「由於出版社對各地情況瞭解不夠，在分配上可能出現供需過於懸殊的情況，這樣我們可酌情增減，但一般不作調整」。這類圖書到書店後，「省、市店根據出版社分配數，按當地實際情況進行嚴格的、有計劃的分配」，這類書不能「一般化的放在門市銷售」，而是由銷貨店根據自己掌握的情況，向「黨政機關負責同志、宣傳部門、研究機關、高等學校、文教團體、大型圖書館、以及其他研究工作者、作家」進行「有計劃有對象的發行」。

在 1958 年的材料中，控制發行的圖書還有另一種表述，同時記錄如下：中外古典名著選題中除「有豐富人民性和歷史進步性的現實主義作品或積極浪漫主義作品」之外的「在一定時期發生過影響的其他流派的作品」，還有「一些藝術性特別高的，但思想感情摻雜著不健康因素的作品」，以及「五四以來各種文學問題的論爭（包括文學方向上的和創作方法上的論爭）資料編選」等。〔註26〕

內部發行圖書「是極少數或者副作用很大，或者為批判而出版的毒草」，這類書「由我社自行掌握，根據具體書籍，由各部（室）領導批准出售」。1957 年 1 月，文化部出版局對內部發行的圖書進行了區分，大體可以分為三類：一是「內容有機密性或由於某種原因需要保密，僅供指定的機關、團體和一定級別的幹部閱讀的」，二是「內容無機密性，但在門市部公開發行對國際關係有妨礙的」，三是「內容不夠成熟或譯文質量不夠高，出版機關自認為不宜公開發行的」。其中，第三類最多，「內容不夠成熟或譯文質量不夠高」只是大部分出版社的藉口，其實有出版社避免承擔風險的考慮，出版局也意識到此問題，指出：「質量低的書根本就不該出版，不應以內部發行規避作者和出版社的責任。內容不成熟或質量比較低，但又有迫切需要的書，

〔註26〕《人民文學出版社概況》，見《人民文學出版社五年出版規劃草案（1958～1962）》（1958 年 9 月編製），現存人民文學出版社。

採取內部發行對於提高質量是不利的」,「由新華書店內部發行也是不必要和不妥當的」。

這些「內部發行」的圖書中,第一、第二類書籍,「除極少部分由新華書店總店指定北京分店內部發行組辦理外,絕大部分須通過散佈全國各地的銷貨店辦理」。這樣操作,「存在很多流弊」,主要是「保密沒有保證,已發生洩密現象」,「指定一定幹部閱讀的書籍,由於等級制度不一,書店很難掌握,常常引起幹部不滿」,於是,出版局要求這兩類圖書「應改由出版部門或有關部門自行發行」,新華書店今後不再辦理。〔註27〕「內部發行」的圖書改由出版社自辦發行之後,許多出版社提出,由自己發行存在困難。於是,在四個月後,文化部又作了補充規定:出版社自己發行有困難的,「仍須由新華書店辦理內部發行」,「如果是中央一級出版社的,由新華書店北京分店通過郵購方式發行,或由新華書店總店指定若干城市分店辦理」。

圖書的發行工作,尤其是對發行渠道的控制,也是國家意識形態建構的重要組成部分。通過對讀者對象的範圍進行控制,使圖書的思想內容傳播限定在可控的範圍內,使之更加有效地為政治服務。對於那些思想複雜、政治上有問題的圖書,通過內部發行的方式,使它的閱讀範圍限制在特定人群之中,避免一般讀者閱讀後進行廣泛傳播,從而防止了思想多元化的發生。

(二)問題圖書的回收、銷毀

在出版工作中,對於在政治運動中犯了錯誤的作者的著作,不論是原創作品還是翻譯作品,都會遭到停止出售、停止出版的處理。1955年7月,在胡風集團被認定後,中宣部專門下發文件,要求對「胡風及胡風集團骨幹分子的著作和翻譯的書籍」「一律停止出售和再版;其中翻譯部分的書籍如需出版,必須另行組織重譯」,甚至連圖書館、機關團體和學校的圖書館及文化館站中的這些人的書籍,也「一律不得公開借閱」。其附件所列的「胡風及胡風集團骨幹分子的著作和翻譯的書籍」包括19位作家的95種圖書,其中人民文學出版社和作家出版社出版的如下〔註28〕:

〔註27〕 《文化部關於新華書店今後不再辦理內部發行的通知》(1957年1月28日),
　　　　《中華人民共和國出版史料》(9),中國書籍出版社,2004年12月第1版。
〔註28〕 《中央宣傳部關於胡風及胡風集團骨幹分子的著作和翻譯書籍的處理辦法的統治》,見謝泳《思想利器——當代中國研究的史料問題》,新星出版社,2013年4月,第146頁。

胡風著：《為了朝鮮，為了人類》（人民文學出版社出版）

魯藜著：《紅旗手》（作家出版社出版）

蘆甸著：《浪濤中的人們》（作家出版社出版）

路翎著：《朱桂花的故事》（作家出版社出版）、《板門店前線散記》（人民文學出版社出版）

牛漢著：《愛與歌》（作家出版社出版）

滿濤譯：《狄康卡近鄉夜話》（果戈理著）、《櫻桃園》（契訶夫著）（人民文學出版社出版）

呂熒譯：《葉甫蓋尼・奧涅金》（普希金著，人民文學出版社出版），《仲夏夜之夢》（莎士比亞著，作家出版社出版）

徐放著：《趕路集》（作家出版社出版）

即使是人民文學出版社副總編輯聶紺弩的書也是如此。1955 年 7 月，「肅反運動」開始後，因受左聯介紹人胡風（被定為「反革命分子」）、入黨介紹人吳奚如（被定為「叛徒」）的牽連，又藏有汪精衛題籤的汪母遺像冊作物證，聶紺弩被隔離審查三個月。之後，被認為有「嚴重的政治歷史問題」，被支部開除黨籍（後改為「留黨察看」），並被「撤職」，在出版社做一般的編輯工作。於是，1954 年 4 月由人民文學出版社出版的《紺弩雜文選》，因此停止發行。

當然，如果已被明令作品停售的作家在政治上被證明無問題，那麼他的著譯就可以得到恢復出版的機會。1955 年，呂熒已有多部書稿在人民文學出版社待出版，但他被認為是胡風集團骨幹分子後，只能停止出版。1957 年 4 月，文化部發文稱：「已作結論不是胡風反革命集團骨幹分子的譯著（如呂熒、滿濤的譯作）」可以公開發行。〔註29〕1957 年 12 月，《人民日報》發表呂熒的《美是什麼》，據說文前所加的「編者按」由毛澤東親自校閱，為其恢復名譽。〔註30〕呂熒的書稿《美學書懷》原在 1955 年 5 月已經發稿，但因為「肅反」運動停止排印，1957 年重新啟動，再次進入出版流程。

<hr>

〔註29〕《文化部對禁售、停售書籍的處理辦法》，《中華人民共和國出版史料》（9），2004 年 12 月第 1 版，第 135 頁。

〔註30〕呂熒：《美是什麼》，《人民日報》1957 年 12 月 3 日。文章之前的按語中說：「本文作者在解放前和胡風有較密切的來往。當 1955 年胡風反革命集團被揭露、引起全國人民聲討的時候，他對胡風的反革命面目依然沒有認識，反而為胡風辯解，這是嚴重的錯誤。後來查明，作者和胡風反革命集團並無政治上的聯繫。他對自己過去歷史上和思想上的錯誤，已經有所認識。我們歡迎他參加關於美學問題的討論。」

在已經出版的圖書中，一旦發現存在政治問題，會馬上進行銷毀處理。如當時有一本已經出版的蘇聯電影翻譯劇本，舒蕪發現其中有斥責南斯拉夫領導人是國際間諜的內容，當時我國已經和南斯拉夫建立友好關係，從國際關係上考慮這顯然是不妥的，於是該書被收回銷毀。據說王任叔因此還專門獎勵舒蕪一部文學古籍刊行社出版的《六十種曲》。〔註31〕

在新的出版體制下，只有政治立場正確、沒有歷史錯誤和現實問題的人才擁有出版圖書的機會。對於中國現代文學史上的作家而言，左翼的革命作家在出版方面擁有優先的權利，而對於自由主義或反對左翼的作家，雖然在政治環境稍顯寬鬆的時候，可能會得到出版的機會，但相比較而言他們作品出版的權利相對來說是比較小的。即使對於左翼革命作家，隨著他們在政治運動中地位的沉浮，出版的權利同樣面臨變化和被取消的危險。

（三）樣書贈送制度

從 1964 年開始執行的《人民文學出版社樣書管理制度》〔註32〕中詳細規定了樣書贈送的範圍，贈送的單位共有 14 家，贈送的個人共有 81 人。贈送的單位除了主管部門中宣部出版處、北京圖書館外，其他均為業務交流性的。贈送的個人分為領導和專家兩個類別，領導層面需要贈送全部新書，包括主管機關領導周揚、沈雁冰、林默涵、齊燕銘，此外還要向黨和國家領導、政府官員贈送重點書籍。向這些人贈書有明確的分類，其中，向毛澤東贈送圖書範圍為：新創作重點圖書、各類作品中的重點書和有代表性的書、外國古典文學中的重點書和中國古典文學作品。而劉少奇、董必武、朱德、周恩來、鄧小平、陳雲、彭真、陸定一、楊尚昆、張際春等人，需要贈送以新創作為主的重點作品和其他方面的個別重點作品；向宋慶齡、陸定一、徐平羽、徐光霄、王謨、陳原、王益、王仿子、李琦、陳荒煤、夏衍、胡愈之贈送「各類作品中的重點書，有代表性的都送，仍以新創作為主」；向郭沫若、何其芳、田漢除贈送「各類作品中的重點書，有代表性的都送，仍以新創作為主」外，還贈送外國古典文學作品，還向田漢贈送全部戲劇作品；向陳毅、康生、陳伯達贈送圖書與毛澤東贈送範圍相同。此外，還向袁水拍、劉白羽、蒯斯曛（時任人民文學出版社上海分社社長，向他贈送圖書主要是考慮兩社合併後的工作問題）贈送全部新書。

〔註31〕陳新：《編後瑣語》，1986 年 3 月，未刊稿，現存人民文學出版社。
〔註32〕《人民文學出版社樣書管理制度》，現存人民文學出版社。

　　除此之外，還向不同方面的 45 位作家、專家和 7 個新聞機構或學術機構贈送圖書。贈送全部新創作圖書（包括劇本）的有張天翼、張光年、巴金、老舍、侯金鏡、唐弢；贈送五四文學的有作協創作研究室、唐弢、葉聖陶；贈送文藝理論（包括中、外）的有蔡儀；贈送全部詩作的有臧克家、柯仲平；贈送民間文學作品的有賈芝；贈送反映部隊生活的新創作的有劉志堅、李逸民；贈送中國古典文學的有金燦然、傅彬然、徐調孚、余冠英、陳翔鶴、郭紹虞、魏建功、游國恩和北大古典文獻專業科學規劃委員會、中華書局科學規劃委員會；贈送外國文學圖書的有：卞之琳（歐美）、陳冰夷及作協外國文學小組（全部外國文學）、楊朔（亞非）、馮至（歐美）、季羨林（亞非）、曹靖華（全部外國文學）、戈寶權（東歐）、姜椿芳（蘇聯）、林林（亞非）、張志祥、姚溱（亞非、拉美）、周而復（拉美）、葉水夫（蘇聯）、羅大岡（法國）、楚圖南（拉美）、包文棣（全部外國文學，他當時任人民文學出版社上海分社副總編輯）；贈送戲劇文學的有曹禺、李之華、趙尋、張穎、李超、田漢、夏衍、劇協資料組。

　　向專家學者贈送樣書，從出版社業務發展方面來說是有益的，因為從他們那兒可以得到更多的反饋，也是學術交流的組成部分。但向政府官員，尤其是向職務為政府官員的作家贈送樣書，則存在著工作受到批評的潛在可能，像袁水拍曾批評人民文學出版社以文學古籍刊行社名義，影印了很多在他看來並不是特別重要的古籍圖書，所以他專門在《人民日報》上撰文批評這種現象。同時，因為考慮圖書出版後要進行贈送，出書的思想內容把握和質量把握都會更加嚴格。

　　據馮雪峰回憶，人民文學出版社成立之初出版的書都會送給胡喬木，「他大多看過或翻閱過，如發現有問題或發現『出版說明』之類有不妥字句等，他都隨時親自打電話給我，或直接打電話給有關的編輯負責人」〔註33〕。

　　因為樣書贈送制度的存在，這意味著每一本書都面臨上級領導審讀的潛在可能性。如果有上級領導指出圖書中存在的問題，出版社的相關人員就可能出現問題，圖書的命運也會發生變化。樣書贈送制度的實施，使得出版社對自身「正確」政治思想的要求越來越嚴，內部的層層把關意識越來越強。

四、稿酬問題

　　稿酬意味著對著作權人權利的承認和尊重，稿酬標準的高低和有無也意

〔註33〕馮雪峰：《有關舊「人文」初期反革命修正主義出版路線形成的一些材料》，《馮雪峰全集》第 9 卷，人民文學出版社，2016 年 6 月第 1 版，第 177 頁。

味著對作家勞動的重視與否。在 1949 年前，已經有很多職業作家出現，他們完全依靠稿費生存，而且有的收入頗豐，如魯迅、老舍等；但也有的作家，尤其是剛開始創作的作家，作品可能無銷路，稿費不可能很高。在 1949 年前，作者所得稿酬的方式主要有「賣版權」和「抽版稅」兩種形式：「賣版權」，「即按每千字若乾元稿酬一次支付，著作權利即永遠歸出版社享有，著作人無權過問，稿酬標準又往往很低」；「抽版稅」，「即按書籍出售的定價抽一定的比例作為稿酬，售出若干冊支付若干冊的稿酬；其比例一般是定價的 10～15%」〔註 34〕。支付作家稿酬的多少與其作品的銷量直接相關，有無稿酬、稿酬多少，直接影響著作家生活水平高低。

　　1949 年至 1960 年，新中國的稿酬制度經歷了「高稿酬——降低稿酬——取消稿酬」的變化過程，這總體上也是與出版體制從公私並存到完全公有化的過程直接相關的。1950 年，在《新華書店總管理處書稿報酬暫行辦法草案》中規定，稿酬分為定期報酬和定量報酬兩種，定期報酬以兩年為期，「兩年內不論印數若干，付稿費一次，兩年期滿續印時再付稿費一次」；定量報酬則根據印行數量付稿費，文藝創作書稿「每印行 3 萬至 5 萬冊，致酬一次」。現在來看，定期報酬基本相當於現在的字數稿酬，但要比現行一次性付清的字數稿酬要優厚，每兩年需要再支付一次；而定量稿酬則與版稅制度基本相同。雖然此文件也規定：「續訂出版合同時，稿酬應酌為遞減，按上屆合同規定之標準，一般遞減 10～20%直遞減至最初稿費之 40%為止」，但總體上來說還是保留了比較優厚的稿酬的。〔註 35〕

　　新中國建立之後，稿酬制度是逐漸在實踐中形成的。人民文學出版社成立之初，就已開始考慮「根據調查材料，試行一種比較接近合理的稿酬制度」，「研究同類機關現行辦法，試行一種調節專職編譯工作人員所得稿酬的辦法」〔註 36〕。1954 年，人民文學出版社重新擬訂稿費制度時，「事先曾反覆徵求各有關方面的意見（特別是作家協會）」。〔註 37〕最後確定的稿酬支付辦法，「是以千字為計算單位，根據書稿的質量，規定每千字的稿酬，並且按照書稿的

〔註 34〕《關於制訂新稿酬辦法的經過》，《中華人民共和國出版史料》（7），中國書籍出版社，2001 年 4 月第 1 版，第 335 頁。

〔註 35〕《新華書店總管理處書稿報酬暫行辦法草案》（1950 年），《中華人民共和國出版史料》（2），中國書籍出版社，1996 年 6 月第 1 版，第 846 頁。

〔註 36〕《文學出版社五一年主要工作計劃初稿》，現存人民文學出版社。

〔註 37〕人民文學出版社辦公室編：《內部通訊》，第十三號，1954 年 1 月 29 日，現存人民文學出版社。

印行多少計算支付的次數。就是說，字數多，質量好，印數大，稿酬就多，反之，就少一些」。這基本上屬於定期報酬和定量報酬的結合，是一種準版稅制的方式。其中，著作稿酬標準是每千字 10 元至 18 元，翻譯稿酬每千字 7 元至 13 元，基本上按每印 1 萬冊支付著譯者一次稿酬。除印數較高的《保衛延安》之外，1954 年全年新創作小說每種平均印數是 41000 冊，翻譯小說每種平均印數是 29000 冊。「如果一個作家，每年創作小說 7 萬字，按人民文學出版社現行稿酬辦法估算，每千字稿酬 12 元，印 4 萬冊，統共每年可得 3300 多元；一個翻譯者，每年翻譯小說 14 萬字，每千字稿酬 9 元，印 3 萬冊，統扯每年可得 3400 元。」「文藝作家和翻譯者所得稿酬，都相當於或高於大學教授或出版社總編輯的收入」。有據可查的幾位文藝作家的稿酬收入如下：杜鵬程的《保衛延安》約 35 萬字，它的印數非常高，屬於當時的暢銷書，出版社按每千字稿酬不到 6 元的標準支付；但它在一年內印數已達 55 萬冊，出版社按每 1 萬冊支付一次稿酬，到了 1955 年，杜鵬程已得稿酬共計 86800 多元；作家陳登科出版小說三部，加起來約 28 萬字，得到稿酬達 14000 多元；雷加出版小說兩部，約 34 萬字，得到稿酬達 12000 元；趙少侯兩年出版翻譯小說四部，約 37 萬字，共得稿酬 4100 元；翻譯作品《古麗雅的道路》約 20 萬字，印數 74 萬冊，譯者已得稿酬 22900 多元。〔註 38〕

與解放前相比，人民文學出版社出版的文藝圖書稿酬標準要高出許多，陳原說：「社會上有人認為現在的稿酬比不上從前，這是一種誤會或者是一種錯覺。拿現行的稿酬比抗戰前的買稿，現在稿費是高了許多。從前的抽版稅，付給作者的版稅率不超過 10%～15%，但目前稿費占總定價往往在 10% 以上；人民出版社 14.9%，文學出版社 15.6%，科學出版社平均 23%，解放後一般印數都超過戰前好多倍，因此作者所得比過去大為提高。」〔註 39〕解放前版稅收入一般占定價的 10～15%，而人民文學出版社的稿費已占總定價的 15.6%，這顯然要高出許多。

而且，人民文學出版社的稿酬標準明顯要高於其他出版社，甚至比人民出版社要高出許多，人民出版社一般著作稿酬標準是每千字 7 元至 15 元，翻譯稿酬每千字 5 元至 12 元。當時中國青年出版社所有著作的稿酬標準是每千

〔註38〕《文化部關於制定文學和科學書籍稿酬暫行規定的請示報告》，《中華人民共和國出版史料》（7），中國書籍出版社，2001 年 4 月第 1 版，第 322 頁。

〔註39〕見陳矩弘：《新中國出版史研究（1949～1956）》，上海交通大學出版社，2012 年 7 月第 1 版，第 62 頁。

字6元至16元，即使按最低標準，人民文學出版社也比其高出4元，按最高標準高出 2 元。作家在人民文學出版社出書，不僅意味著政治上、藝術上的肯定，同時也意味著收入要比同類出版社高出許多。吳祖光曾指出，人民文學出版社的稿酬標準比新文藝出版社高出一倍。〔註 40〕稿酬的等級，也是國家意識形態「召喚」主體的形式之一。要獲得高稿酬，就必須使自己達到國家級出版社的出版要求，也就意味著作品必須有正確的政治標準和立場。

1955 年起，文化部提高了最低稿酬標準，降低了最高稿酬標準，一般文藝作品按 10 元至 30 元計算；同時，為了避免「暢銷書」的出現使作者收入過高，提高了印數定額，並隨著印數的增加而遞減稿酬，「中央級出版社對文學書籍的定額是：著作分三類，其中創作為一萬、二萬、三萬、五萬四種。理論、研究、批評、文學史為五千、一萬、二萬三種，五四代表作亦為五千、一萬、二萬三種」。〔註 41〕但這仍然擋不住作家因作品暢銷而拿到高收入，甚至讓編輯都看不過去了，所以才出現了編輯龍世輝故意違反規定將《林海雪原》的印數定額從 5 萬冊改為 10 萬冊的事情，使作者稿酬大為減少。〔註 42〕

1949 年後，作家的身份、處境發生變化。專業作家大多加入中國作家協會，且多在其他部門擔任一定職務，納入「單位」管理體制之中，有了穩定的工資收入。對於業餘作者來說，大多都在「單位」體制中有自己的位置，或是工廠、或是軍隊、或是農村，都有工資發放，也不會完全依靠稿費生存。在張天翼、周立波、艾蕪三人在 1958 年 9 月聯名發表的文章《我們建議減低稿費報酬》中提道：「我們估計一下，目前實行減低稿費，對於作家的生活影響不大。中國作家協會及各分會兩千會員裏面，大多數是業餘作家，他們一向靠工資生活，稿費多少，對他們的生活沒有絲毫影響。至於專業作家，實在是數目很少。而且專業作家中，有好多人在各省市，都擔任有一部分職務，在必要時也可以拿部分工資，生活也不會有問題。」〔註 43〕所以，我們可以說，稿費對於人民文學體制下的文學作家來說，更多的意味著額外的收入、

〔註 40〕《文化部召開文藝作家座談會紀要》（1957 年 5 月 16 日、18 日），《中華人民共和國出版史料》（9），中國書籍出版社，2001 年 12 月第 1 版，第 164 頁。
〔註 41〕李頻：《龍世輝的編輯生涯》，河南大學出版社，1992 年 10 月第 1 版，第 57頁。
〔註 42〕李頻：《龍世輝的編輯生涯》，河南大學出版社，1992 年 10 月第 1 版，第 57頁。
〔註 43〕張天翼、周立波、艾蕪：《我們建議減低稿費報酬》，《人民日報》，1958 年 9月 29 日。

生活中的「意外之財」。

由於在「單位」體制之下，每個人的收入都納入工資制度的管理體制之中，這種管理體制也要求根據政治地位的高低、行政級別的高低給予不同的待遇，而一旦有作家得到非工資體制規定的大量稿費，則意味著對這種體制的破壞，對於那些無法得到公平的政治待遇或級別的人來說，從事創作、得到稿酬無疑成了一條致富之路，這顯然很容易激發不安定因素。正如張天翼、周立波、艾蕪指出的那樣，由於稿酬過高，「在廣大青年文藝工作者和文藝愛好者中間已經造成了惡劣的影響，近年來出現了許多投機者和抄襲者，還有些業餘作家為了追求稿費，甚至不安心本職工作，一心要當專業作家……」〔註44〕稿酬的存在，尤其是高稿酬的存在，對於穩定社會管理體制、穩定國家意識形態明顯是不利的。

應該說，取得高稿酬的只是一小部分作家，如丁玲、周立波、曲波、楊沫等，這主要是他們的書銷量大。而大部分作家，是按字數稿酬領取的，並不是很高，但對於有工資收入的作家來說也屬於額外收入。但是，對於那些體制外的、無單位固定工資可以發放的作家翻譯家來說，稿酬是唯一的經濟來源，完全依靠稿酬來支撐生活所需，他們的作品銷量不會很高，尤其是翻譯稿酬面臨著逐步下降的問題，且是按字數計算，不是按銷量計算，降低稿酬、取消稿酬，對於他們來說是致命打擊。

稿酬是高還是低？當時，社會上對作家稿費高多有議論。秦兆陽放棄工資，只依靠稿費生活，並利用稿費購買四合院的新聞被廣為傳播。很多作家迫於壓力，主動捐獻稿酬，如杜鵬程、曲波等。作家們的真實意見或許在公開發表的文章中很難直接看到，而在雙百方針推出後出現的短暫「言論自由」時間段裏，作家真實的意見得到表達，很多座談會會議紀要也記錄得更為真實。1957 年，文化部召開文藝作家座談會，可以發現，大部分作家都並不認同稿酬過高的結論。臧克家提出，「就拿張天翼、艾蕪等名作家來說，他們如一年不寫作就無法生活」；嚴文井說，「現在作家有錢不過三幾戶（如秦兆陽、劉知俠、杜鵬程），其他即使如丁玲、周立波這樣名作家也並不有錢，丁、周每人約有存款一萬元左右，但他們開支較大，每月需 500 元左右」，而且當時對各單位住房有所限制，出現了很多用作家名義「頂名代機關買房

〔註44〕張天翼、周立波、艾蕪：《我們建議減低稿費報酬》，《人民日報》，1958 年 9 月 29 日。

子」現象，容易引起誤會，「其實一個認真的作家要寫 20 萬字的左右的長篇，大概要四五年時間（包括體驗生活在內），寫短篇，每年不過三五篇而已」。人民文學出版社外國文學編輯張友松「認為說稿費高了，不能一概而論，他自己一年到頭很緊張，開支還是很困難」。馮雪峰也參加了這次會議，他並未發表對稿費高低的看法，只是提出「稿費辦法應以能促進繁榮創作、提高質量為原則」。〔註 45〕

但在有的編輯看來，稿費是比較低的。1957 年在文化部召開的編輯座談會上，「辛田說：不能以降低稿酬來增產節約；戴文葆認為現在要各出版社一律壓低稿費，不進行具體分析，是不對的。」〔註 46〕1957 年，蕭也牧提出，「稿酬籠統分甲、乙、丙很困難，可以按類（如社會科學、文學、科技）分，每類稿費標準大體一律，讓在讀者中考驗其質量」，但他同時提出，「有些翻譯稿和有些純技術性的稿（如規章之類）稿費應低些」，這對翻譯稿件明顯帶有偏見。〔註 47〕

雖然作家和編輯都認為稿費不高甚至偏低，但仍擋不住稿費標準降低的潮流，時代因素在其中起了重要作用。尤其是在 1958 年「大躍進」開始之後，在「寧左勿右」的思潮下，作家們開始主動要求降低稿酬、取消稿酬。

1958 年稿費開始減半。在人民文學出版社內部討論記錄中，對稿費減半、實行供給制的問題基本都是擁護的，趙少侯說：「我完全擁護先降低稿酬，再取消。從資產階級法權來看，版權就是資產階級法權的殘餘。工農業上有許多發明創造，卻從來沒有什麼專利權。」孫繩武說：「我贊成實行供給制，這樣可使我們容易接近工人生活水平，生活的主要意義，不在於生活得怎樣好，而在於怎樣能更好地為社會服務。」〔註 48〕對降低、取消稿酬的問題，已上升至資產階級與否、思想認識水平高低的高度，在公開發言中自然只能擁護不便反對。

〔註 45〕《文化部召開文藝作家座談會紀要》（1957 年 5 月 16 日、18 日），《中華人民共和國出版史料》（9），中國書籍出版社，2004 年 12 月第 1 版，第 163 頁。

〔註 46〕《文化部召開編輯幹部座談會紀要》（1957 年 5 月 25 日～6 月 6 日），《中華人民共和國出版史料》（9），中國書籍出版社，2004 年 12 月第 1 版，第 181頁。

〔註 47〕《文化部召開編輯幹部座談會紀要》（1957 年 5 月 25 日～6 月 6 日），《中華人民共和國出版史料》（9），中國書籍出版社，2004 年 12 月第 1 版，第 181 頁。

〔註 48〕人民文學出版社：《工作週報》，1958 年 10 月 11 日，現存人民文學出版社。

1960 年，出版主管部門「開始考慮逐步取消版稅和所謂版權」。此時，郭沫若提出要捐獻版權，也許作家們也都意識到形勢的變化，為此，文化部副部長錢俊瑞專門向陸定一和中央書記處請示如何處理，他建議：「對郭老捐獻版權的要求，我們認為可予同意。理由是他的要求是和當前的形勢相適應的（現在正考慮取消版稅和所謂版權）；同時，作為一個黨員，他提出這樣的要求是好的。」他同時建議「對此事不作公開宣傳，以免造成某種被動」。〔註49〕

稿酬問題從某種意義上來說就是政治問題。在意識形態倡導的集體主義成為壓倒性的要求時，稿酬很容易被當作與集體主義相對應的個人主義的表現。正因為如此，才會出現稿酬從高到低、直至取消的現象。作家的創作本身是一種勞動，但作家為自己的勞動主動要求降低或取消報酬，是因為這樣可以體現自己為人民服務的思想、毫不利己的精神，這也正是當時的意識形態鼓勵和倡導的，這樣的行為背後，正是國家意識形態發揮作用的結果。

〔註49〕《錢俊瑞關於郭沫若捐獻版權向中央的請示》（1960 年 3 月 12 日），《中華人民共和國出版史料》（10），中國書籍出版社，2005 年 12 月第 1 版。

第三章　思想空間開拓的嘗試

第一節　拓寬出版範圍的努力

　　人民文學出版社在成立後至「文革」結束，雖然面臨接連不斷的政治運動，以及社會環境惡化帶來的壓力，人民文學出版社還是在這一時期出版了大量古今中外的經典作品，很多古典文學和外國文學圖書有很多成為經典的校注本、譯本。這無疑跟它的創始人馮雪峰和出版社高素質的人員是直接相關的。

　　馮雪峰在擔任社長期間，格外強調「經典」的價值和意義。蔣路曾回憶說：「他（馮雪峰）領導人民文學出版社的期間，一再指出青年作者文化教養不足的通病：『他們以為一九四二（延安文藝座談會）之後中國才開始有文學，對於外國的東西更是茫然了！』他重視文化積累，主張有系統地介紹古往今來的外國名著。他在談話中插進英文 classic（經典作家或作品）一詞時的語調和神情，我現在還記得清清楚楚。」〔註 1〕韋君宜也回憶，馮雪峰對自己的意見很堅持，「我聽他講過：『古人和外國人積累了幾千年的文藝財富，應該讓文藝青年學，不能只用革命兩字就把人家全否定。』說得正顏厲色的。」〔註 2〕

　　馮雪峰在 1968 年外調材料中反省道，他在確定人民文學出版社出版範圍和出版方針時，「根本沒有提出首先必須以毛澤東思想掛帥，為宣傳馬列主義、毛澤東思想而努力奮鬥的無產階級的革命出版路線，高舉為工農兵服務和為

〔註 1〕蔣路：《只留清氣滿乾坤》，包子衍、袁紹發編：《回憶雪峰》，中國文史出版社，1986 年 7 月第 1 版，第 181 頁。
〔註 2〕包子衍：《雪峰年譜》，上海文藝出版社，1985 年 7 月第 1 版，第 171 頁。

無產階級政治服務的鮮明旗幟，以及遵循毛主席的教導，按照服務的方向，明確地規定出書的方針、重點和選稿的標準。它根本沒有提出必須明確地提出和規定的無產階級的出版方針」，沒有落實「政治標準第一」、「古為今用」、「洋為中用」的「最高指示」，反而用「人民性」「現實主義」「以提高為主」等為選稿和定出書計劃的根據，「這在事實上走的就是資產階級和修正主義的出版方針和路線」，是「名、洋、古」的出版路線。這從另外一個角度對馮雪峰堅持經典出版提供了佐證。

一、「提高為主」的出版方針

「普及」和「提高」的關係，毛澤東《在延安文藝座談會上的講話》中已有明確表述，在兩者關係中，他更強調「普及」的作用和意義，文藝要滿足工農兵、最廣大群眾的需求，「某種作品，只為少數人所偏愛，而為多數人所不需要，甚至對多數人有害，硬要拿來上市，拿來向群眾宣傳，以求其個人的或狹隘集團的功利，還要責編群眾的功利主義，這就不但侮辱群眾，也太無自知之明了」〔註3〕在 1949 年後，「普及」的作用更是被放在首位。1946年，根據在重慶舉辦的一次文藝工作者座談會上的長篇發言，馮雪峰寫了一部《論民主革命的文藝運動》。後來，陳湧在一篇文章中說，有一個「做領導工作的同志」說「這是反對毛主席的」，「這篇論文，根據發言記錄增改定寫是一九四六年一月，發言稿早一些，總是在延安文藝座談會開過很久了，但雪峰同志卻沒有提起過毛主席在這次座談會上的講話」〔註4〕。《論民主革命的文藝運動》較能完整地體現馮雪峰對左翼文學發展的觀點，對比一下毛澤東《在延安文藝座談會上的講話》，有幾點是需要注意的。馮雪峰強調的則是提高如何向普及轉變，或者說是左翼文學繼續大眾化的問題，「既然為工農兵寫作，則普及是最首要的；大眾化的過程必須先肯定在普及的基礎上提高。自然，這普及原就是在提高的指導下普及的。」「大眾化將完全體驗著新文藝的『提高』的發展的歷史過程；『普及』體驗著『提高』，而『提高』要求著『普及』」。他認為，「大眾化是現在文藝實踐的一個歷史的指標」，大眾化當下文藝發展的目的，是「通過大眾化的途徑而達到的大眾文藝」。他試圖把「大

〔註3〕毛澤東：《在延安文藝座談會上的講話》，《毛澤東選集》第三卷，人民出版社，1991 年 6 月第 2 版，第 864 頁。
〔註4〕陳湧：《關於雪峰文藝思想的幾件事》，《馮雪峰紀念集》，人民文學出版社，2003年 6 月第 1 版，第 284 頁。

眾化」，作為統一普及和提高的道路。可以看到，他是站在左翼文學發展方向
上來思考問題的，與毛澤東站在革命發展高度要求文學發展的著眼點是有一
些區別的。

　　在人民文學出版社成立之初，主管文化工作的周揚就提出，人民文學出
版社「應特別注意通俗文藝書刊的出版，以滿足廣大工農群眾的需要」。〔註5〕
《人民日報》的新聞中，也報導了人民文學出版社的編輯方針是「將以現代
文學為主，其次是中國民間文學、古典文學、和外國文學」。〔註6〕需指出，
此處的「現代文學」指的是當下的文學創作，並非研究界所稱的五四以來至
1949 年以前的文學。出版「通俗文藝報刊」，「以現代文學為主」這個出版方
向，體現了當時政治環境下對文學出版的要求，強調的是服務政治，尤其是
服務當下的政治需要。其次是中國民間文學，意即要整理中國民間（重點是
農村）文學作品，突出民族性，這也是毛澤東《在延安文藝座談會上的講話》
提出過的。與現代文學、民間文學的地位相比，古典文學、外國文學只能處
於次要的位置，因為古典、外文都是為當下服務的，這體現了「古為今用」、
「洋為今用」的要求。

　　在出版社的具體操作中，馮雪峰肯定也是按照上級要求來做的，但他努
力讓古今中外各個板塊做到均衡發展。他提出了「古今中外、提高為主」的
出版方針，「古今中外」意即出版範圍，從時間維度上包含了過去和現在，從
空間維度上包含了中國和外國；而「提高為主」則與周揚公開發表的要求有
微妙的差異，「提高」是針對「普及」而言的，「提高」的讀者對象是文化水
平稍高的讀者，這在當時文化行業高度強調「普及」的環境下，顯得很突出。
據馮雪峰後來說，「提高為主」是人民文學出版社成立前就由胡喬木和周揚提
出來的，他們在同馮雪峰談話時，多次強調出書的「水平」，要把人民文學出
版社逐步發展成「國家出版社水平」。對於人民文學出版社，馮雪峰與胡喬木
在成立之初就多次商量，要以「提高為主」，把人民文學出版社逐步發展為一
個「國家出版社的規模」。〔註7〕馮雪峰作為具體實施者，為「提高」做出了
大量努力，也奠定了人民文學出版社出書的基調和工作方式。

〔註5〕《中央人民政府文化部：一九五零年全國文化藝術工作報告與一九五一年計劃
　　　　要點》，《人民日報》，1951 年 5 月 8 日。
〔註6〕《人民文學出版社開始出版書刊》，《人民日報》，1951 年 8 月 17 日。
〔註7〕馮雪峰：《交代我在舊人民文學出版社推行反革命修正主義路線的罪行》，《馮
　　　　雪峰全集（九）》，2016 年 11 月第 1 版，第 279 頁。

二、對現實主義出版範圍的拓展

　　馮雪峰早在三十年代就以左翼文學理論家的身份引人注目，他的一系列理論文章被認為是馬克思主義文藝理論的重要成果。如果說馮雪峰過去的文章主要是針對左翼宗派主義、關門主義進行批評的話，1949 年後他的文章主要針對作家身份受「糖衣炮彈」攻擊而發生的「退化」、社會主義現實主義、寫作中存在的臉譜化概念化問題。他在《文藝報》工作期間，連續在上面發表諸多理論作品，從中可以看出馮雪峰的主要觀點。馮雪峰在 1949 年之後最重要的一篇理論文章《中國文學中從古典現實主義到無產階級現實主義的發展的一個輪廓》〔註 8〕，詳細呈現了他的理論，尤其是他對中國古典文學、「五四」新文學、外國文學的態度和觀點，這對他在人民文學出版社堅持「古今中外」的出版方針無疑是具有指導意義的。

　　當時的輿論環境對中國古典文學的態度，與毛澤東的思想態度緊密相關。毛澤東在《新民主主義論》中提到，「中國的長期封建社會中創造了燦爛的古代文化，因此清理古代文化的發展過程，剔除其封建性的糟粕，吸取其民主性的精華，是發展民族新文化、提高民族自信心的必要條件」，這無疑為當時如何理解中國古典文學奠定了基調，但毛澤東的說法仍是籠統的，具體到具體作品時不同的人仍有不同的理解，尤其是對如何區分「精華」和「糟粕」的問題，態度甚至是截然相反的。馮雪峰在《中國文學中從古典現實主義到無產階級現實主義的發展的一個輪廓》一文中提到，從《詩經》開始到「五四」，「中國有三千年歷史的文學，其中最有代表性的偉大名著也大都是現實主義的或基本上是現實主義的」，「我們漢代的大散文家司馬遷是現實主義者；晉代的大詩人陶潛在基本上也是現實主義者；唐代的大詩人杜甫和白居易更是有意識的現實主義者。即被現代人稱為浪漫主義者的李白，在他精神的積極的方面也是和現實主義相通的，而且他的有些最著名的詩篇正是現實主義的」，「陶潛的作品的價值是不可動搖的；同時，我們覺得他在基本上不是現實主義的又是什麼呢？要是在基本上不能概況陶潛，現實主義的範圍又何其如此狹窄呢？這是因為但看表面，而沒有深刻地、歷史地研究陶潛的詩歌的真實意義的緣故。又如李白，我以為他的豪邁的氣概，就顯然比某些庸庸碌碌的現實主義者更其現實主義的」。馮雪峰這樣的理解，雖然有把「現實主義」

〔註 8〕馮雪峰：《中國文學中從古典現實主義到無產階級現實主義的發展的一個輪廓》，《馮雪峰全集》（五），人民文學出版社，2016 年 6 月第 1 版，第 393 頁。

這個概念放大的策略性考慮，但在當時唯現實主義至上的環境下，以開放的心態面對古典文學無疑是難能可貴的。馮雪峰還引入高爾基「積極的浪漫主義」和「被動的浪漫主義」概念，稱「中國文學上的浪漫主義的傾向，從大體上說也有被動的和積極的兩種，即粉飾現實或逃避現實和反抗現實的兩種」。而且，他認為考察過去文學和詩人的作品，不能簡單化概況，「常常是同一個詩人或作家，他有現實主義的傾向，也有浪漫主義的傾向，並且有時是積極的浪漫主義，有時又是被動的浪漫主義；這種相當複雜的情形都交錯地在他作品的思想、手法和風格等上面表現出來」。他的這個觀點，對簡單化、狹隘化理解古典文學作家作品的傾向起到抵制作用。同樣是黨的文藝工作的領導者，周揚對古典文學的理解則顯得狹窄、逼仄，雖然他也說「中國文學的現實主義傳統是歷史久遠的」，也對三十年代左聯對古典文學的態度做出反省，「我當時也在左聯，當時我們是堅決摒棄一切舊東西，反對舊戲，就連《水滸》也不主張叫人看的」，但他強調的只是古典文學中「描寫鬥爭和性格的優秀傳統」〔註9〕；「對古代文化遺產，要區別精華和糟粕。把過去的東西好好加以整理，加以批判、加工，才談得上發展」〔註10〕。相比之下，馮雪峰對古典文學的理解要更深入、更包容、更開闊，他提出「我們古典現實主義文學有它長久的非常優秀的傳統。從『五四』以來，我們對於以古典現實主義為主潮的舊文學的批判的學習與繼承，卻還是非常不夠的。因此，現在和今後，對於我們這些偉大的遺產，深入地加以研究和分析，就是首先必要的工作」。在另一篇文章中，他也提到，當下的文學創作，「無論在作品的內容或形式上都還未能有高度的成就，作家們的才能都還未能蓬勃地發展和成長起來」，其中重要的原因便是「作家們不努力研究自己祖國的優秀文學遺產，很少從過去那些偉大的文學作品中吸收必要的營養」。〔註11〕

面對過去的文學，雖說兩人都在說要批判地繼承、要吸取精華剔除糟粕，但細細分析，可以看到馮雪峰和周揚的表述還是有一些不同的。周揚的著眼點是服務當下為當代文學創作服務，學習舊文學中「進步的和民主的成分」，

〔註9〕周揚：《社會主義現實主義——中國文學前進的道路》，《周揚文集》第三卷，第182頁，人民文學出版社，1990年9月第1版。

〔註10〕周揚：《對古籍整理出版的意見》，《周揚文集》第二卷，第13頁，人民文學出版社，1990年9月第1版。

〔註11〕馮雪峰：《屈原和我們》，《雪峰文集》第三卷，人民文學出版社，1983年1月第1版，第491頁。

「我們對於這些舊的文學遺產一定要改造它，加以新的內容，提高其民主性，革命性，和藝術性」，「我們在分析舊文藝是必須分別清楚：哪些是只有修改一下就成了的，另外一些卻是需要比較徹底改造的；再另外一些卻只有某些好的成分供我們吸收的」〔註12〕。而馮雪峰則說，「對於原來的遺產，無所謂革新，只要盡力保存就是了；但保存，是為了我們要用它，為了我們要欣賞、觀摩和研究」，「學習（研究和分析），也就包含了批判，即是批判地接受和繼承」。從這個差異中，也可見出馮雪峰對古典文學的態度，在當時環境中能做到「盡力保存」實際上是很不容易的事。人民文學出版社在古典文學出版方面，出版了很多作品，甚至還成立了文學古籍刊行社，專門來影印古籍，擴大出版範圍，這跟馮雪峰的包容、開放思想是直接相關的。

對於「五四」新文學，馮雪峰認為它是「反映無產階級領導的、人民大眾的（各革命階級聯合的）民主革命的文學運動」，它有兩個來源，一是「中國宋代以後的『平民文學』中的古典現實主義」，二是「歐洲近代和現代文學中的現實主義，特別是十九世紀和二十世紀初的俄羅斯文學的現實主義」。〔註13〕他認為「五四」新文學中也有「受的外國文學的壞的影響」，「例如美國現代文學中的那些庸俗的、墮落的東西和所謂近代主義之類，以及法國文學中的頹廢主義、象徵主義，和所謂世紀末情緒之類」，它的代表就是資產階級知識分子，代表人物有胡適、林語堂、梁實秋、徐志摩等。馮雪峰對「五四」新文學來源的理解是非常開放的，他並沒有將其限定在無產階級思想領導下的文學運動之中，這個觀點即使在 1949 年後也一直在堅持，這也使得他在左翼文學理論家成為視野開闊、沒有自我限定的典型。

但這也預示了在人民文學出版社出版圖書中，「五四」新文學必然是以左翼作家為主，而非左翼作家的作品則不會受到重視。但他也提出，很多作家作品如葉聖陶（《倪煥之》及其他）、巴金（《家》及其他）、曹禺（《日出》）、老舍（《駱駝祥子》）等，雖然作品有所侷限，但也各有各的成就，這些值得肯定。

〔註12〕周揚：《怎樣批判舊文學──在燕京大學的講演》，《周揚文集》第三卷，人民
　　　　文學出版社，1990 年 9 月第 1 版，第 11 頁。
〔註13〕馮雪峰對「五四」新文學傳統的認識在 20 世紀 40 年代和 50 年代有所不同。
　　　　他在 1946 年所寫的《論民主革命的文藝運動》一文中認為「五四」新文學所
　　　　根據和直接受影響的，是 19 世紀批判現實主義和反抗的浪漫主義，並把「五
　　　　四」新文學稱作是「近代資本主義的文學的一個最後的遙遠的支流」。到了 50
　　　　年代，觀點發生了變化。參看洪子誠《關於五十至七十年代的中國文學》，《文
　　　　學評論》，1996 年第 2 期。

而對於外國文學方面，也以現實主義尤其是俄羅斯的批判現實主義作品為主要出版方向。馮雪峰最終確定的出書範圍如下：分為中國文學和外國文學，中國文學分為現代中國文學和中國古典文學；外國文學分為蘇聯及東歐（包括現代和古典）和資本主義國家及亞非拉國家文學（包括現代和古典）。〔註14〕

據馮雪峰在 1968 年外調材料中透露的信息，在 1951 年至 1954 年之間，人民文學出版社出版方針的確立、部分圖書的具體出版工作，胡喬木都曾直接指導過。雖然在這份材料是作為「揭露」胡喬木「罪行」而寫的，但其中透露出，很多工作都是胡喬木直接指示的，如設立「作家出版社」、「藝術出版社」和「文學古籍刊行社」的副牌；「大量的和更系統的出版三十年代作品」；《水滸》《紅樓夢》，「連版本都是最後由他決定的」。胡喬木對外國文學的愛好也直接影響了人民文學出版社外國文學的出版，甚至還提議過出版陀思妥耶夫斯基和安德烈也夫的作品，這在當時環境下是相當大膽的。〔註15〕應該說，胡喬木對文學的開放態度對當時思想空間的開拓是起到積極作用的。

三、專業人才的集中調入

人民文學出版社自 1951 年至 1958 年的發展過程，打上了馮雪峰鮮明的個人印迹，這可以從人民文學出版社發展規劃、調用人才方面看出來，也可以從選題方針的確立、選題範圍、選題取捨等方面體現出來。

馮雪峰就任人民文學出版社社長兼總編輯之後，調來了很多在專業領域頗有研究的人員，魯迅編刊社的林辰、王士菁、孫用等全部加入，其他的如樓適夷、聶紺弩、舒蕪等等，1949 年前就已是知名作家和出版人的張友鸞等陸續成為人民文學出版社成員。筆者根據現有材料中對 1953 年的人員調入情況進行了如下匯總：

〔註14〕馮雪峰：《有關舊「人文」初期反革命修正主義出版路線形成的一些材料》，《馮雪峰全集》第九卷，人民文學出版社 2016 年 11 月第 1 版，第 177 頁。馮雪峰在外調材料中稱，出版方針的確定曾跟胡喬木、周揚談過，出版範圍問題曾寫過專門文件給胡喬木。

〔註15〕馮雪峰：《有關舊「人文」初期反革命修正主義出版路線形成的一些材料》，《馮雪峰全集》第九卷，人民文學出版社，2016 年 11 月第 1 版，第 177 頁。馮雪峰寫道，「大家知道，陀思妥也夫斯基的世界觀是最反動的，他的作品全部都充滿著毒素，都是大毒草。安德烈也夫是一個反蘇維埃的反革命分子，他的作品也全部都是大毒草。當時『人文』剛創辦，編輯部中（包括我自己）實在還沒有人想到出版這兩個人的作品的問題，但胡喬木已先考慮到這個問題了」。

劉維清，由合興裝訂所介紹來，1953 年 2 月 10 日到職，在出版部校對科工作。

張友鸞，由南京市文聯調來，1953 年 2 月 13 日到職，在第二編輯室。

張孝槎，由中國圖書發行公司調來，1953 年 2 月 19 日到職，在財務科工作。

吳力生，由華東中國影片經理公司上海辦事處轉來，1953 年 4 月 15 日到職，原稿整理科工作。

舒蕪，由廣西南寧中學轉來出版社，1953 年 4 月 29 日到職，第二編輯室。

徐鼎漢，由天下出版社轉來，1953 年 4 月 30 日到職，作勤雜工作。

郁文哉，由天下出版社轉來，1953 年 5 月份到職，在第三編輯室工作。

戚煥塤，由北京市教育局介紹來，1953 年 6 月 11 日到職，任資料科科長。

戴鴻森、郭劍秋、江達飛、李啟倫、周樹森、林亞一、趙汝峰、陳新、王若筠、張彥如、吳殿英、包雪穎等 12 人由上海中國圖書發行公司轉來，六、七月份先後到職，在辦公室、出版部工作。

貢洗文，由合作總社轉來，1953 年 5 月 6 日到職，在印製科工作。

何克林，由杜維沫介紹來，1953 年 5 月 7 日到職，在校對科工作。

陳沅芷，由南寧中學轉來，1953 年 5 月 7 日到職，在校對科工作。

胡墨林，由教育出版社轉來，1953 年 5 月 25 日到職，在校對科任科長。

張文祿，由天下出版社轉來，1953 年 6 月 1 日到職，作勤雜工作。

張柏年，由上海新聞學校轉來，1953 年 9 月 18 日到職，在期刊科工作。

孫如一，由人事部分配來，1953 年 9 月 20 日到職，在美術科工作。

李興國，由文化部調來，1953 年 10 月 20 日到職，在人事科工作。

王奎榮，由南京府西街小學調來，1953 年 10 月 28 日到職，在校對科工作。

1953 年 11 月，「上級部門決定，執行中央八月緊急指示精簡節約精神，從 11 月以後，不能增添幹部」。〔註16〕據許覺民回憶，當時中宣部召開會議，周揚要求各單位照此執行，平常極力避免與周揚見面的馮雪峰聞訊後立刻趕到會場，「講了一段話，聲調激昂，力爭出版社必須進人，他認為當時出版社夠格的編輯只有劉遼逸一人，怎麼弄得下去？」為此，他與中宣部主管人事

〔註16〕人民文學出版社辦公室編：《內部通報》，第十二號，1953 年 11 月 20 日，現存人民文學出版社。

工作的領導針鋒相對，「相持不下時，周揚說話了，他說人民文學出版社的進
人問題，照雪峰同志的意見辦」。〔註17〕因此，在馮雪峰的堅持下，這一政策
並沒有影響人民文學出版社調人的步伐。之後調入的人員情況如下：

　　王任叔，1954 年由外交部調來，經上級任命為副社長兼副總編輯。

　　王仲英，由毛澤東選集英譯室調來，1954 年 1 月 8 日到職，在總編輯室
工作。

　　于明、孔德蔭，由學習雜誌社調來，1954 年 2 月 1 日到職，在校對科工
作。

　　莊湧，由東北人民大學調來，1954 年 2 月 15 日到職，在一編室工作。

　　以上所調入的人員也許並非全部是馮雪峰個人願意調入的，但對人民文
學出版社發展產生關鍵影響的樓適夷、王任叔是馮雪峰調入的，這是馮雪峰
個人努力的充分體現。而且，其他大部分調入的人員也是具有專業能力或工
作經驗、在文化出版行業耕耘多年的人員，他們為人民文學出版社的發展奠
定了良好的基礎。馮雪峰調入人員時，主要考慮是他們的專業能力，例如顧
學頡，馮雪峰之前並不認識，「只是看了他寫來的信和寄來的稿子」，認為他
有能力做古典文學編輯，於是就把他調進來〔註18〕。即使面對可能有歷史問
題的人，認為其才能可用的，馮雪峰也是大膽使用，如古典文學編輯陳啟明
就是如此〔註19〕。據施蟄存回憶，馮雪峰於 1952 年來信邀請他到人民文學出
版社做編輯工作，「我覺得我還是做教書匠適當，就覆信婉謝了」〔註20〕。

　　在 1957 年，馮雪峰被認定為「文藝界的反黨分子」，除在《文藝報》所
犯錯誤之外，他被認為是「人民文學出版社右派分子的『青天』」，在整風座
談會上，他「號召對黨不滿和反黨的分子」提意見，文章直指他與人民文學
出版社的舒蕪、顧學頡、張友鸞等右派分子勾結，「鼓動他們向党進攻」，「他

〔註17〕許覺民：《閱讀馮雪峰》，《馮雪峰紀念集》，人民文學出版社，2003 年 6 月第
　　　　1 版，第 313 頁。

〔註18〕馮雪峰：《交代我在舊人民文學出版社推行反革命修正主義路線的罪行》，《馮
　　　　雪峰全集（九）》，人民文學出版社，2016 年 11 月第 1 版，第 279 頁。

〔註19〕馮雪峰：《交代我在舊人民文學出版社推行反革命修正主義路線的罪行》，《馮
　　　　雪峰全集（九）》，人民文學出版社，2016 年 11 月第 1 版，第 283 頁。這篇文
　　　　章是馮雪峰所寫的外調材料，他寫道：「陳啟明是一個反革命分子，本在湖南
　　　　教書，當時我也聽說過他有歷史問題，並且知道他在國民黨政府機關做過事，
　　　　也只因為他能搞點中國古典文學，就讓他進來。」

〔註20〕施蟄存：《最後一個老朋友——馮雪峰》，《馮雪峰紀念集》，人民文學出版社，
　　　　2003 年 6 月第 1 版，第 59 頁。

的這種反黨放火的行為，博得了出版社右派分子的喝采。右派分子向他歡呼：『好況鍾』呀！『向馮雪峰致敬』呀！肅反中有問題的人跑去向馮雪峰『訴苦』。一時，馮雪峰在出版社變成右派分子的『馮青天』了。」同時，「蔣天佐和徐達等，並揭發了馮雪峰在出版社濫用政治面目不清的私人，和反黨分子勾結在一起，打擊忠實於黨的同志」。〔註21〕

在胡風「反革命」事件中，人民文學出版社可謂是一個「重災區」，馮雪峰調入的很多人都與胡風有著或多或少的聯繫，聶紺弩、牛漢、莊湧等直接受到牽連。如聶紺弩在檢討材料中說：「和胡風的問題的嚴重性不在於起初的認識，不在於認識以後的若干年間，而在於已經指出他的思想有嚴重問題了，還和他來往。這又是置身事外的思想，是好像這種行為與政治無關的思想。不但來往，還常常把他所不知道的事情告訴他，最嚴重的是洩露黨的重要機密給他，即盡我的力量以黨的重要材料資敵。」〔註22〕

但在某種程度上來說，正是這些不同身份人員，尤其是很多在 1949 年前就從事古典、外國文學研究和出版工作人員的加入，使得人民文學出版社成為一個「多聲部」的存在，為它開拓思想空間提供了可能性。

第二節 「書生辦社」

一、學者專家雲集

關於人民文學出版社社長人選，巴金曾回憶說，中央曾考慮讓他擔任。巴金拒絕後，中央提出讓馮雪峰擔任，馮雪峰原本不願意就任，但因為是「黨安排的任務」，所以接受了。胡喬木曾向胡風提出，讓胡風擔任人民文學出版社總編輯，但胡風態度消極，沒有就任。〔註23〕巴金、馮雪峰、胡風都有豐富的出版工作經驗，巴金曾獨立創辦過出版社，幫助了一大批年輕作家的成長；胡風也有豐富的出版經驗，長期擔任刊物主編，所以設想他們擔任領導

〔註21〕《丁陳集團參加者　胡風思想同路人　馮雪峰是文藝界反黨分子》，《人民日報》，1957 年 8 月 27 日。

〔註22〕聶紺弩：《檢討》，見《聶紺弩全集》（10），武漢出版社，2004 年 2 月第 1 版，第 194～195 頁。

〔註23〕1951 年 1 月 1 日，胡風找胡喬木談話，據胡風記載：「他向我提出了三個工作，人民文學出版社總編輯，《文藝報》負責，中央文學研究所教書，要我決定一個，並用書面答覆。」此時胡風還沒有遭受批判。見胡風：《胡風三十萬言書》，湖北人民出版社，2003 年 1 月第 1 版，第 58～59 頁。

層，主要也是考慮到他們的經驗和能力。就此可以看出，在人民文學出版社領導層人員的選擇方面，除了政治層面的可靠之外，也是非常注重其專業能力的。

人民文學出版社員工的來源大致有四類：一是文化部將編審處的人員全數調至出版社，由蔣天佐領銜，參與者還有朱葆光、王淑明、賈芝、黃蕭秋、方紫、陳北鷗、蔡時濟、許禾金、劉遼逸、文懷沙、杜維沫、謝思潔、謝素臺等人。二是三聯書店一部分人也調入人民文學出版社，如鄭效詢、許覺民、方白、方殷、劉嵐山、卜祖紀、關厚棟、李禾、鄒嘉驪、張木蘭、勞季方、王笠耘、袁榴莊、張奇、石永禮、汪靜波、李千齡、趙友蘭、葉然、毛邦安、程穗、傅全岳、楊耀宗等人。三是人民文學出版社剛成立時，文化部還公開招考一批青年參加，錄取的有王昭、徐恩媛、彭彩茹、安思危、宋桐春等人。四是為充實編輯部力量，馮雪峰陸續調來了王任叔、聶紺弩、樓適夷、嚴辰、舒蕪、牛漢、顧學頡、金人、王利器、汪靜之、金滿成等人。當時設立了一個掛名的副總編輯班子，包括馮至、張天翼、曹靖華、周立波、馬耳（葉君健），但他們並不在出版社辦公，只在開編輯會議的時候過來。〔註24〕

值得注意的是，很多來到人民文學出版社的編輯，有很多同時抱著來創作或者翻譯的目的。1956 年，王任叔在中國作協第二次理事會上說：「我們有些工作同志，包括我自己在內，初到出版社總是想來搞創作或翻譯的，而沒有想到組稿、和作家聯繫這個工作的重要性的。」〔註25〕牛漢曾回憶，「胡風不贊成我來人民文學出版社當編輯，說最理想的出路是搞創作」，他於 1953 年 4 月到人民文學出版社工作，一年多之後，就想調到北京市文聯搞創作，但因 1955 年「胡風事件」未能去成。〔註26〕而同時期的很多編輯，都曾是作家或翻譯家，如「湖畔詩人」之一的汪靜之，撰寫大量文藝理論文章的舒蕪。從時代出版社轉來的孫繩武等人，在過去就一直邊做編輯邊做翻譯。如此多作家、翻譯家彙集到人民文學出版社來做出版、編輯工作，在中外出版史上也是非常罕見的。應該說他們在文學水平和文學趣味上是比較「精英」化的。

〔註24〕 許覺民：《四十年話舊說新──祝人民文學出版社成立四十週年》，《新文學史料》，1999 年第 1 期。

〔註25〕 《王任叔的發言》，作家協會編《中國作家協會第二次理事會會議（擴大）報告、發言集》，人民文學出版社，1956 年 6 月第 1 版，第 351 頁。

〔註26〕 牛漢口述，何啟治、李晉西編撰：《我仍在苦苦跋涉》，生活‧讀書‧新知三聯書店，2008 年 7 月第 1 版，第 96 頁。

　　屠岸曾說：「人民文學出版社有一個明顯的特點，即它的領導人和工作人員中，許多人本身就是作家、詩人、翻譯家、文學評論家和文學翻譯家……這些人在中國新文學史和文學翻譯史上都有一定的地位。……可以說，在這點上，人民文學出版社曾具有獨特的優勢。是優勢嗎？歷史上又曾經有過『書生辦社』之譏。」〔註27〕

　　書生辦社，從出版角度來說，確實有很多優勢，如可以體會作家翻譯家的甘苦，可以跟他們深入交流，從創作思路、經驗上給予他們切實的幫助，可以確保書稿水平的高質量等等。雖然存在一些「弊端」，由於編輯工作有自身特點，專家學者並不是一開始就能上手的，但他們的專業水準確保了圖書出版的內容質量。「人民文學出版社建社初期，編輯人員雖然不多，卻來自四面八方，有的人雖有編輯工作經驗，但人數少，力量不足，而且他們的經驗又各不相同，具體到書稿上，便會出現體例、格式、用字等一系列的混亂現象」，為此人民文學出版社專門成立整理科，來幫助編輯整理書稿〔註28〕。這些問題都是屬於技術上的，在實踐中很容易規範化。

　　1953年進入人民文學出版社工作的陳新，在1986年曾寫道：「出版社是從事意識形態工作的，特別是文學出版社，更是意識形態鬥爭的風頭浪尖，當時流行有『文學，是階級鬥爭的風向標』的說法，可知文學出版社地位的特殊。在五十年代、六十年代政治運動不斷之時，即使社會上小地震，出版社內部都已是大地震，無論反胡風運動、肅反運動、反右鬥爭、反右傾鬥爭，出版社內部總有不少同志（包括領導同志）倒下去。批判檢討、下放改造，更是歷年不斷。到『文化大革命』，全社領導同志無一幸免，一般工作同志，寫過什麼文章、出版過什麼書的，也要開出清單，查一查和『黑線』有無聯繫，是不是『黑幫』的爪牙或吹鼓手；所謂『業務尖子』全是『修正主義』的社會基礎，輕一些也該批判。一位多年吃飯不幹事的編輯，自詡先知先覺，『不願為文藝黑線效命』的英雄。可知當年在出版社工作，政治上十分嚴峻，有很大的風險。」〔註29〕陳新的感受真實地說明了人民文學出版社在政治運動中的遭遇。由於大量「書生」的存在，他們對專業的追求、文學興趣的廣

〔註27〕屠岸：《「書生辦社」的優勢》，《人民日報》，2011年3月22日。

〔註28〕劉嵐山：《為整理工作正名》，1986年1月，未刊稿，現存人民文學出版社。

〔註29〕陳新：《編後瑣語》，1986年3月，未刊稿，現存人民文學出版社。1986年，在人民文學出版社成立35週年之際，曾計劃由陳新編輯一本紀念集，後未編輯成書。

泛，都為高度一體化的環境增添了很多豐富的色彩。他們中的很多人不忘搞創作、發議論，為思想空間的開拓作出了努力。彙集如此眾多的專家學者，為出版社圖書的專業化提供了保障。但在特殊的政治環境下，專業性是從屬於政治性的。存在歷史問題的專家是無法充分參與到出版工作之中的，現實中被發現問題的專家會隨時被清除出編輯隊伍。雖然在之後的政治運動中受到影響，失去做編輯的權利，但他們仍然會從事編譯、校對等工作，對圖書的文本質量起到了重要作用。而且，他們的存在本身就是一種力量，馮雪峰、牛漢、王任叔、蕭乾等都是例證。在政治環境稍微寬鬆的時候，他們的很多議論和想法可以提供新的思考，為出版空間的開拓提供了更多的可能性。

二、編制外的編譯者和編譯所的設立

人民文學出版社成立之初，就聯繫了很多編制之外的「特約編譯者」，其中有很多是歷史上有過問題的人員，有「大漢奸、反革命分子、國民黨的殘渣餘孽和大右派等，還有某些書的譯者是反革命分子、漢奸和勞改中的犯罪分子」。這些人員中，就包括被視為漢奸分子的周作人。〔註30〕周作人、張友松等翻譯家形成長期供稿的關係，雖在編制上不屬於出版社，但也因為特殊的原因成為出版社的「編外人員」。周作人、張友松等人，定期從人民文學出版社預支稿酬，實際上相當於工資的形式，只是把翻譯當作謀生存的迫不得已的手段，並未實際參與到人民文學出版社日常出版管理工作當中。翻譯家張友松曾抱怨自己的處境，「職業的翻譯工作者，居住無宿舍，醫療要自費，布票、油票比幹部少，索稿費也受人譏笑，在公安人員心目中則被認為是無業游民」。〔註31〕但他們的文學水平、個人興趣特長，也給人民文學出版社的整體出版計劃安排帶來了積極影響，使得一些作品的出版、翻譯水平得到保障。

對於1949年後的周作人，馮雪峰並無好印象。周作人曾寫信給周恩來，為自己的過去辯護，並不止一次抄錄，馮雪峰也曾看到此信。王士菁曾回憶：「有一天，雪峰同志來到武進路三〇九弄十二號魯迅著作編刊社，坐在我的對面，打開他的檯燈，看一份材料，越看越生氣地對我說：『你看，周作人如

〔註30〕馮雪峰：《交代我在舊人民文學出版社推行反革命修正主義路線的罪行》，《馮雪峰全集》（九），人民文學出版社，2016年11月第1版，第284頁。
〔註31〕《出書難　印數少　稿費低　作家對出版部門意見多》，《人民日報》，1957年5月19日。

果有一點自知之明，是不應該寫這樣的東西的。」我問這事怎麼一回事，雪峰同志說：最近領導上轉給他一份材料，是周作人為自己辯護的。」〔註32〕

　　1950年，在出版總署副署長葉聖陶安排下，由周作人翻譯《伊索寓言》，並安排開明書店出版，周作人同時還為開明書店翻譯希羅多德《歷史》。同年，他重新翻譯《希臘神話》，並受羅念生邀請，為葛一虹創辦的天下圖書公司翻譯古希臘悲劇。但《伊索寓言》一直未出版。而隨著開明書店合併改組為中國青年出版社，天下圖書公司業已解散，周作人的譯稿被安排到人民文學出版社出版。周作人在1952年8月29日日記中記載：「得人民文學出版社通知云，伊索及神話稿已由開明移交，此事甚可喜，總之已脫出了私商的土牢矣。」〔註33〕他在給友人信中也透露出欣喜之情：「以前兩年全與私商（書估）打交道，但現今那些貨物（譯稿大小五部）悉已由人民文學社收購，為此不但將來有出版之望，且亦足見以前工作在政府看來亦是有價值，總算不為白費，私心竊以為喜也。」〔註34〕對於周作人來說，譯稿交給私營出版社，不一定能得到出版，而轉給人民文學出版社，則出版有了保證，他翻譯的《伊索寓言》也於1955年2月由人民文學出版社出版；而且在他看來，也更多地意味著他的工作被政府認可，政治待遇似有了變化。周作人自己寫道：「自此以後我的工作是在人民文學出版社，首先是幫助翻譯希臘的悲劇和喜劇，這是極重要也是極艱巨的工作，卻由我來分擔一部分，可以說是光榮，但也是一種慚愧，覺得自己實在是『沒有鳥類的鄉村裏的蝙蝠』。」〔註35〕從「可以說是光榮」中，可見周作人似乎有了一種模糊的依靠，但又覺得自己是「沒有鳥類的鄉村裏的蝙蝠」，人民文學出版社又不是他的「單位」所在，他與出版社之間是一種既依賴又游離的狀態。「沒有鳥類的鄉村裏的蝙蝠」，也可以說是依賴從人民文學出版社支付稿酬生存的知識分子的共同心態。

　　周作人除了為人民文學出版社翻譯書稿之外，還為《魯迅全集》的注釋工作提供了很多線索，據王士菁回憶：「由於注釋魯迅著作中的一些人和事，除了訪問當時仍然健在的魯迅先生的老友（如張燮和、錢均夫等）而外，大約每隔兩三個星期，我總要和周作人見面一次。」〔註36〕王士菁還回憶，雖然馮雪

〔註32〕王士菁：《關於周作人》，《魯迅研究動態》，1985年5月。
〔註33〕止菴：《周作人傳》，山東畫報出版社，2009年第1版，第277頁。
〔註34〕止菴：《周作人傳》，山東畫報出版社，2009年第1版，第277頁。
〔註35〕周作人：《知堂回想錄·我的工作四》，河北教育出版社，2002年1月第1版。
〔註36〕王士菁：《關於周作人》，《魯迅研究動態》，1985年5月。

峰對周作人曾有不滿，但為了《魯迅全集》注釋工作，「雪峰同志經常關照我，對於周作人要多做工作」。周作人在 50 年代，一直在叫「缺錢用」，這讓王士菁大為不解，他還常常向出版社「要錢」，王士菁回憶說：「他經常寫信給我，在這些信件中，將近一半是向出版社要錢的。」人民文學出版社按每月預支稿酬支付給周作人，「周作人翻譯的希臘悲劇，當時人民文學出版社沒有立即出版，但都預付了稿費，除了每月二百元以外，有時還付給他其他稿費」。

1958 年，人民文學出版社在《元旦獻禮躍進計劃（草稿）》中提出，要「將著譯方面的散兵遊勇組織起來，成立一個編譯室，便於集中力量，統一使用，使他們的著譯力量，在適應於國家計劃的需要之下；同時，在生活集體化的形勢下，也為了更好地使他們進行思想改造。辦法方面，擬將他們列入編制，按照工作人員待遇，取消稿費給酬辦法」。在這裡，將編譯室成立的目的表述得很清楚，也透露出成立編譯室的真正原因，那就是「為了更好地使他們進行思想改造」。馮雪峰、王任叔、牛漢等被打成右派之後，政治上已經「不可靠」，不能擔任編輯、審稿工作，只能以注釋、編譯工作為主，在中宣部指示下，人民文學出版社專門成立了編譯室，正式名稱是編譯所，成為這些人的棲息地。

據許覺民回憶，「編譯所是反右後，鑒於不少右派放在編輯部不宜，在著譯方面他們又互有專長，經中宣部提議，成立編譯所，由樓適夷負責。成員也不盡是『右派』或『胡風分子』，也是適宜於弄翻譯的，如納訓、許磊然、梁均等」〔註 37〕。馮雪峰就是在編譯所期間，重新編訂了《郁達夫文集》。大部分人到編譯所工作之後，雖然心情不暢，但保留了工資級別，書稿出版後還享有一定的稿費分成，反而引起一些人的不滿。在「文革」開始後，編譯所人員所受衝擊最大，社領導因此被定為「招降納叛」，編譯所被稱為「牛鬼蛇神老窩」，自此取消，再未恢復。而且，編譯所也成為周揚的罪證之一，他也被認為是「招降納叛」，編譯所「網羅了大批牛鬼蛇神，共有人員二十餘人，其中漢奸、特務、胡風分子、右派分子、叛徒就有十六人，占總人數百分之七十以上。」〔註 38〕

〔註 37〕許覺民給人民文學出版社編輯陳新的信，1986 年 10 月 28 日，現存人民文學出版社。

〔註 38〕見《外國文學出版工作十七年來兩條路線鬥爭大事記 1949～1965》（草稿），首都出版界革命造反總部、工代會人民文學出版社革命造反團編印，1967 年 8 月，第 29 頁。

　　編譯所的存在，從當時政治角度來說，是對有政治問題的專家學者進行「廢物利用」，是政治意識形態建構的重要環節。從另外一個角度看，也讓他們發揮所長，利用自己的專業優勢翻譯、編輯了大量圖書，為拓展國內的文學空間作出了貢獻。但隨著政治形勢的變化，讓他們發揮餘熱的空間也日益壓縮甚至取消，這對文學出版工作來說無疑是很大的損失。

第三節　審稿意見中的言論空間

　　在上世紀 50 年代到 60 年代，很多因為發表文章「因言獲罪」的現象層出不窮。尤其是 1958 年「百花齊放」期間，很多公開發表的「大膽」言論在事後多遭受批評乃至更嚴重的後果，之後由於害怕言論獲罪，很多人不再寫作，不再發表文章。我們感慨當時言論空間的緊張，也無法確知當時人們的真正想法。但是，我們驚訝地發現，在出版社內部的審稿意見上，留下了諸多對作品的「大膽」意見，甚至激烈的批評，這是在公開發表的報刊上很難見到的。正是因為審稿意見屬於內部交流性質，它們作為出版社內部對書稿的真實認識和判斷，只供出版社保留資料使用，如果不主動公開的話，就不用顧忌被外人看到，也不用擔心遭到外界批評。

　　由於出版社當年實行「三審制」，一部書稿要由初審、複審和終審三者的審稿意見。從這些審稿意見中，我們可以得知出版社不同層級人員的真正想法，也可以發現其中存在的思想空間。這為我們全面把握時代思想文化提供了一個新的維度。我們可以以劉知俠的短篇小說集為例進行分析。

　　劉知俠，因寫作《鐵道游擊隊》而出名。《鐵道游擊隊》1955 年由新文藝出版社出版，1958 年 9 月作為「選拔」圖書由人民文學出版社出版。1961年，人民文學出版社編輯龍世輝向劉知俠約稿，劉知俠陸續將自己寫的中短篇小說寄了過來。其中，包括《紅嫂》《沂蒙山的故事》《爆炸英雄的表兄與表妹》（出版時改為《英雄的表兄與表妹》）《一支神勇的偵察隊》四篇。編輯楊立平在初審意見中，態度很鮮明，他對《紅嫂》的藝術創作是肯定的，稱「這種對人物心理作細微刻畫的寫法在作者其他作品中是並不多見的，因而也是難能可貴的。正是由於他下了工夫寫這個人物，才使這個忠誠、純樸而聰敏的農村婦女給人留下較深的印象」。而今天來看，《紅嫂》裏也還是對人物有很多臉譜化的描寫，刻意「拔高」、顯得矯揉造作的地方太多。但相

對於作者的其他作品來說,《紅嫂》是相對比較好的。楊立平對其餘三篇的批評意見就比較多。對於《沂蒙山故事》,楊立平認為,「他用抒情的筆調來描繪山區人民的英雄事蹟,如搶救傷員、掩護傷員及掉隊幹部、做嚮導、抬擔架等,其中以武書記挾帶兩個敵人跳崖的壯烈犧牲最為感人。可惜作者對英雄人物的精神面貌沒有作進一步的挖掘,否則這些人物可以具有更強的感染力量」。如果說對《沂蒙山故事》的批評相對緩和的話,對第三篇《爆炸英雄的表兄與表妹》就開始不客氣了,尤其是其中過於誇張的情節,「這一篇裏面有幾個大躍進中產生的問題:1. 為搶救水庫大壩民工們在水中奮戰四晝夜(原稿 p68)在當時的緊急情況下,這樣做似亦無可厚非?2. 原稿 p73寫表妹秋鳳為提高工效,連頭帶身子埋進水中工作(以致後來暈倒),團指揮部未加阻止反而予以表揚,雖然作品裏寫明是團裏某幹部贊成,而且總指揮部發現此事以後即堅決糾正。但團指揮部的表揚仍然是不妥的。擬在校樣上提請作者修改。3. 原稿 p67 寫運土時,一人兩臂挾兩筐,(文中說明足有一千斤重),恐過於誇大,擬提請作者考慮」。〔註39〕對於第四篇《一支神勇的偵察隊》,楊立平寫道,「作品吸引人的地方是故事情節的曲折而不是人物形象動人。這是作品的重大缺陷。此外,作者在安排情節時往往為了自圓其說而有前後說法不一致或者不合生活真實之處。這些地方有些可以提請作者修改,有的則由於牽動太大,無法修改。」他還指出這四篇有一些共同的缺點,「除了大多數人物的描寫概念化、簡單化以外,最顯著的缺點是詞彙貧乏,語言平淡無味,無論寫景或寫人總是那幾句話;對話缺少個性,大半是作者自己說話的口吻,無論指揮員、戰士、警衛員、農民、敵人便衣特務都是一派知識分子腔,令人感到不真實。從這裡看出,作者雖然有戰鬥生活的親身體驗,掌握不少素材,但是還缺乏深刻的觀察,細緻的分析和反覆的推敲、高度的概況,使這些原可以寫得更為出色的作品,成為目前這個樣子。還有一個較大的缺點是,可有可無或重複囉嗦的字句、段落很多,形成結構臃腫、拖沓」。據此,他甚至提出「這是一部可以出版的一般水平的作品」,言下之意還是感覺達不到出版水平的。王仰晨在複審意見中意見更加明確,「我覺得,像這樣的集子是不大夠出版水平的」,「但對這樣一個作家,就使我們在處理上感到了困難」,因為畢竟是出版社主動約的稿子,而且劉知俠

〔註39〕作者劉知俠對編輯提出的意見均做了採納,在正式出版的書中,這些誇張的情節已經得到修改。

當時的影響力也不小。王仰晨分析道，「作者有著深厚的生活基礎，有編故事的才能，也並不缺少表現能力。問題就在於沒有認真地寫，沒有好好地構思故事情節和仔細地刻畫人物。寫完後，似乎也不曾做過多少推敲琢磨和修改的工夫，因此讀來會有些『急就章』的感覺」。「也沒法提修改意見。那些枝節、局部的問題，楊立平同志提的我大都同意，而且的確都可在校樣上解決。這樣的作品，不能說對讀者沒有益處，但如果作者的寫作態度更嚴肅些（為了愛護自己的聲譽，也應該那樣做的），那就完全會是另一種情形了」。他在綜合考慮之後，勉強提出「看來，還是得接受出版的」。何文在終審意見中寫道，「這部中短篇集的內容有一定教育意義，藝術性較差。故事曲折動聽，語言和刻畫人物都差」。他甚至提出刪掉最後一篇的想法，「四個短、中篇中，以《爆炸英雄的表兄與表妹》較差。尤其是後半段，過分強調有損健康的苦戰：婦女下冰水中勞動、暈倒等場面，值得考慮。如果抽去此篇，質量似可提高一些？看來難以向作者提出？」

類似劉知俠小說集這樣的審稿意見，是有很多的。這裡不一一列舉。這造成一種獨特的現象，編輯在審稿表達和圖書出版後的公開表達，意見往往是有出入的。這些審稿意見，為我們立體認識當時的文化環境提供了重要參考。他們並非不知道這些作品的藝術水準不高，但為了服務政治，不得不違背自己的意願同意出版。這種屈從，本身也是出於意識形態的考慮。

第四節　副牌社、分社設立的意義

人民文學出版社在 1951 年 3 月成立之時，曾用過作家出版社、文學古籍刊行社、藝術出版社的副牌。1956 年藝術出版社分出，改為電影出版社和戲劇出版社；文學古籍刊行社合併到古籍出版社；作家出版社於 1958 年分出，歸中國作家協會領導。〔註 40〕這些副牌、分社成立的原因有很多類似的地方，也有一些不同的目的。但總歸都是隨著政治意識形態的要求在發生變化的。〔註 41〕

藝術出版社、作家出版社、文學古籍刊行社成立的目的，是出於當時開

〔註40〕《人民文學出版社概況》，見《人民文學出版社五年出版規劃草案（1958～1962）》（1958 年 9 月編製），現存人民文學出版社。

〔註41〕可參考宋強《人民文學出版社分社副牌的歷史沿革》，收錄於人民文學出版社編輯部編《凌雲健筆話書情》，人民文學出版社，2015 年 8 月第 1 版。曾發表於澎湃新聞等網絡媒體，部分平臺沒有署名。

拓出版空間、擴大出版渠道的努力。人民文學出版社成立後，作為代表國家水準的出版社，對圖書內容的選擇是需要非常謹慎的，尤其在政治環境日益緊張的條件下，對圖書內容的遴選就需要更加謹慎。但這又限制了出版社的活力，出版社的出書數量被大大限制，滿足不了讀者的需求。為了破解出書內容和出書品種的矛盾，採取了設立副牌社的辦法。藝術出版社主要出版戲劇、音樂、電影劇本之類的圖書，從 1953 年 12 月成立到 1956 年分出，它存在的時間只有三年多時間。副牌作家出版社成立的目的，主要是為了擴大新創作的出書範圍，同時是為了避免古典和外文類圖書出版後在政治導向問題上被人詬病，待經過一段時間考驗、被讀者肯定後，才被納入人民文學出版社的出版範圍。作家出版社作為副牌的存在時間是最長的，當時的編輯經常在以人民文學出版社還是以作家出版社名義出版的問題上猶豫不決或產生爭議。對出版社副牌設立和調整出版方向，在建國之初是非常普遍的，這反映的也是意識形態內部自身調整的過程。

而在 1960 年 12 月，人民文學出版社、作家出版社、中國戲劇出版社三社合併，包括把上海文藝出版社作為人民文學出版社的上海分社納入進來，則是出於加強出版社統一化管理的目的，它一直存在到「文革」結束後。「文革」期間，音樂出版社也併入人民文學出版社，這也是出於加強一體化管理的需要。

從五十年代到七十年代，人民文學出版社副牌和分社的分分合合，都是在計劃經濟條件下，隨著當時社會環境的變化，在主管部門主導下進行的。不管是對人民文學出版社還是對當時的其他國家級出版社，副牌、分社的變化，對自身出書範圍、出版方針都產生重要影響。例如將中華書局設立副牌「財經出版社」就是如此。文化部對中華書局進行改組時，財經出版社副社長常紫鍾曾批評主管部門「方針不夠明確，舉棋不定」，「先把中華書局改成財經出版社，後因中央指出應重視中華書局傳統，又把中華書局單獨分出。現在又同古籍出版社合併，結果一個單位掛了三個招牌，中華書局原有的優點被忽視了，許多有經驗的老出版工作者沒有能充分發揮作用，工作中呈現出不少混亂現象」。〔註42〕

從這樣的分與合之中，實際上也能看出思想空間、言論空間變化的軌跡。

〔註42〕《對出版事務「統的過多」「管的過死」——各出版社負責人座談出版工作中的問題》，新華社，1957 年 5 月 13 日。

一、作家出版社

據許覺民回憶，「作家出版社是 1954 年經喬木指示成立的，因『人文』招牌應出版定評的，第一次出版的創作（包括古典文學某些選本）一般都用作家名義。人文用作家名義，一直沿伸到反右後。1958 年，作協成立作家出版社，樓適夷、何文過去，到那時人文才停止用作家名義」〔註43〕。用人民文學出版社的名義，還是用作家出版社的名義，關鍵是看書稿是否有定評，這顯示了人民文學出版社的謹慎。定評，主要是指書稿的政治評價，因為一些新的創作往往出版後會遇到各種不同的評價，如果負面評價太多，則影響國家出版社的形象和權威地位，這也是出版社在出版新作品時的無奈之舉，從中也可看到出版社面臨的壓力。《紅樓夢》《儒林外史》等古典文學，初版本都是以作家出版社名義出版的，可見其對內容選擇的謹慎。當時使用作家出版社名義出書，還有一個目的，就是為了與私營出版社競爭。1953 年，人民文學出版社的工作總結中提到，要「進一步提高出版物質量，同時又適當的放寬標準尺度，大量用『作家出版社』名義出版新書，以限制私營文學出版社的盲目發展」〔註44〕。當然，在私營出版業完成社會主義改造之後，這方面的目的也就不存在了。但在這時，作家出版社的存在，無疑對擴大出書範圍、拓寬思想空間起到了重要作用。它的存在，減輕了作為國家形象代表的人民文學出版社的思想負擔，為很多可能帶來負面效果的圖書爭取到了出版機會。

1958 年 8 月，作家出版社「因適應社會主義文化革命高潮的需要，在人民文學出版社中國文學新創作部門和通俗文藝出版社的基礎上成立單獨的機構，從文化部移交作家協會領導，成為作家協會直屬的中國文學新創作的專業出版社」。所謂「社會主義文化革命高潮」，其實就是「大躍進」運動在文化上的體現。作家出版社分立，主要是要解決「審稿遲」「出書慢」「對作家聯繫不夠緊密」「情況隔膜」的問題〔註45〕，在「大躍進」的環境下，出書數量、出書速度成為衡量出版工作最重要的指標，在過去，人民文學出版社遴選選題時小心翼翼，在選擇以人民文學出版社名義還是作家出版社名義出版

〔註43〕 許覺民給人民文學出版社編輯陳新的信，1986 年 10 月 28 日，現存人民文學出版社。
〔註44〕 《人民文學出版社1953年工作總結》，現存人民文學出版社。
〔註45〕 作家出版社約稿信。

時也非常謹慎，這種做法顯然是與這個潮流不合拍的，作家出版社分立出去也是勢在必行。自此約定，人民文學出版社提出不再接受創作稿件，而只出版經過一定時間考驗的優秀創作「選拔本」。這時的作家出版社，存在的目的與一開始設立時已大相徑庭，而且它的出版範圍侷限在當代創作，與之前相比範圍大大變小，它承擔的開拓思想空間的任務已經不再可能實現。而且，它大量出版與時代潮流合拍的作品，降低了出版標準，使得大量概念化、教條化作品得以出版，進一步加劇了思想空間的僵化。

在 1966 年之前，中國當代長篇小說大都是以作家出版社的名義出版，由人民文學出版社出版的全部 129 種當代長篇小說中，以作家出版社名義出版的就佔了 94 種。部分中國現代文學的小說也是以作家出版社名義出版的，包括張天翼《包氏父子》、沙汀《在其香居茶館》、艾蕪《南行記》等 13 種。1956年前，大部分古典小說也是以作家出版社名義出版，包括《水滸》《三國演義》《紅樓夢》《西遊記》《儒林外史》等等。由此也可以看出，這些作品在當時都屬於「試錯」的圖書，如果出現讀者反應不好或有人指出存在政治問題，迴旋餘地會比較大；如果沒有人指出問題，那就可以「升格」由人民文學出版社名義出版，同時也意味著對作品政治上的肯定。

二、文學古籍刊行社

文學古籍刊行社的成立，主要是出於影印古籍的需要，但這用「人民文學出版社」的名義出版無疑會招來很多質疑，畢竟出版古籍並非人民文學出版社的首要任務，而且古籍內容並不能反映「工農兵的生活」，反而很容易被認為是「封建糟粕」。所以成立文學古籍刊行社，對於放寬古籍的出版起到了重要作用。

文學古籍刊行社成立後，時任副社長的王任叔親自撰寫《重印文學古籍緣起》，提出選擇重印文學古籍的三個標準是：「（一）流傳最廣而為世人所熟知的優秀作家的專集或別集，優秀的選集或總集；（二）能代表一時代文學的特色和流派、能反映一時代的社會面貌與人民生活的各種著作；（三）具有參考、研究價值，而流傳極少的孤本和珍本。」當時有學者呼籲要加強影印古籍的出版，人民文學出版社編輯黃肅秋也撰文呼籲影印古籍：「古典文學的研究資料，有不少是所謂『海內孤本』，一經壟斷，即成了少數人的『奇貨』，他們固然可以根據這些資料寫文章，當『專家』，而更多的古典文學研究工作

者，特別是一些年青的研究工作者，和這些資料卻無緣相見，這就大大限制
了、妨礙了這些珍貴資料發揮它的更大效用。這難道不也是一種地地道道的
資產階級作風嗎？」〔註46〕讓珍稀古籍出版，以便更多的研究者閱讀，在這
種旗號下文學古籍刊行社影印了大量古籍。

從 1954 年 10 月至 1956 年 1 月，以文學古籍刊行社名義重印出版了 30
多種文學古籍，其中影印的佔了 29 種。但這種做法很快便受到批評，《人民
日報》於 1956 年 1 月 27 日發表評論文章，認為古籍刊行社「缺乏嚴格選擇
地出版了一些沒有或者很少價值的書」，認為它並未堅持自己確定的第一、第
二條出版標準，興趣只在第三條上，有「封建階級和資產階級的清客和收藏
家玩弄『孤本』『秘笈』的思想作風」，「不顧廣大群眾的迫切需要，將一些根
本沒有什麼價值，或者價值很少的書籍」大量印行。文學古籍刊行社受批評，
還與當時的《紅樓夢》批判直接相關，在這篇社論文章裏也直接指出，它違
背出版原則的做法，「突出地表現在關於研究紅樓夢的參考書籍的出版工作上。
出版社把『四松堂集』、『綠煙瑣窗集』、『懋齋詩鈔』、『春柳堂詩稿』幾部書，
影印線裝，而且還加上了不切合實際的、甚至帶有欺騙性質的『出版說明』。」
它對古籍的影印，「過分地、極不恰當地吹捧版本的『價值』，表現了對讀者
完全不負責任的態度，大大損害了國家出版機關的應有的威信」〔註47〕。同
時，也有人提出影印古籍是「厚古薄今」的現象，而且不加標點符號，造成
閱讀時的困難。〔註48〕在這些嚴厲批評出現後，後人民文學出版社不再以文
學古籍刊行社名義出書。〔註49〕

文學古籍刊行社的取消，正是政治意識形態發揮作用的結果。在厚今薄
古的要求下，大量出版古籍很容易被扣上出版封建糟粕的帽子，影印古籍還
會被稱為忽視工農兵讀者的需求。所以，它的短暫出現也見證了政治思想逐

〔註46〕黃肅秋：《反對對古典文學珍貴資料壟斷居奇的惡劣作風》，《人民日報》，1954
年 10 月 31 日。

〔註47〕本報評論員：《肅清文學古籍出版工作中的腐朽作風》，《人民日報》，1956 年
1 月 7 日。

〔註48〕高原：《不要單純追求「古」》，《人民日報》，1958 年 5 月 29 日。

〔註49〕這篇評論文章或為袁水拍所作。許覺民給人民文學出版社編輯陳新的信中提
到：「袁水拍在人民日報寫文批評古籍刊行社原樣刊印，不加批判，是違反批
判繼承方針的，從此就停止出書，這名義也就無疾而終，從此不出書了，也
沒有取消掛牌」，1986 年 10 月 28 日。此時正值袁水拍在《人民日報》批評馮
雪峰在《文藝報》時的「錯誤」。

漸走向狹窄化的過程，這同時也是國家意識形態建構的過程。

三、上海分社問題

（一）兩社分工的確定與矛盾顯現

在 1949 年前，上海是中國出版業最為活躍的地方。新中國成立之後，上海的大量私營出版社經過社會主義改造之後，逐漸被納入國營出版機構之中。由建國前就已經存在的民營出版社群益出版社、海燕書店、大孚圖書公司，於 1952 年 8 月被整合成國營出版社新文藝出版社。1956 年 11 月，新文藝出版社古典文學編輯室分出擴大成立古典文學出版社。1959 年 7 月，與上海文化出版社、上海音樂出版社與新文藝出版社合併，成立了上海文藝出版社。

在 50 年代初期，北京與上海的出版社在選題制訂、與作者聯繫方面經常產生衝突。在實際操作過程中，人民文學出版社在列選題計劃的時候，對一些之前在新文藝出版的世界名著較好的譯本陸續收入。文化部出版局在審核選題時，將新文藝社與人民文學出版社重複的選題都不予同意。

1954 年 3 月 10 日至 15 日，中宣部專門召集人民文學出版社、人民美術出版社、上海新文藝出版社、華東人民美術出版社及出版總署、文化部等單位負責人開會，希望加強計劃性，明確分工。其中提出，「北京人民文學出版社應逐漸成為出版中外古典文學和中外現代文學優秀作品為主的出版社，上海新文藝出版社應逐漸成為出版中國及外國現代文學作品為主的專業出版社」，此處兩社在出版中外現代文學方面有重合，區別的重點在於人民文學出版社要出版「優秀作品」，而對上海新文藝出版社則無此要求。此次會議還提出，因為目前條件還不成熟，「除經過編選的五四新文學代表性作品統歸人民文學出版社出版外，中國的和外國的古典和現代文學作品，兩社都可出版。但中國和外國古典文學的出版，兩社應共同制訂長期出版計劃，並根據這個計劃實行分工，中國和外國現代文學的出版，應定期交換選題及約稿計劃，盡可能避免凌亂和重複的現象。文學古籍的出版工作，因北京和華東均有部分整理古籍的力量，可由兩社分別進行，用『文學古籍刊行社』名義或『上海文學古籍刊行社』名義出版」〔註50〕。為使兩社更好地開展分工合作，會議還提出人民文學出版社對新文藝社「應當盡量給以業務上的指導和幫助」，「雙方應互相交換每年的選題計劃，

〔註50〕　《中央宣傳部改進文學和美術出版工作會議紀要》（1954 年 3 月），《中華人民共和國出版史料》（6），中國書籍出版社，1999 年 9 月第 1 版，第 202 頁。

並作必要的調整，互派代表參加必要的會議，互相交換稿件、內部刊物及工作總結，以便能更好地互相配合，並交流經驗」〔註51〕。

這次會議還提出，「上海是私營出版商的主要基地」，上海新文藝出版社「應把改造私營出版社作為自己的重要政治任務之一」。之後，新群出版社、文化生活出版社、平明出版社、光明書局、潮鋒出版社、上海文藝聯合出版社和上海出版公司等私營出版社陸續加入新文藝出版社。但隨著其出版力量逐漸強大，也越發感到與人民文學出版社的選題衝突，發生衝突的主要是外國文學翻譯方面。1955 年冬，兩社簽訂了《關於出版分工的初步決定》，兩社「互換選題、互通聲氣、協商互讓，以減少重複和糾紛」，之後，情況雖有所改善，但問題仍然不斷發生。

為此，新文藝社專門給時任中宣部副部長的周揚寫信反映情況，提到「我們提出的好的選題，『人文』可以用各種不同的方式拿去，我們已出版的名著的譯本他們可以不與我們事前聯繫，從譯者那裡拿去，有時甚至把選題和譯者一起拿去（據譯者直接向我們反映，『人文』的編輯甚至對譯者說：『你把稿子交給我們，選題問題，只要我們叫『新文藝』放棄就行了』），從中可見兩社之間仍有「搶稿、搶作者」的現象，中宣部的協調會並未完全解決問題。新文藝社還向周揚反映，「平明等五家私營出版社先後併入我社，有較多的外國文學翻譯的編輯轉入我社工作，他們看到『新文藝』的外國文學翻譯選題，在很大程度上受『人文』的控制，認為正像他們過去私營出版社的選題被國營和公私合營出版社所控制一樣，覺得『新文藝』沒有前途」〔註52〕。

1955 年 12 月 14 日，在文化部召開的討論人民文學出版社選題計劃的會議上，副部長林默涵提出，人民文學出版社出版「外國古典名著及現代有定評的作品」，新文藝社「出版『人文』所出以外的作品」。新文藝社對此表示不滿，認為對其限制太嚴，而且「『人文』編輯部的同志很容易把古典名著和現代有定評的作品的範圍不斷擴大，使『新文藝』可走的路越來越狹」。

在兩社的分工方案中，中宣部提出的人民文學出版社出版「高級的優秀作品」，新文藝出版「一般的文學作品」，「古典作品（包括近代經典性的作品）是人文的重點，大部分由人文出版」，「現代作品是新文藝的重點，可以廣泛

〔註51〕《中央宣傳部改進文學和美術出版工作會議紀要》（1954 年 3 月），《中華人民共和國出版史料》（6），中國書籍出版社，1999 年 9 月第 1 版，第 202 頁。
〔註52〕新文藝出版社給周揚的信，1956 年 9 月，現存人民文學出版社。

出版，但其中某些作品，由於政治影響（如獲得國際獎金的作品，配合紀念，配合外交，配合國際會議，以及作家或外國有關方面指定由人文出版等）必須由人文出版者，人文仍可出版。此外具有重大政治影響的作家的個別重要作品，由人文出版比較合宜者，人文亦可出版」。新文藝社也表示不滿，認為這樣做的話，「『人文』的靈活性愈來愈大，新文藝出版社所受的限制也愈大，就很難創造出什麼特點，很難在讀者中間造成印象和影響，很難有一個較好的發展前途」，而且，「很難用『一般』這個尺度來衡量我們的優缺點」。

對新文藝出版社來說，還要譯者資源和書籍來源的問題，「上海乃至華東地區的社會翻譯力量，多半是對古典有研究有興趣的，而私營出版社轉來的選題和書稿，亦以古典居多」，「由於某些客觀條件，我們對現代外國文學作品比較隔膜，有許多作品，沒有經過一定時間的考驗，是否值得介紹，也無把握」，尤其是「書籍的來源也非常之少，進口的寥寥幾本，往往成為各出版社及許多找『出路』的翻譯者的眾矢之的」，這導致其「難以擔負大量出版現代外國文學作品的任務」。

對於人民文學出版社陸續將新文藝「所出的世界名著較好的譯本」，人民文學出版社列入自己的選題計劃，使新文藝社深感危機重重，「使我們苦惱的是，好書一一由『人文』吸收後，我們又不能再出，久而久之，新文藝出版社勢必剩下一些質量較次的譯品，而且零零落落的弔走幾本，剩下的也就不成體系」。

（二）矛盾的協調

當時，不僅是人民文學出版社和新文藝社發生選題衝突，在北京的人民出版社與上海人民出版社、人民美術出版社與上海美術出版社面臨著同樣的問題。1960 年 6 月 13 日至 16 日，文化部和上海市委宣傳部組織召開會議，對北京和上海的出版社矛盾進行協調。會議決定，「上海各出版社以原華東區、中南區為組稿基地，其餘四大區歸北京方面組稿」。人民出版社和上海人民出版社出書重點本就不同，矛盾不大，「問題比較單純，解決得比較順利」；人美與上海人美會談過程中，一度主張上海人美作為人美的分社，但最終進行了明確分工；只有上海文藝與人民文學、作家出版社「關係比較複雜，經過會談，解決了一些問題，有些問題尚待進一步明確」〔註53〕。

〔註53〕《北京、上海有關出版社會談分工協作情況彙報》，上海市出版局整理，1960年 6 月 17 日。

　　此時的作家出版社已於 1958 年從人民文學出版社分出，它與上海文藝出版社的矛盾主要是在新創作的組稿上面，擬約定「全國性編選的選題、兩社共同完成的叢書選題、全國性『選拔』部分優秀出版物」在上海出版時，「書脊及封面上印『作家出版社』，扉頁上加注『上海』二字。其他書，上海均用『上海作家出版社』名義」。人民文學出版社與上海文藝出版社的矛盾則要多很多，除民間文學、五四文學外，重點是外國文學。會議並未最終確定上海文藝作為人民文學出版社上海分社問題，只是商定「選題全部統一」，「北京以古典為主，上海以現代為主的原則」，「配合國際鬥爭形勢的臨時選題，須及時將選目、編例等通知對方，以便徵求意見，提高質量並避免重複」，會議要求兩社將這些原則「貫徹到已有選題的調整和今後選題的分配中，兩地必須抓緊時間，盡速進行選題調整工作，以免所定原則流於空談」。

　　文化部於 1959 年 11 月 26 日，向有關部門和出版社轉發了經中共中央宣傳部批示原則同意的《關於調整和加強北京和上海若干出版社的分工協作關係和安排若干出版社出書任務的報告》。〔註 54〕

　　然而，之後兩社的協調並不順利。1961 年 12 月 6 日，關於外國文學「三套叢書」（馬列主義理論叢書、外國古典文藝理論叢書、外國文學名著叢書）問題，人民文學出版社、社科院與上海市委宣傳部、上海市出版局、上海文藝出版社在上海再次專門召開會議。

　　上海文藝出版社外國文學編輯室主任孫家晉提出，在外國文學名著叢書所列 120 種圖書中，上海文藝「已出的、已約的、去年劃歸」的，被人民文學出版社列入計劃的共有 47 種，占其全部外國文學圖書的 39%。〔註 55〕對於馬列主義文藝理論叢書和外國古典文藝理論叢書，可由人民文學出版社負責，但對於外國文學名著叢書，上海已出被人民文學出版社「選拔」而走，「我們就少了保留節目」，「在讀者看來，會覺得我們要嘛不出好書，出了好書終歸要被北京選拔，等北京版出了再買好了。我們選題也受影響，受約束，並且選拔又要發展下去，我們路越走越窄」。他提出，希望「改變『人文』以古典

〔註 54〕方厚樞：《新中國中央級出版社 60 年變遷紀實》，《編輯之友》，2009 年 10 月 20 日。

〔註 55〕人民文學出版社查閱了分工記錄，提出「整個『三套叢書』選目中擬吸收『上海文藝』出版的共 8 種，選題在『上海文藝』尚未出版的共 3 種，兩社共只有 11 種。如算上 1960 年 6 月兩社協商選題時劃歸『上海文藝』出版多卷集的 14 個作家的 23 種作品，也只有 34 種。」

為主,『上藝』以現代為主的範圍。因為近來形勢變化,現代出多了容易犯錯,要犯政治錯誤」。上海文藝出版社社長蒯世壎提到,「外國古典文學名著叢書」本來有上海文藝一部分,但後來沒有了,而且「現代選題可出較少」;他深感外國文學選題之苦,「越想越苦,甚至想索性把我社的外國文學部分並到北京去」。

1962年,兩社再次與中國科學院文學研究所開會協調外國文學出版工作,此次會議比較具體,而且富有成效。在這套叢書中,由上海文藝承擔 38 種,「其中人文與叢書編委會工作組同意將約稿或約稿關係移交上藝的有 18 種」,包括萊蒙托夫《詩選》《當代英雄》,赫爾岑《往事與回憶》,岡察洛夫《奧勃洛摩夫》,斯丹達爾《紅與黑》,海涅、拜倫、雪萊等的《詩選》等等。此套叢書之外,「人文同意將選題、約稿或約稿關係轉上藝的有 45 種」,包括雪萊《解放了的普羅米修斯》,狄更斯《奧列佛爾·退斯特》等。而「上藝同意轉人文的選題、約稿及讓出選題的共 23 種」,包括左拉《娜娜》,巴爾扎克《人生的開端》等。同時約定,人民文學出版社出版「文學小叢書」可以吸收上海文藝的選題。

(三) 合併方案的提出

據文化部出版局副局長王益回憶,1958 年 2 月,中宣部、文化部部長陸定一因病在上海修養時,召開了一次上海文化工作者的座談會。會上,上海幾個出版社提出了一些意見,「說他們的稿子如何被北京各社占去,如何受限制、有重複等等。他們的原意,大概是告北京各社的狀,希望能把一些重要選題讓給他們,盼陸部長『主持公道』。不料定一同志聽後,即席發表意見云:我們都是社會主義國家出版事業,應當力量統一起來做工作,不宜如此競爭,互相抵消。既如此,我們索性把出版工作大一統起來,統到北京,上海各社為分社,不少就沒有這些問題了?」〔註 56〕這是北京和上海出版社合併的最初起因。陸定一提出此方案後,交由文化部副部長陳克寒、錢俊瑞具體落實,上海市委宣傳部和各出版社「沒有一個同意的」,但「他們也未正面提出不同意,只是在具體商量中提出種種難以解決的問題」。於是,方案被擱置下來。

1959 年夏,文化部又召集上海各社的人來北京會談,人民文學出版社社長王任叔、上海文藝出版社社長蒯斯曛等參加會議。據樓適夷回憶,商談中,

---

〔註 56〕現存人民文學出版社。

「明確上海不掛分社牌子，而改稱為『京滬雙方帶有總社和分社性質』的社，雙方領導幹部互相兼職，如蒯斯曛可兼人文副社長。雙方按地區分工，交換選題，交流情況」〔註 57〕。

　　之後，文化部提出《文學出版機關合併和分工方案》〔註 58〕。在這個方案中，提出「北京與上海各成立一個獨立的作家社，在北京的由中國作協領導，在上海的由作協上海分會領導」，「兩地的作家出版社都可以獨立經營，分別組稿，除加強聯繫，避免重複浪費外，沒有任務的分工」。兩地的作家出版社的作品出版兩三年後，「經一定評議，再由人文重版」。「上海新文藝出版社，按具體情況逐步改組為上海人民文學出版社、外國文學出版社和上海作家出版社」，「外國文學出版社如果成立單獨機構的條件不具備，可以暫不成立單獨機構，由上海人民文學出版社擔負任務」。王益回憶說，對此方案，「上海方面極不願意是很明顯的，北京各社也感到這並不是什麼好的方案，但既要統一，也只有這樣尚可行通」，「實行中又出問題，如規定分區組稿，結果又越區組稿等。故直到 1962 年，大家都傾向於取消」。此方案並未實行。

　　此後，夏衍於 1960 年曾委託陳原在上海召集兩社、上海市委宣傳部再次研究合併事宜；齊燕銘於 1961 年秋也再次到上海商談，均未有實質性的具體方案出臺。

（四）兩社的合與分

　　1963 年，中宣部正式發文要求兩社合併（第 157 號批示），並向中央提交《關於上海文藝出版社和人民文學出版社合併的請示報告》。根據中宣部批示，1963 年 4 月，人民文學出版社起草了《上海文藝出版社和人民文學出版社合併方案》，其中提出，「上藝原有中國現代文學編輯室（一編室）歸併北京總社」，「複審及終審均交總社辦理」；外國文學中的「現代文學的大部分的任務歸總社，分社只能編輯出版部分外國古典作品」，「書稿從三審到出版，均由分社負責，但重要書稿的序言後記，須經總社終審後始可發稿」，「書籍的出版名義，均與總社統一，不用『分社』字樣」。〔註 59〕自此，兩社合併具體事

〔註 57〕人民文學出版社：《關於與「上藝」歷年辦交涉的過程回憶材料》，現存人民文學出版社。

〔註 58〕文件上有文化部出版局副局長陳原給人民文學出版社社長王任叔的批示：「任叔同志：燦然同志剛帶回一份分工方案（未最後定案），茲打印出來供參考。」

〔註 59〕《上海文藝出版社和人民文學出版社合併方案》，1963 年 4 月，現存人民文學出版社。

宜開始提上議事日程。對於合併問題，當時提出兩個方案，一是將上海文藝出版社作為人民文學出版社的一個編輯部，根據出版物內容，分別用人民文學出版社、作家出版社、中國戲劇出版社的名稱，「也不標明上海版」；二是將上海文藝出版社統一於人民文學出版社，「北京為總社，上海為分社，上海文藝出版社的名稱取消」，根據出版物內容，分別用人民文學出版社、作家出版社、中國戲劇出版社的名稱，標明「上海版」或「分社」。

　　1963 年 11 月，文化部出版局提出《人民文學出版社和上海文藝出版社合併方案（草案）》，提出從 1964 年 1 月 1 日起，上海文藝出版社改為人民文學出版社上海分社，上海文藝出版社名義撤銷。「上海分社的政治思想工作和黨的工作，由上海市委領導。上海分社的出書任務、組稿範圍、編輯機構的設置和幹部的調配，都由總社統一安排」；「上海文藝出版社原來的第二編輯室（戲劇、書法、棋藝和樂曲等書籍部分），因不屬於文學範圍，請上海市出版局另作安排」。而且，作為人民文學出版社分社後，對其工作人員的政治素質提出嚴格要求，「原有工作人員中，有一部分不宜繼續留在上海分社做編輯工作的需要調出」〔註60〕。

　　在此方案中，對於上海分社出版的書籍，「統一用人民文學出版社或作家出版社名義（哪些書用前者，哪些書用後者，由總社另行規定）。但在版權頁上，另加『人民文學出版社上海分社編輯』或『作家出版社上海編輯所編輯』字樣；以便識別」。關於此點，還有一種意見是：「凡屬在總社某項統一的叢書規劃之內的書稿（例如外國文學名著叢書）不論京出滬出，均統一使用人民文學出版社名義（是否須送總社審稿，視情況決定），凡由分社單獨計劃發稿和審稿的書籍在出書時，即在封面和書脊上使用分社名義，以資識別，而便檢查。其中外國古典文學及中國民間文學使用『人民文學出版社上海分社』名義，中國創作及外國現代文學使用『上海作家出版社』副牌名義。」〔註61〕在正式文件中，採取了第一種方案。同時，提出「上海分社除著重在華東組稿外，有需要時也可以到其他地區組稿，但須取得總社同意。總社認為有必要時，也可請分社到華東以外地區組稿。凡作者自動和分社聯

〔註60〕　《人民文學出版社和上海文藝出版社合併方案（草案）》，見《中華人民共和國出版史料》（12），1999 年 3 月第 1 版，第 372 頁。

〔註61〕　《人民文學出版社和上海文藝出版社合併方案（草案）》，見《中華人民共和國出版史料》（12），1999 年 3 月第 1 版，第 374 頁。

繫要求為其出版書稿者，不受地區限制」，「總社到華東地區組稿時，也要同分社取得聯繫」〔註62〕。

　　1964年2月6日，文化部正式下發《人民文學出版社和上海文藝出版社合併的通知》，要求兩社遵照執行。1964年3月，上海文藝出版社正式併入人民文學出版社，並從1964年4月起，對外啟用「人民文學出版社上海分社」、「作家出版社上海編輯所」的圖章。上海文藝出版社成為人民文學出版社的上海分社，至此，人民文學出版社成為控制全國文學出版的唯一一家出版社，文學出版進一步消除「競爭」，完全納入計劃經濟框架之中，國家意識形態在文化出版控制力得到最大化的實現。

　　上海文藝出版社成為人民文學出版社上海分社後，出版了一系列圖書。其中，也出版過供內部閱讀的「黃皮書」，如《軍人不是天生的》《同窗》等，分別在封底標注有「作家出版社‧上海」和「作家出版社上海編輯所」等字樣〔註63〕。

　　兩社合併後的情況究竟如何？兩年後，人民文學出版社於1966年4月22日召開了一次座談會，討論與上海分社的體制問題。會上指出，兩社合併後，「明確了領導關係，工作上的問題開始有了互相協商的精神，外國文學現代文學每年的選題、組稿等方面經過雙方討論後一般的尚能從全局出發，爭搶的情況減少了。同時總社對分社提出要求和問題凡是能解決的盡量予以解決，如外國文學方面業務上的問題，以及紙張、財務、物資等方面，盡可能滿足分社的要求」。但存在的問題轉移到新創作的組稿方面，「雙方常會發生撞車的事情」，同時在人事工作、財務和紙張等方面也遇到很多問題。因此，很多人認為，「兩社雖然形式上合併了，但從組織上思想上都沒有徹底的合併成為一個整體，如編輯任務、方針、出書審校等重要問題都沒有統一起來」。〔註64〕

　　此後，「文革」開始，出版業務基本停滯。1970年12月，人民文學出版社上海分社與人民文學出版社正式分開，恢復舊制。

〔註62〕《人民文學出版社和上海文藝出版社合併方案》，1964年2月，現存人民文學出版社。
〔註63〕張福生：《我瞭解的「黃皮書」出版始末》，《中華讀書報》，2006年8月23日。
〔註64〕《人民文學出版社關於體制問題討論彙報》，1966年4月26日，現存人民文學出版社。

（五）經驗和教訓

　　人民文學出版社與上海文藝出版社是新中國成立後成立的兩家專業文學出版社，兩社的成立背景、人員組成、思想傳統各有不同，人民文學出版社主要繼承了解放區、新華書店和三聯書店的出版資源，同時也併入了時代出版社和部分私營出版社。而上海文藝出版社則基本上由上海的私營書店改造而成，繼承的是原來上海豐富的出版資源和出版傳統，這也使得上海文藝出版社不同於全國其他地方的出版社，其擁有的出版傳統、出版資源非常雄厚。然而，在計劃經濟條件下，競爭被視為資本主義的方式，所有的出版社都逐步被納入國家計劃經濟的框架之中，對國家主管部門而言，自然是希望兩社統籌協調好選題關係。兩社之間的矛盾與逐漸解決的過程，也是出版系統計劃經濟逐步實施的過程。人民文學出版社是作為國家級出版社來設立的，在國家政策支持方面擁有很多有利條件，所以，把上海文藝出版社作為人民文學出版社上海分社成為兩社之爭的解決之道。

　　1949 年後，上海原有的 300 多家私營出版社經過社會主義改造，被整合為 10 家國營出版社，各種文學出版資源尤其是翻譯資源都彙集到了上海文藝出版社社。上海市委宣傳部部長白彥曾稱，「光靠翻譯吃飯而沒有參加工作的人，上海可能比北京還要多」，「上海也希望出好的書，不能老出二三流」。社科院戈寶權也提到，「應該承認這一點，過去上海一向是出版的中心」。而到了新中國計劃經濟體制下，競爭的存在被認為是不可容忍的。從中宣部、文化部等管理部門角度來看，將上海文藝出版社併入人民文學出版社，既充分利用過去的出版資源，又逐步建立由中央主導的文學出版體系，是加強對出版的意識形態管控、做好資源調配的重要手段。這也是國家意識形態建構過程中出現的結果，國家意識形態要求文學出版統一規劃、消除競爭，以更符合計劃經濟的要求，所以才導致兩社最終的合併。

　　而讓人感慨的是，事後，將上海文藝出版社作為人民文學出版社分社一事，成為中宣部、文化部「文藝黑線」的一大罪證，成為他們控制上海出版系統的「陰謀」：「陸定一、周揚、夏衍幾人為什麼從 1957 年開始幾年來一直關心上海分社和北京合併的問題，而親自在上海談判；1960 年夏衍又去談還沒出面參加會，叫陳原參加的，是否因上海市委對中宣部的指示有所抵制（因他們談到上海市委抓的很緊）不能將黑幫祖帥爺的意圖直接貫徹到上海，因

而千方百計設法把它作為中央直接控制的分社？」〔註65〕這種整合與分立的過程，也反映了國家意識形態建構過程中的複雜性。

第五節　「『人民』的出版社為什麼會成了衙門？」

　　由於管理體制的限制，上級機關是以對待行政機構的態度來管理人民文學出版社的。在這種環境下，出版社無法全身心投入出版工作。更重要的是，計劃經濟下的出版體制也暴露出很多問題。這讓出版社內外均感到不滿。在1957年「百花齊放、百家齊鳴」的環境下，諸多對過去六年文藝出版工作的不滿集中爆發了，許多人紛紛以「衙門」稱呼人民文學出版社。馮雪峰說，人民文學出版社「在文化部的官僚主義的領導之下，不像一個出版社，倒像一個『衙門』」，他針對管理體制，抱怨說：「出版局被自己的繁重的機構和事務主義所束縛，缺少方針性的領導，把自己縛在典型的官僚主義的環境裏」。他認為，對出版社的管理、新華書店的統一發行、印刷力量的分配等，「必須徹底改革」。〔註66〕

　　蕭乾在1957年5月20日發表了轟動一時的雜文：《「人民」的出版社為什麼會成了衙門？》，之後張友松等人也以「衙門」來批評人民文學出版社。臧克家也提出：「改進出版社和作家的關係，出版社編輯應多向作者請教，虛心一些，不要擺架子，不要關門。出版社應面向群眾，面向作者，不要把出版社當成『小衙門』。」〔註67〕鍾敬文也提出，「人民文學門關得很緊，只此一家的派頭」〔註68〕。

　　蕭乾在1949年後以翻譯為生，在人民文學出版社翻譯出版了《大偉人江奈生·魏爾德傳》（1956年1月，作家出版社出版）和《好兵帥克》（1956年，人民文學出版社出版）。1954年，他與人民文學出版社外國文學編輯文潔若結為伉儷。可以說，他是對人民文學出版社情況相當瞭解的。在1949年前，蕭

〔註65〕人民文學出版社相關檔案材料。
〔註66〕馮雪峰：《1957年9月4日在中共中國作家協會黨組第二十五次擴大會議上所作的檢討》，《馮雪峰全集》（九），人民文學出版社，2016年11月第1版，第357頁。
〔註67〕《中華人民共和國出版史料》（第8卷），中國書籍出版社，2001年第1版，第293頁。
〔註68〕《文化部召開文藝作家座談會紀要》（1957年5月16日、18日），《中華人民共和國出版史料》（9），中國書籍出版社，2004年12月第1版，第165頁。

乾也曾在商務印書館出版過書，商務印書館在工作方面的規範有序給他留下深刻印象，每年都會寄去「版稅清結單」。蕭乾還曾在巴金主持的文化生活出版社出過好多書，自那時起與巴金結下一生的友誼，巴金將蕭乾的《栗子》編進「文學叢刊」第三集，對蕭乾是極大的鼓勵；蕭乾的長篇小說《夢之谷》也是在巴金鼓勵下完成的。蕭乾對 1949 年之前和之後的出版業都非常熟悉，自然對兩種不同環境下的出版狀況有著切身的體會，這也讓他的文章確實戳中了新出版體制的痛處。像態度傲慢、支付稿酬不及時還是小事，蕭乾翻譯的兩本書出版過程沒有順利的，蕭乾向出版社提供了譯著《大偉人江奈生‧魏爾德傳》的作者菲爾丁像和小說主人公的木刻像，準備分別放在封面和扉頁上，結果人民文學出版社將小說主人公的木刻像下面標注了「作者菲爾丁像」，發現後只好將扉頁裁掉。而出版《好兵帥克》時，竟然將其名字印成了「蕭乾」……面對新出版體制下的種種不順，蕭乾自然想起過去出版社「在經營管理上的某些優點」來了。

　　蕭乾的觀點大致可以概括為如下幾個方面：一、過去作家與出版社的關係雖然是純商業關係，但出版社為了競爭作者，主動為作家服務，對作家要求的事情主動去做好；而現在人民文學出版社與作家關係淡漠；二、過去作家與出版社的關係「絕對不是單靠版稅來維繫」，「還有一種可貴的感情」，作家與編輯容易結下「建立在互相尊重和體貼」的友誼；而現在有的編輯「出奇地馬虎、倨傲，重重地背了『中央一級』的包袱，因而時常擺出的是一副『你本來我不在乎，我不給你出你就別無出路』的神氣」，編輯在加工書稿時也有任意改動現象；三、在圖書出版之前，過去出版社會尊重作家意見，協商稿酬、裝幀設計也會徵求作家意見；而現在給作家的合同「出版社一概早已批妥」，「實際上是單方面的決定」。

　　蕭乾提出的這些問題看似是業務問題，但背後有更深的原因。在新的出版體制之下，人民文學出版社作為國家級出版社，它的任務不僅僅是出版圖書，更是作為政權的代表以「裁判」的姿態來衡量和取捨，面對作者的時候難免有居高臨下之感，肯定不會像以前出版社那樣為了利益「服務」作者。而且，因為有「中央一級」出版社的身份，編輯與作者的關係是不平等的，像以往作家和出版家一起合作投身出版事業的事情再也不會出現了，作家和出版者確實不再有「同甘苦共命運」的關係。「中央一級」出版社的個別編輯，正像前面提到的，可能僅僅是因為政治素質高而擔任編輯工作，業務水平不

是很高，面對書稿時難免捉襟見肘甚而出現「馬虎、倨傲」的姿態。不僅人民文學出版社是這樣，其他出版社也都大致相似，傅雷曾向《文藝報》記者提出：「（文藝出版社）編輯部一般包括兩種編輯人員：一種水平較低、缺乏工作經驗，編輯工作中許多笑話大都是他們鬧出來的。另一些水平比較高的，他們專門替外稿加工，吃力不討好，作譯者名利雙收，加工的人只聽到一片埋怨聲。」〔註69〕

　　人民文學出版社在作家、學者眼中成為「衙門」，並非「多向作者請教」「虛心一些」「開門辦社」就能解決的。在意識形態管控之下，它要發揮的是「政治思想教導」作用，與過去出版社相比，它的存在性質、工作流程已發生根本變化。其實，連創始人馮雪峰也在抱怨出版社像衙門。作為出版社，印製多少也不能自主，需要向新華書店徵訂，實際上是一種「發行領導出版，印刷控制出版」的現象，「出版社既不像出版社，又不像企業單位，好像似衙門」，必須「從根本上改變目前出版工作的制度和機構」。〔註70〕

　　但這些不同聲音、不同意見是很難改變人民文學出版社已經形成的體制和由此帶來的諸多問題的。在緊接著進行的「反右」運動中，很多提反對意見的紛紛淪為右派，連社長兼總編輯馮雪峰也難逃厄運，被免去職務。出版社作為「衙門」的現象，正是國家意識形態建構過程中出現的必然現象，這種現象也一直延續到計劃經濟的結束才發生改變。

〔註69〕周文博：《訪傅雷同志》，《文藝報》，1957 年第 9 期。
〔註70〕《對出版事務「統的過多」「管的過死」——各出版社負責人座談出版工作中的問題》，新華社，1957 年 5 月 13 日。

第四章　文學出版的選擇與意識形態問題

第一節　「五四」新文學的出版

一、「五四」新文學出版的興衰

　　在 1949 年後,「五四」之後的新文學作品,並非都有重新出版的機會。只有那些被認為對當下有價值有意義的作品才可再次面世,對於判斷的標準,往往著眼於作家本人和作品本身的「政治正確」。那些政治觀點「不正確」的作品如果再次出版,會面臨批判的風險。1952 年,在馮雪峰擔任主編的《文藝報》上,刊發了一篇批評天津知識書店出版的「十月文藝叢書」的文章,文章批評其存在的重要問題之一就是「毫不慎重地出版舊作」,包括王林以西安事變為背景的獨幕劇《火山口上》,方紀的短篇小說集《阿洛夫醫生》收入在「延安文藝座談會以前的舊作」《山城紀事》,文章質問道:「如果文藝叢書不是作為某些作者寫作過程的紀念冊的話,那麼,編輯人員為什麼把它們都當成『值得出的東西』推薦給讀者呢?」[註1]這是因為「編輯人員文藝思想的混亂,和缺乏對人民負責的編輯態度。編輯者以少數人的偏愛代替了群眾的需要,向讀者發售了一些劣等的作品和廢品。」可見作為出版社管理者的馮雪峰自身已有嚴格要求。

　　人民文學出版社當時從事現代文學編輯工作的人員,幾乎全部都是長期

〔註1〕簡平、李楓:《評「十月文藝叢書」》,《文藝報》,1952 年第 13 號,第 13 頁。

從事文藝創作和文學活動的左翼文學人士。任社長兼總編輯的魯迅昔日學生
與戰友馮雪峰，主要致力於《魯迅全集》的出版工作；副總編輯樓適夷被認
為是出版文學方面「出力最多」的人〔註2〕，曾是太陽社成員，從事過左聯的
黨團工作，擔任過中華全國文藝界抗敵協會理事。1954 年初到人民文學出版
社任副社長兼副總編輯的王任叔，早年曾是文學研究會成員，曾創辦過雜文
刊物《魯迅風》。這樣的編輯陣容使得「新文學」選集的出版無法不帶上濃厚
的「左翼」色彩。具體工編輯工作由第一編輯室負責，編輯室主任先後由嚴
辰（1953 年離任）、方白擔任，嚴辰曾在中華全國文藝界抗敵協會從事創作，
方白曾在三聯書店工作，他們對新文學比較熟悉。

　　從 1951 年建社至 1957 年反右運動擴大化，人民文學出版社在出版新文
學作品方面的指導方針，由出版「經過編選的五四新文學代表性作品」變成
出版「反映兩條路線鬥爭」的作品。〔註3〕

　　馮雪峰在擔任人民文學出版社首任社長兼總編輯期間制定了如下工作方
針：「一、當前國內創作及五四以後的代表作；二、中國古典文學名著及民間
文藝；三、蘇聯及新民主主義國家文學名著以及世界其他各國現代進步的和
革命的作品，近代和古代的世界古典名著。」〔註4〕雖然他將「當前國內創作」
的出版放在首位，但在實際執行中，出版「五四以後的代表作」變成了人民
文學出版社的實際工作重點。1951 年至 1953 年期間，由人民文學出版社出版
的圖書品種當中，「五四以後的代表作」數量要超過當時的「原創」作品，內
容質量上顯然也是「代表作」更勝一籌。

　　但這種出版實踐是無法得到堅持的，到了 1954 年年底，根據上級要求，
人民文學出版社對工作進行了「全面檢查」，在工作中開展「自我批評」，認
為「我社編輯方針有脫離政治的傾向，有忽視文藝的政治宣傳作用和放鬆思
想鬥爭的傾向。」「據一編室（負責出版五四新文學及當代新作品的編輯室──
──引者注）的檢查：全年出書 78 種。1949 年以前的作品有 39 種，占 50%，
其中五四作品居多，解放區作品被吸取的僅有 6 種。三年選題計劃中甚至很
少注意到這一方面。新創作共 35 種，占全年出書品種的 45%，但其中反映國

〔註2〕鄭效洵：《最初十年間的人民文學出版社──憶馮雪峰、王任叔同志》，《新文
　　　學史料》，1992 年第 2 期。
〔註3〕本文參考肖嚴、宋強：《上世紀五十年代「新文學選集」叢書出版略論》，《新
　　　文學史料》，2014 年 2 月。
〔註4〕人民文學出版社一九五二年工作總結，現存人民文學出版社。

家社會主義改造的現實生活的，除通訊報告選外，只有 5 種，而且分量是很單薄的；如果以字數來算，則 1949 年以前的作品占 60%。新創作僅占 40%。這和我國豐富多彩的現實生活比較起來，那是太過落後了。」〔註 5〕出版「五四」作品超過解放區作品，顯然並不符合「工農兵方向」，被認為是「脫離政治的傾向」也在所難免。

而且，所謂的「有定評」也是難以真正落實的，許多原本入選並得到出版的作家現實命運發生變化，如丁玲被打為「反黨集團」成員，作品評價也一落千丈，無法繼續出版。人民文學出版社內部也屢遭政治運動的衝擊，社長兼總編輯馮雪峰在 1954 年因《文藝報》事件被批判；「胡風反革命集團案」發生後，人民文學出版社五四新文學編輯室的編輯牛漢等被捲入；「反右」運動發生後，馮雪峰被劃成「右派」分子，1958 年 4 月又被開除黨籍，被撤銷了人民文學出版社社長兼總編輯的職務。這些變故使得人民文學出版社不得不對出版策略進行重大調整，自然也影響到了「五四」新文學的出版。

馮雪峰被撤職之後，在新任社長王任叔的主持下，人民文學出版社制定了《五年出版規劃草案（1958～1962）》。這個草案針對過去的工作提出了「自我批評」意見，稱「五四以後新文學」的出版是「出錯較多的」，「所選的多是資產階級作家的作品，其中還有唯心主義思想極濃厚的作品選集；革命作家的作品選集，所佔的比例不多」；而且提出，對於所選作家也沒有從政治上考慮到作者過去的政治立場，尤其是對革命文學的意見和態度，甚至把他們在前言中說成是革命作家，「這就混淆了五四以來新文學中兩條道路鬥爭的真實面貌。」

「五四以後新文學」之所以「出錯」，很多是因為作者的政治命運發生變化，或者是因為序言的作者在運動中出了問題。《蔣光慈詩文選集》的序言是黃藥眠所寫，黃藥眠在 1957 年被劃為「右派」分子，人民文學出版社當然也是跟著犯了錯誤。〔註 6〕其他選集的作者或序言作者出了問題，人民文學出版社均要受到連帶批評。這些錯誤的原因都歸到了馮雪峰頭上，草案稱錯誤的產生「反黨分子馮雪峰負了社的主要責任，馮雪峰的政治思想和文藝思想也

〔註 5〕《一年來工作初步總結報告》（1954），現存人民文學出版社。
〔註 6〕1960 年《蔣光赤選集》出版時，撤下了黃藥眠的序言，代替以孟超的序言。孟超在序言裏對黃藥眠進行了批評，認為黃藥眠貶低了蔣光慈的「革命性」。見陳改玲：《重建新文學史秩序》，人民文學出版社，2006 年 5 月第 1 版，第 164 頁。

不能不給我們的工作帶來重大的影響和損失。」〔註7〕

　　同時需要注意的是，此時政治主導的「厚今薄古」的要求，也對人民文學出版社出版「五四」作品的數量產生重要影響。1958年8月，在出版《葉聖陶文集》時，葉聖陶感到些許「不合時宜」，在給編輯的信中寫道：「目前提倡厚今薄古，貴社趕出五四時期作品，亦有厚古薄今之嫌。我的意思，第四第五卷能不出最好，如以為總得出完它，則不妨距離遠一點，將兩卷在明年上下半年出。」他專門提出請編輯向王任叔、樓適夷轉達，希望他們同意自己的想法。〔註8〕顯然，在葉聖陶看來，「五四」文學作品也屬於「古」，與「厚今薄古」的政策和思想要求不符。

　　鑒於以往的「經驗教訓」，草案提出「出書輕重緩急的安排，其位置應該是：中國的新創作居第一位；蘇聯和其他兄弟國家的現代文學和資本主義國家的革命文學居第二位；五四新文學遺產和中國古典文學居第三位；外國古典文學居第四位。」五四新文學成了「遺產」，而且只能「整理和出版五四以來新文學中有定評的作品。」〔註9〕

　　草案的《新文學「全集」「文集」和「選集」編輯說明》裏，列出了龐大的新文學「選集」出版計劃，帶有大躍進和浮誇風的色彩：「暫擬出版80～120種」，提出要「進步的革命的作家的作品為主；也包括一部分對新文學有貢獻的自由資產階級作家的作品選；但以其政治上不反共反人民者為限。所選作品要求能反映人民鬥爭生活，有反帝反封建和社會主義的思想內容，並有較高的藝術水平。」此外，還對以前出版的新文學「選集」提出自我批評：「過去出版的選集，較為雜亂，擬作再進一步的取捨和加工（或充實編選內容，或加上分析批判的序言）。」而且格外說明，要「在出版先後次序、印數、發行範圍等方面，也須有目的、有計劃地加以適當安排。」在列出的作家選集名單裏，刪去了丁玲的作品，這顯然與丁玲受到批判的原因有關；但增加了許多新作家的作品，除了已經出版過作品的沈從文、豐子愷之外，還增加了朱自清、聞一多、陳煒謨、徐志摩、楊晦、陳翔鶴、馮至、卞之琳、朱湘等被認為「政治清白」的作家或詩人。

　　在這個規劃草案指導下，人民文學出版社於1958年出版了4種新文學作家選集，1959年出版了12種，1960年出版了3種。但大部分是在之前的出

〔註7〕《人民文學出版社五年出版規劃草案（1958～1962）》，現存人民文學出版社。
〔註8〕葉聖陶寫給人民文學出版社編輯的信，1958年8月5日，現存人民文學出版社。
〔註9〕《人民文學出版社五年出版規劃草案（1958～1962）》，現存人民文學出版社。

版基礎上「改頭換面」，新出的僅有許地山、蕭紅、歐陽予倩、周立波四人的作品〔註10〕。而制定這個規劃草案的王任叔也很快由於政治原因在 1959 年受到批判，於 1960 年被撤銷了黨內外一切職務，這個規劃草案也跟著付諸東流，「五四」新文學作品選集的出版完全陷入停滯。

二、作家的遴選與作品的修改

　　能被納入出版的「五四」新文學作家，和其本人的「政治身份」關係十分密切，但也有例外，比如「新文學選集」收入王魯彥而未收入丘東平。胡風對此大為不滿，將此視為周揚在宗派主義影響下打擊胡風「小集團」的結果。胡風提到丘東平「是黨員，又是在抗日的敵後戰場（新四軍）上犧牲了的惟一的作家，他的作品所寫的主要內容是海陸豐革命鬥爭中的人民和新四軍的戰士，給他在《新文學選集》中保留下來，在單純的政治影響上說也應該是有意義的，至少也不應該不選他而選上了庸俗的作家王魯彥之類」〔註11〕。胡風也是從政治影響角度來提出丘東平入選的理由。但即使是丘東平這樣的「資深革命作家」，一旦與胡風掛鉤，作品出版也會大受影響。

　　選擇作家時，出版社領導或編輯對作家個人品行的評價和認識也會對此產生一定影響。據牛漢回憶，《臧克家詩選》最初是以作家出版社名義出版的〔註12〕，後來由臧克家本人進行了補充，他提出希望能夠以人民文學出版社的名義出版，但遭到馮雪峰的反對，他甚至當著牛漢的面，將臧克家送來的詩稿扔到地上：「他算什麼詩人！這就夠多了。」原來是因為馮雪峰「討厭臧在上海、重慶時的表現，認為臧沒有真正的詩」〔註13〕。1957 年，臧克家在文化部座談會上抱怨，「我自編《臧克家詩選》，壓了很久沒出版，後來問樓適夷同志，樓答：『現在要放寬尺度，可以出版了』，而我的稿子卻叫胡風分子 XX 審閱。我認為雪峰、適夷有關門主義」。〔註14〕

〔註10〕可參見陳改玲：《1952～1957 年人文版「現代作家選集」的出版》，《新文學史料》，2006 年第 1 期。

〔註11〕見胡風：《胡風三十萬言書》，湖北人民出版社，2003 年 1 月第 1 版，第 57 頁。

〔註12〕作家出版社是人民文學出版社的副牌，用於出版水平稍差和沒有「定評」的作品。

〔註13〕牛漢口述，何啟治、李晉西編撰：《我仍在苦苦跋涉》，臺北，人間出版社，第 144～145 頁。

〔註14〕《文化部召開文藝作家座談會紀要》（1957 年 5 月 16 日、18 日），《中華人民共和國出版史料》（9），中國書籍出版社，2004 年 12 月第 1 版，第 165 頁。文中隱去了負責稿件審閱的「胡風分子」的姓名。

在對稿件編輯過程中，人民文學出版社內部對同一個作家也往往有不同的看法，經常產生矛盾，需要通過內部協商解決。據牛漢回憶，1954 年《郁達夫選集》出版時，王任叔建議抽掉郁達夫代表作《沉淪》，王任叔還認為郁達夫在南洋時期有背叛行為，對其印象不好。同樣是郁達夫的作品，馮雪峰意見就與王任叔不一樣，馮雪峰在 1958 年重新編選《郁達夫選集》，又把《沉淪》編入其中。〔註 15〕

在選擇非左翼作家時，人民文學出版社頗為躊躇，如何評價他們的作品、作出取捨，在人民文學出版社內部也有不同意見。可以拿《老舍短篇小說選》的出版作為例證。開明版《老舍選集》曾收錄了修改過的《駱駝祥子》和老舍的部分短篇小說。編輯室主任方白在 1952 年就提出要出版老舍的作品選集，但出版社一直有不同意見。由此可見人民文學出版社內部對新文學作家作品還沒有形成相對統一的看法，也沒有做過「全盤的衡量」，事實上隨著政治運動的起伏變化，對這些作家的評價也經常搖擺，也無法作出始終「準確」的判斷。

在多種意見之下，《駱駝祥子》經過老舍再次修改，在 1955 年 1 月以人民文學出版社的名義出版；而他的《老舍短篇小說選》到 1956 年 10 月才得以出版，老舍未按人民文學出版社意見刪去《月牙兒》和《黑白李》兩篇，這或許得益於「雙百」方針推出後略顯寬鬆的出版環境〔註 16〕。

開明版《葉聖陶選集》收錄了 27 篇短篇小說和 9 篇童話，並在附錄中收錄了《過去隨談》《隨便談談我的寫小說》兩篇文章。1954 年，人民文學出版社計劃出版《葉聖陶選集》，向作者提出基本保留開明版內容，但刪去了附錄中的《隨便談談我的寫小說》一文，原書《自序》也刪去，請作者另寫一篇，並提出「開明版選集內童話部分，如果你沒有給青年出版社，我們也打算照樣保留」〔註 17〕。編輯在原有 27 篇中，增收了一篇《多收了三五斗》，此篇

〔註 15〕牛漢口述，何啟治、李晉西編撰：《我仍在苦苦跋涉》，臺北，人間出版社，第 144～145 頁。事實上，1954 年版《郁達夫選集》收入了《沉淪》，牛漢記憶有誤，但他可能留下了對馮雪峰與王任叔對郁達夫評價差異的印象。

〔註 16〕老舍仍然對作品進行了修改，老舍在後記中提到：「除了太不乾淨的地方略事刪改，字句大致上未加增減，以保持原來的風格……在思想上，十三篇中往往有不大正確的地方，很難修改，也就沒有修改。人是要活到老學到老的，今天能看出昨天的缺欠或錯誤，正好鞭策自己努力學習，要求進步。」老舍：《老舍短篇小說選》，人民文學出版社，1956 年 10 月第 1 版。

〔註 17〕人民文學出版社給葉聖陶的信，1954 年 8 月 17 日，現存人民文學出版社。

內容反映農村經濟狀況，顯然具有政治意義，並提出「選目與書名，擬請雪峰同志作最後決定」。但葉聖陶提出刪去童話部分，只選其中八篇短篇小說，出版社隨之將其作為《葉聖陶短篇小說集》出版，最終收入 23 篇，其中包括《多收了三五斗》。《葉聖陶散文選》由人民文學出版社第一編輯室編輯先選出篇目，再由葉聖陶審定〔註18〕。1958 年 6 月，人民文學出版社要編選一套「以廣大的工農為主要讀者對象的普及性質的文學叢書（名未定），其中將包括一部分五四以來的優秀創作，每種（即每冊）字數在四至七萬字上下」〔註19〕。因此，特向葉聖陶提出，希望他編選一個短篇小說集，葉聖陶表示很為難，「要我選自己的舊東西，甚是難事。可否先由尊處提出篇目，然後讓我看一下，加以斟酌修改？如蒙同意，感激不盡」〔註 20〕。在人民文學出版社編輯部提出入選書目後，葉聖陶提出：「小叢書選我的短篇小說，八篇之中，我想抽去《外國旗》，而以《潘先生在難中》替代之。」而且，他特地提出：「八篇希望依據文集的文字排版，不要依據一九五四年的選集，此點務希望照辦。」〔註 21〕顯然，他對 1954 年出版的選集是不滿意的。最終，這個短篇小說選集以《抗爭》命名，於 1959 年 4 月出版，並遵循了作者意見。

　　不僅是葉聖陶，很多著名作家的作品都是經過大量修改後才出版的。如巴金的作品也是如此。1952 年 11 月，巴金在給馮雪峰的信中提到：「《家》看過一遍，改了一些字句。現在把修改本寄上，請您斟酌，是否可以付排。《春》和《秋》如可續出，將來也可以把修改本寄去給您。（《春》的修改本去年年底已由開明印出。《秋》的修改本今年二月交給開明尚未印出。）」〔註 22〕我們把《家》《春》《秋》的初版本與新版本對照，會發現巴金的修改是非常之多的。

　　對於已經過世的作家，作品如果要出版的話，只能由編輯來親自修改。1953 年 12 月，《文學初步讀物》第二輯中收入柔石的短篇小說《為奴隸的母親》，編輯認為柔石小說中的語言與當下新的環境距離很大，有很多語法結構當下讀起來感覺不習慣，而且《文學初步讀物》是強調普及的圖書，於是編

〔註18〕有些作家的選集是委託社內或社外人員編選的。如《夏丏尊散文選》則因第一編輯室人手緊張，由古籍出版社的徐調孚代為編選。
〔註19〕人民文學出版社給葉聖陶的信，1958 年 6 月 4 日，現存人民文學出版社。
〔註20〕葉聖陶給人民文學出版社的信，1958 年 6 月 9 日，現存人民文學出版社。
〔註21〕葉聖陶給人民文學出版社的信，1958 年 6 月 15 日，現存人民文學出版社。
〔註22〕巴金給馮雪峰的信，1952 年 11 月 11 日，現存人民文學出版社。

輯便對此書作了大量修改。王任叔看過後「大為生氣，除批示退回全部復原外，還在全社大會上進行批評」。〔註23〕

其他非左翼作家的選集也多在此時得到了出版，例如沈從文的入選即是一例，後面會有詳細分析。對於蕭乾的散文能否出版，出版社非常猶豫，「一會要他選過去的，後來又要他只選現在的」，為此，嚴文井大抱不平，提出：「為什麼何其芳過去的散文就可以出版呢？」他還提出，「孫福熙、麗妮等人的散文是否可以出版，也值得考慮。」〔註24〕在這一時期同時得到出版的還有戴望舒、廢名等人的作品集。但是好景不長，人民文學出版社對新文學選集的出版活動不但沒有擴大，而且逐漸萎縮直至徹底消失。伴隨著的是很多作家作品在近二十年時間裏集體「失蹤」，幾乎被歷史遺忘。

不僅是那些沒有機會出版的新文學作品無法被讀者廣泛閱讀，即使已經出版的作品集也往往隨著作者在現實中的命運而隨波沉浮。《丁玲短篇小說選集》出版於1954年，而丁玲於1956年被定為「丁玲、陳企霞反黨集團」，遭受批判。在當時環境下，如果作家被打為「反革命」，他出版的所有著作、譯作必須所以收回，圖書館也不能再借閱〔註25〕。丁玲被定為「反黨集團」成員後，作品無法再出版。「文革」結束後，人民文學出版社重新出版了《丁玲短篇小說選》，丁玲在序言裏寫道：「現在青年讀者中，讀過我的書的人很少很少，是的，二十多年了，我的書幾乎在市上全部絕跡。」〔註26〕不僅丁玲如此，其他被劃為「反革命」、「右派」的作家也同樣無法與讀者相見。

中國現代文學作家作品的出版，充分體現了文學出版為政治服務、為國家意識形態建構服務的功能。人民文學出版社對作家的遴選，確保「五四」新文學的左翼正統作家為主，其他非左翼的自由主義作家基本上喪失了作品重新出版的機會。即使是左翼作家的作品，在出版時都要根據新的政治意識形態需求進行刪改，在經過作家與編輯的共同修改後，產生了新的文本。新的文本，已經不再是作者最初思想觀念的體現，而是帶上了新的政治意識形態的烙印。

〔註23〕劉嵐山：《為整理正名》，未刊稿，現存人民文學出版社。

〔註24〕《文化部召開文藝作家座談會紀要》（1957年5月16日、18日），《中華人民共和國出版史料》（9），中國書籍出版社，2004年12月第1版，第166頁。

〔註25〕謝泳在《思想利器》（新星出版社，2013年4月）一書的《解讀一份關於胡風事件的中央文件》裏列出了被列為胡風反革命分子圖書的命運，可以參考。

〔註26〕丁玲：《丁玲短篇小說選》後記，《丁玲全集》第9卷，河北人民出版社，2001年12月第1版，第111頁。

第二節　當代文學創作的出版

　　人民文學出版社的圖書出版範圍雖然是「古今中外」，但在成立最初的幾年對新創作重視不夠。1954 年，出版總署在審核出版計劃時提出，「人民文學出版社對翻譯外國文學和整理出版古典文學已比較注意或開始注意，但創作的選題還是不夠多」。〔註 27〕之後，人民文學出版社將當代文學作品的出版放在了第一的位置，出版數量日漸增多，出版了杜鵬程的《保衛延安》、曲波的《林海雪原》等廣受歡迎的作品。由於當代文學創作與時代結合格外緊密，對作家身份的把關、對作品政治思想內容的審核和修改就顯得非常突出。本文僅挑選一些個案進行分析，希望以此折射當代文學作品出版的特點。

一、對工農兵作家身份的要求

　　當代文學出版最重要的現象就是對作家身份的強調，出版社一直在強調培養工農兵身份出身的作家。這背後有一種假設，即只要作家出身「根正苗紅」，政治思想意識自然就不會出錯；政治意識形態要求文學為工農兵服務，工農兵出身的作家自然也就天然是為工農兵服務的。對工農兵作者身份的強調，是國家意識形態建構的重要方面。

　　在 1920 年代「革命文學」論爭的時候起，對工人農民出身的作家的呼喚就已開始。魯迅曾說：「現在的文學家都是讀書人，如果工人農民不解放，工人農民的思想，仍然是讀書人的思想，必待工人農民得到真正的解放，然後才有真正的平民文學。」〔註 28〕在中國共產黨的鬥爭過程中，也一直從政治需要出發來看待文學，對知識分子採取的是爭取和批判並用的態度，在文學創作上更加呼喚出身更加純潔、沒有天生攜帶知識分子弱點的工農兵作家的出現。

　　毛澤東的《在延安文藝座談會上的講話》中，對不熟悉工農兵生活的知識分子給予嚴厲批評，他認為，「拿未曾改造的知識分子和工人農民比較，就覺得知識分子不乾淨了，最乾淨的還是工人農民，儘管他們手是黑的，腳上有牛屎，還是比資產階級和小資產階級知識分子都乾淨」。而到了 1949 年之後，由於新中國政府面臨的複雜國際國內形勢，以及領導人自身思想的問題，

〔註 27〕《出版總署審核中央一級出版社出版計劃的意見》（1954 年 1 月），《中華人民共和國出版史料》（6），中國書籍出版社，1999 年 9 月第 1 版，第 67 頁。

〔註 28〕魯迅：「醉眼」中的朦朧，《魯迅全集》，第 3 卷，人民文學出版社，2005 年版。

階級鬥爭的觀念一直沒有鬆懈，對知識分子出身的作家一直採取審慎的態度。新中國的成立，工人農民成為「國家的主人」，文學創作上對工農兵出身的重視也就更加強烈了。

1952 年第 15 號《文藝報》上登出一則《全國文協召開學習座談會》的消息，其中一次學習是請「高玉寶和幫助他寫作的荒草同志報告小說《高玉寶》的寫作經過」，與會的丁玲對高玉寶給以大力肯定，「高玉寶的創作和成就是我們文藝工作中的一件大事，它將推動和鼓舞許多有豐富的戰鬥生活的工農群眾從事寫作。她說，全國文協要以極大的興奮歡迎他們進入文藝工作的隊伍，並希望老作家們給他們以幫助。最後她還指出說，高玉寶的最大特點是他抱著為人民服務的態度來寫作。那些把文藝當作個人事業而只想當作家的人和徒有作家之名而不寫作的人，應該向高玉寶同志學習」〔註 29〕。高玉寶以及與他類似的一批從工農兵出身進行創作，從而成為作家的經歷，鼓舞和帶動了一大批工農兵身份的作者的產生。這在理論上與毛澤東《在延安文藝座談會上的講話》是一致的，毛澤東提出文藝要為工農兵服務，帶著工農兵的思想意識是工農兵出身作家的先天優勢，所以成為文藝界著力培養和挖掘的方向。

然而，工農兵作家最大的缺陷就是文化積累少，創作經驗少，文字水平低。曾任整理科負責人的劉嵐山回憶：「從解放初期起，有大批新稿件陸續進入編輯部，其中有一些是鬥爭生活經驗豐富的幹部與戰士寫的」，這些作者因為基礎薄弱所以寫作表達能力肯定比較差，而且充斥著錯別字和各種不通的字句，他們更談不上去採用什麼結構和藝術技巧之類的，「要採用，只有由編輯動手從頭到尾、逐字逐句地修改（有的就是改寫）。在編輯不受重視、沒有社會地位的年代，這種編輯加工長期流行，從而形成一種習慣、產生一種後果，即認為編輯工作的內容之一，或者說編輯的責任和義務之一，就是改稿；後果則是對促進『千人一面』文風形成起著一定的影響，不利於萬紫千紅的文學風格的發展」〔註 30〕。但是，在面對大量工農兵作者的同時，這也是編輯的無奈之舉。

當代文學出版的另一個困境就是作品的概念化傾向特別嚴重。對於創作者來說，不論是批評家還是國家和集體的期待，都是要求他們首先要講政治，

〔註29〕《全國文協召開學習座談會》，《文藝報》，1952 年第 15 號，第 5 頁。
〔註30〕劉嵐山：《為整理正名》，未刊稿。

要「政治掛帥」，而且要服務社會主義建設，服務黨和國家的政策。體現在作品中，往往就是生硬地按照政策要求來寫，甚至生硬地插入文件口號的內容，嚴重損傷了作品的藝術性。但作為出版社，又必須肯定這些創作的「政治掛帥」，也要為政策服務。於是，在這樣的困境中，出版社編輯往往會以「真實性」來對抗作品的教條化傾向。但「真實性」也是一個充滿多義性的概念，一方面是指生活常識、人之常情；另一方面則指向複雜的社會、複雜的人性，而這方面是無法深入描寫的，也是當時在文學為政治服務的國家意識形態要求下，無法探討的。因此，編輯對「真實性」的要求也只能侷限於生活常識、人之常情方面，以此來要求作品過於概念化、過於誇張的描寫。

二、當代作品的修改與拔高

對於當代作家作品，編輯需要做的工作不僅是發現優秀作品，在出版時更要站在更高的立場予以拔高，充分挖掘其政治思想內涵，以更好地貼合政治和政策需要。我們可以拿李準的作品《李雙雙小傳》作為案例進行考察。

李準的作品《李雙雙小傳》原載於 1960 年的《人民文學》雜誌〔註31〕，發表後受到廣泛關注。人民文學出版社於是決定出版單行本。《李雙雙小傳》有著強烈的政治印跡，如當時肯定的大躍進、大辦食堂、婦女解放、貼大字報、與自私自利思想作鬥爭等等，孫喜旺被媳婦李雙雙鼓動著做食堂炊事員，與孫有的自私自利作鬥爭，最後融入到集體的大環境中，積極參與到食堂勞動之中。

《李雙雙小傳》最初發表時，「大躍進」思想仍彌漫著整個社會，《李雙雙小傳》也受此影響很深。在作品中，有很大的篇幅是關於大躍進的。初版文字中，雙雙將孫有私藏的水車充分利用，把水車支在水井上，用管子直接連到鍋上和水缸上，搞起了「炊具機械化」；接著公社機械廠支持了他們一部麵條機，雙雙他們又借了一套木匠工具，製造了兩部切菜機和一部淘米機；之後又仿照醫院的保暖飯箱，製造了兩部保暖送飯車，「她們前後不到半個月時間，就使炊具全部土機械化了」。這發明的速度和設想真是讓人驚歎，也無疑是大躍進思想鼓舞下的產物。為配合當時「粗糧細吃」的政策導向，作品也有所體現：雙雙把紅薯麵和白麵摻雜在一起，把麵條擀得又細又長，發明了「躍進麵條」；又研究出「一種臺階式六個孔眼的煎餅灶」，節省人力節省

―――――――――
〔註31〕本文所引《李雙雙小傳》初版文字，均見《人民文學》雜誌，1960 年第 3 期。

柴火，「一個人一個鐘頭就能攤四百蛋煎餅」。此外，初版還寫了一段喜旺養豬的故事，喜旺將豬場辦成了「萬頭豬場」，喜旺一邊吹嗩吶一邊養豬，豬聽到嗩吶聲順從地聽從喜旺的指揮，「我這支嗩吶叫它們怎麼就怎麼」，「這些大豬一天長三斤肉」，這種充滿想像力的誇張文字無疑受到政治意識形態的影響，也是對當時大放衛星、浮誇風現象的真實反映。

而到了圖書出版時的 1960 年 11 月，黨中央出臺了《關於農村人民公社當前政策問題的緊急指示信》（簡稱《十二條》），對農村政策進行調整，對農村食堂問題、浮誇風問題進行糾偏。出版社在審稿時，重點是依照新的政策對書稿進行對照檢查，在編輯提出的初審意見中明確說「關於十二條問題，還是發稿前所發現、經決定在二校時向作者提商解決的哪些局部地方」，要修改的地方有「萬頭豬場」，「幾千間豬舍」，「萬畝小麥豐產戶」，未來計劃要生產「六千畝薯地」「指標是四百斤」「一畝地產稻 570 斤」等等。在正式出版時，這些都予以刪去，雙雙發明切菜機、喜旺養豬的整個情節也被刪去。有的地方對數字進行了修改，如「一個人一個鐘頭就能攤四百蛋煎餅」，改成了「這種灶一次可以攤六個，一個人攤兩個鐘頭，就可供上一百多口人吃煎餅」，儘量對浮誇的數字進行糾偏。

李準在出版時對作品思想內涵進行了提高，喜旺被媳婦的教育，說出對李雙雙肯定的一句話「勞動這個事，就是能改變人」〔註 32〕，這句話在刊物發表時是沒有的。在人民文學出版社編輯王仰晨審稿過程中，提出此處對李雙雙的肯定還不夠高，不是很貼切，因為李雙雙原本思想覺悟就比喜旺高，並不是因為參加了勞動而改變了思想，對李雙雙的肯定的還不夠。編輯何文也提出，這句話雖然從喜旺嘴裏說出，實際上代表了作者的思想，對李雙雙的肯定確實不夠。於是，出版社編輯提請李準進行修改。按照出版社要求，李准將此處改成「勞動這個事，就是能提高人」，從「改變人」到「提高人」，對李雙雙的肯定程度就加大了。在原作裏，雙雙批評喜旺「保守話多」，在出版單行本時改成了「落後話多」，從「保守」到「落後」的改變，把對喜旺批評的程度加重了，也更加凸顯了雙雙與喜旺思想的對立。

《李雙雙小傳》結尾的修改耐人尋味。初版中，村裏廣播響起：「孫莊食堂創造了一種躍進麵條和臺階式煎餅灶，今天公社要在那裡開現場會，請各食堂派人去觀摩。另外，孫莊司務長，公社黨委已決定由雙雙擔任。她已被

〔註32〕編輯在審稿意見中提到此處還曾設想改為「改造人」。

選為咱們全縣的特等勞模，本月十號就要往北京出席群英大會。」李雙雙的創造和放衛星，得到上級肯定，得到提拔重用，同時被給予特等勞模的榮譽，李雙雙鼓勵喜旺：「我希望你也努力餵豬！明年一道上北京！」上北京、群英大會，這個情節是當時很多作品裏都出現過的，這意味著政治上的肯定和特殊待遇，是國家意識形態引導的方向。而作品出版時，對照新的政策要求，是不能再對他們大躍進、放衛星的做法進行肯定，於是全部予以刪除〔註33〕。而且，《李雙雙小傳》最終以作家出版社名義出版而非人民文學出版社，這也顯示了編輯在對待它出版時的謹慎態度。〔註34〕

對照當下政策對作品進行修改，有意拔高作品的政治思想，在對待當代作家的文學作品時，出版社的編輯大體都是這樣的思路和做法。對於圖書如何配合政治運動和國家的中心工作，文化部曾這樣提出：「我們要求書籍出版服從和服務於黨和國家的政治任務，但又反對機械地配合政治運動和中心工作，因為許多書籍是要在較長時期內起到教育人民的作用的，決不能每本書籍都直接配合當地當時的政治鬥爭和中心工作。如果那樣要求，我們將只有一些鼓動性的小冊子，而沒有可以長遠流傳的文藝著作和學術著作。」〔註35〕但在事實上，對當代新創作的要求是「寧左勿右」，幾乎所有圖書都有配合「政治鬥爭和中心工作」的內容，「機械地配合」的更是很多。

1950 年代，在《文藝報》上經常會看到批判某某新創作作品政治傾向有問題、人物塑造有問題的文章，或者說幾乎所有新創作作品都或多或少地受到過批評或批判，包括新人新作，也包括老作家的新作品。這固然是與政治層面上倡導「批評與自我批評」有關，但也不乏有人存在某種隱秘心理——這既是打擊別人的手段，又可以通過批評批判某作品來確立自己「正確」的立場。而且，單篇作品受到批判後，收入該作品的圖書也會跟著挨批。路翎的小說《朱桂花的故事》、蕭也牧的小說《我們夫婦之間》也曾被當時的評論家批判過，但是在被批判之前，天津的知識書店把它們列入以出版「各種形式的人民文藝底創作與翻譯」為宗旨的「十月文藝叢書」出版。作品被批判

〔註33〕對結尾的修改無意中弱化了初版過於政治化的現象，反而讓作品情節更加生活化。

〔註34〕李準：《李雙雙小傳》，作家出版社，1961 年 6 月第 1 版。

〔註35〕《出版社內組織編輯工作的經驗》（1957 年 3 月），此文是中國出版業代表團在萊比錫舉辦的社會主義國家出版會議上的發言稿。見《中華人民共和國出版史料》（9），中國書籍出版社，2004 年 12 月第 1 版，第 89 頁。

後，出版這些作品的圖書同時被批判是在情理之中的。1952 年，《文藝報》刊發文章，對收入路翎、蕭也牧作品的「十月文藝叢書」進行批評，認為它們是「低劣」的作品，「這些質量低劣的作品中，有標榜現實主義而實際上是歪曲現實的路翎的短篇小說集《朱桂花的故事》；有以『知識分子的眼光和趣味歪曲勞動人民的形象，玩味著從舊社會帶來的壞思想和壞習慣，把政治庸俗化』（周揚）的蕭也牧短篇小說集《海河邊上》（其中包括《我們夫婦之間》等篇）」〔註36〕。

　　當代文學作品的出版與政治氣候的變化息息相關。隨著政治環境的變化，有的作品出版後會遭遇收回、銷毀的命運。杜鵬程的《保衛延安》就是一例，人民文學出版社社長馮雪峰曾親自對作品進行修改，成為暢銷一時的小說。但《保衛延安》把彭德懷作為軍事領導人的正面形象來進行塑造，隨著彭德懷在 1959 年廬山會議上遭受批判，這部小說也被要求封禁、銷毀。〔註37〕

　　1958 年，作家出版社分出後，出於對作品內容審慎考慮的原因，人民文學出版社決定不再出版當代作家的新創作的作品，而只是出版經過時間檢驗的「選拔本」。文化部給人民文學出版社在新創作方面的出版任務確定為：「選拔出版當代中國優秀文學作品（作品須經過二、三年的社會考驗，有些還應經過原作者的修改提高）。」〔註38〕當代作家的新作品，大部分交由作家出版社出版。人民文學出版社「選拔」當代作品，也是依照國家意識形態的要求對作品進行挑選和檢查的過程，而且在重新出版時，還需要經過作者的「修改提高」，以使之更加符合時刻變化的政治環境的要求。這種出版現象，正是國家意識形態建構發揮作用，將作家作品「召喚為意識形態主體」的重要工作。

第三節　古典文學的出版

　　人民文學出版社的古典出版經歷了從興盛到衰敗的過程，這跟國家意識形態「厚今薄古」的要求緊密相關。但在建社之初，古典文學的出版是作為

〔註36〕簡平、李楓：《評「十月文藝叢書」》，《文藝報》1952 年第 13 號，第 13 頁。

〔註37〕杜鵬程：《〈保衛延安〉重版後記》，《保衛延安》，2005 年 1 月版。

〔註38〕《文化部黨組關於進一步明確出版社的分工，加強協作和調整若干出版社的方針任務給中央宣傳部的報告》（1959 年 9 月 5 日），《中華人民共和國出版史料》（10），2005 年 12 月第 1 版，第 160 頁。

重點來出版的，它經歷了一個黃金時期，人民文學出版社古典文學編輯部一度彙集了聶紺弩、舒蕪、周汝昌、張友鸞、汪靜之、陳邇冬、王利器、周紹良等一大批古典文學專家，人民文學出版社還創立了副牌文學古籍刊行社，專門來出版影印的古籍類圖書。

　　1953 年 11 月，人民文學出版社在安排內部生產時提出，要「明確重點，計劃中的重點書（創作和翻譯作品中配合經濟建設及總路線宣傳的、古典著作中重要作品等）必須保證，保證了重點，計劃的方針也就體現了」，〔註39〕可見是把古典文學當作重中之重來出版的。1953 年，提出第四季度的重點書包括：《瞿秋白文集》一至四集、《三國演義》、《水滸》七十一回本及一百二十回本、《紅樓夢》《斯大林時代的人》《朝鮮通訊報告選三集》《文學初步讀物二十種》等書，「這些都是必須保證出版的」，這其中古典類的佔了三種。〔註40〕《水滸》被列為最先進行整理的圖書，主要是因為它被認為是反抗封建統治階級的作品，聶紺弩領銜進行整理。之後，陸續出版了《三國演義》《紅樓夢》《西遊記》《東周列國志》《封神演義》《聊齋誌異選》等一大批古典小說。此外，還出版了《樂府詩選》《詩經選》《楚辭選》等一大批詩詞、散文、戲曲選本。在古典文藝理論圖書方面，出版了「中國古典文學理論批評專著選輯」叢書，包括《文心雕龍注》《詩品注》《飲冰室詩話》等等。

　　人民文學出版社建社之初，為滿足需要快速出版一批古籍圖書，於是決定將一些古籍進行重印。這批古籍圖書裏最先出版的是范文瀾的《文心雕龍注》，它之前於 1936 年 7 月由開明書店出版，人民文學出版社並未原封不動地出版，而是由責任編輯王利器作了大量訂補工作，提出四百餘處修改意見。〔註41〕紀念文化名人而安排的古籍出版是一項重要內容。1953 年 6 月，《楚辭集注》《楚辭圖》的出版，被作為「一項突擊性的工作，準備趕上端午節（六月十五日）紀念愛國詩人屈原的日期」〔註42〕。

　　1960 年，人民文學出版社、作家出版社、中國戲劇出版社合併。這時合

〔註39〕人民文學出版社辦公室編：《內部通報》，第十二號，1953 年 11 月 20 日。

〔註40〕人民文學出版社辦公室編：《內部通報》，第十一號，1953 年 10 月 24 日。

〔註41〕王利器：《新版〈文心雕龍〉出版前後》，未刊稿。王利器回憶，一開始找到范文瀾提出要重版此書時，遭到范文瀾的堅決反對，他認為「此書是少作，存在不少問題，打從到解放後，就專門研究歷史，好多年不摸《文心雕龍》了，今天來看此書，連我自己也不滿意，不要重印吧，免得貽誤天下後世」。後經幾度商量，范文瀾終於同意出版。

〔註42〕人民文學出版社辦公室編：《內部通報》，第七號，1953 年 6 月 3 日。

併後的出版社，工作重心轉移到當代作家的新創作作品上，古典文學出版陷入低谷。隨著「厚古薄今」的批判，古典文學編輯部的許多書稿轉移到中華書局，如已經打好紙型的《蒲松齡集》《聊齋誌異》的三會本，而且大量書稿積壓，已經發排的也不能印製，戴明揚的《嵇康集校注》紙型積壓了三四年未印，王仲聞的《李清照集校注》直到1976年後才出版。〔註43〕

此後，在古典文學方面，人民文學出版社把重點轉向普及類圖書、學生編寫的文學史、對古典文學研究專家的批判集上面。在1958年年終總結簡報中寫道，中國古典文學方面體現出書的系統化，陸續出版了中國古典文學讀本叢書、中國古典文學基本叢書、中國古典文學理論批評叢書這三套大的叢書；而在回應當時的時代思潮和研究動向方面，出版了「厚古薄今批判集」、「文學研究與批判專刊」，在集體著作方面出版了北大學生集體編寫的「中國文學史」、北京師範大學學生編寫的「中國民間文學史」、「林庚文學思想批判」、「鍾敬文文學思想批判」等書，這被視為是「體現出厚今薄古、古為今用的精神，發現和支持了古典文學研究領域中的馬克思主義的新生力量」〔註44〕。

馮雪峰曾提出，「從《詩經》《楚辭》直至清末的古代文學名著，一切優秀的古典詩詞、散文、小說、戲曲都要系統地整理出版，向廣大讀者提供可讀的本子」。在整理方法上，馮雪峰還跟編輯強調，出版古籍圖書一定要有樸學家的精神，「即版本須擇優，校注要嚴謹」。王任叔主管古代文學出版工作後，提出「注釋必須『證古切今』」，對古典文學注釋進行規範化要求。〔註45〕古典類圖書在編選時，也要求編選者附上序言，突出階級鬥爭的色彩。《水滸》在出版時，只出版了前70回，因為後面內容存在被認為向統治階級投降、并討伐農民起義的內容，顯然是不符合當時的政治意識形態要求的。

1958年，錢鍾書選注《宋詩選注》的序言中提到的六條標準，「押韻的文件不選」，「學問的展覽和典故成語的把戲也不選」，「大模大樣的仿照前人的假古董不選」，「把前人的詞意改頭換面而絕無增進的舊貨充新也不選」，「有佳句而全篇太不勻稱的不選」，「當時傳誦而現在看不出好處的也不選」。〔註46〕之後，這在人民文學出版社對錢鍾書選注的原則進行內部批評，稱這六條標準「沒有一字觸及政治標準」，這是典型的資產階級唯美主義、形式

〔註43〕陳新：《編後瑣語》，1986年3月，未刊稿。
〔註44〕人民文學出版社簡訊：《回顧一年》（1958年）。
〔註45〕陳建根：《古編室改革開放的三十年》，未刊稿。
〔註46〕錢鍾書選注：《宋詩選注》，人民文學出版社，1958年9月北京第1版。

主義的文學觀點。

在配合政治鬥爭形勢方面，人民文學出版社出版的《不怕鬼的故事》可以作為代表。20世紀50年代末至60年代初，當時中國面臨國際和國內形勢很複雜，中國與印度關係緊張，西藏又發生叛亂。面對複雜環境，毛澤東多次倡導要「不怕鬼」，提出編選《不怕鬼的故事》的設想。在圖書出版之前，還曾讓很多領導人審讀。這本書的出版，可以看作古典文學圖書服務政治作用的表現。〔註47〕

古典文學圖書往往被認為是包含「糟粕」的，那些不利於社會健康的圖書是禁止出版的，而對於一些「糟粕」相對較少的、滿足研究者需要的圖書，往往會採取刪改部分內容、對其發行範圍進行限制的做法。例如，在1957年，由上海古典文學出版社出版的明朝凌濛初編著的作品《初刻拍案驚奇》和《二刻拍案驚奇》，每本印數5.5萬冊。因為裏面含有「許多不健康的因素」，出版社對二書進行了刪改，但文化部認為「仍留下不少淫詞穢語」，於是提出限定發行範圍的要求，「該二書應限於供一些文學研究部門或個別研究者參考，不適宜對一般讀者特別是青年和基層群眾廣泛發行」，而且由於印數過大，「已在讀者中產生消極影響，特別是有害於青年的身心發展」。為此，文化部提出「新華書店現有存書一律改作內部發行」，並規定除高校圖書館和省市以上圖書館可以借閱，「但不向讀者推薦」，而「文化館、站和以工農群眾和青少年的讀者為對象的縣圖書館，工廠、中小學等圖書館不流通此書，書可封存」。〔註48〕

對一些已經出版古典文學圖書，讀者批評意見比較多的，出版社還會作出調整。在1958年底，人民文學出版社自我檢討，稱「『浦江清文錄』是一本充滿著封建的和資產階級氣味的壞書。『明清笑話四種』中，有低級趣味的笑話，也有嘲笑勞動人民的笑話，是可以不出的一本書」〔註49〕。這類的書之後就不再會出版。

古典文學出版，是隨著「古為今用」的政治原則而興起，又隨著「帝王

〔註47〕可參考陳晉《毛澤東指導編選〈不怕鬼的故事〉的前前後後》，《新華文摘》，1993年8月。

〔註48〕《文化部關於初刻、二刻拍案驚奇二書發行、借閱問題的規定》（1958年2月27日），《中華人民共和國出版史料》（9），中國書籍出版社，2004年12月第1版，第367頁。

〔註49〕人民文學出版社簡訊：《回顧一年》（1958年）。

將相、才子佳人」的被批判而逐步衰落。它一直在古人著作的精華和封建糟粕之間搖擺，也一直在努力為國家意識形態的建構作出自己的努力，但似乎沒有辦法找到確定的方向。

第四節　外國文學的出版

　　人民文學出版社是 1949 年後外國文學翻譯作品的主要出版者，它是代表國家來作為事業出版的。在成立之初，人民文學出版社出版的蘇聯文學作品佔據了很大的比重。當時的文化界把蘇聯文學和俄羅斯古典文學視為學習對象，而且著重肯定的是它們反抗壓迫、建設共產主義的內容。正如周揚所說：「俄國文學之所以特別具有吸引力，就在它表現了俄國人民如何為爭取人類崇高理想而對人民的壓迫者、奴役者作了堅忍不拔的鬥爭，表現了俄國人民的愛好自由的、智慧而勇敢的民族性格。不論是普式庚和果戈理，托爾斯泰和屠格涅夫，契訶夫和高爾基，在中國讀者的心目中是如同本國的作家一樣親近的；他們筆下的人物，對於我們也是一樣的親近。」〔註 50〕為了配合當時即將召開的全國文代大會，供給全國文藝幹部普遍學習社會主義現實主義創作方法的需要，《馬克思、恩格斯、列寧、斯大林論文藝》一書經過重新嚴密校訂，出版社緊急安排人手做各種編輯加工工作。〔註 51〕人民文學出版社陸續出版了蘇聯文學作品《靜靜地頓河》《安娜·卡列尼娜》《一個人的遭遇》《教育詩》《苦難的歷程》等等，尤其是對高爾基、契訶夫等作家的作品做了大規模出版。這些圖書的出版，都是當時意識形態建構以蘇聯為學習對象的需要。

　　1954 年，在北京舉行了全國文學翻譯工作會議。會上，討論了《世界文學名著介紹選題計劃草案》。這份草案是由人民文學出版社來承擔起草工作的，草案提出，「暫以古典及近代名著為範圍，上起民族史詩，下及十九、二十世紀之交，大體按照以能代表一個時代的生活思想和文學主潮、有深遠的影響和高度的藝術價值為標準」，「這個草案是由人民文學出版社在短促的時間內根據不完全的材料編訂的，並曾向全國各地一百多位外國文學研究者和翻譯

〔註 50〕見《外國文學出版工作十七年來兩條路線鬥爭大事記 1949～1965》（草稿），首都出版界革命造反總部、工代會人民文學出版社革命造反團編印，1967 年 8 月，第 5 頁。

〔註 51〕人民文學出版社辦公室編：《內部通報》，第八號，1953 年 7 月 13 日。

者徵求意見，作了補充和修改」。〔註52〕這個草案基本概況了人民文學出版社外國文學翻譯作品的出版範圍。周揚在會上強調一方面要向蘇聯學習，另一方面要向資本主義國家的先進東西學習，「要去幫助青年作家，介紹他們看世界遺產，不看托爾斯泰、莎士比亞的作品，怎能突然產生很高的作品呢？」應該說這次會議對促進外國文學的出版起到了很重要的推動作用，自此至「文革」開始，出現了外國文學出版的一個黃金時期。人民文學出版社在這份草案裏，擬定了四百餘種的出版計劃，裏面包括《聖經》《天路歷程》《青鳥》《一千零一夜》《悲慘世界》《名利場》等大量古典外國文學名著。

　　1956年，在「雙百」方針指導下，外國文學的出版計劃有了進一步擴大。人民文學出版社制訂了《1956～1963年世界文學名著千種翻譯選題》，托爾斯泰的《復活》《戰爭與和平》《安娜·卡列尼娜》，雨果的《悲慘世界》、小仲馬的《茶花女》、狄更斯的《大衛·科波菲爾》等陸續出版，俄羅斯文學作品中描寫「多餘人」的作品《當代英雄》《奧勃洛摩夫》等也得到出版。同時，人民文學出版社將高爾基作品全集列入出版計劃，從1956年至1963年出版了26種。

　　外國文學出版的一個特點，就是有很多圖書為了配合當時政府的國際政策和國際關係，如經常性地為紀念作家的誕辰或來訪而出版的。如在1952年10月，蘇聯作家吉洪諾夫、土耳其詩人希克梅特到中國訪問，人民文學出版社很快就在同年的10月、11月相繼出版了他們的作品《希克梅特詩集》《吉洪諾夫詩集》。在1953年7月，「為了迎接馬雅柯夫斯基誕生六十週年紀念，總編輯室與出版部方面準備以十五天的突擊工作，出版他的長詩《列寧》」。1954年為紀念莎士比亞，人民文學出版社重新出版了原世界書局出版的朱生豪翻譯的《莎士比亞戲劇集》，同時出版了張采真翻譯的莎士比亞的《如願》、曹禺翻譯的《柔密歐與幽麗葉》、呂熒翻譯的《仲夏夜之夢》、卞之琳翻譯的《哈姆雷特》、吳興華翻譯的《亨利四世》等單行本。當時還有一個重要現象，就是紀念世界文化名人，以此來推動他們作品的出版，如席勒的《陰謀與愛情》、惠特曼的《草葉集》、《安徒生童話》、《海涅詩選》、《易卜生戲劇選》、《蕭伯納戲劇選》以及印度文學作品迦梨陀娑的《沙恭達羅》等，都是在這個名義下出版的。

〔註52〕茅盾：《為發展文學翻譯事業和提高翻譯質量而奮鬥》，《茅盾全集》第二十三卷，人民文學出版社，1996年第1版，第299頁。

外國文學作品的翻譯，需要大量的專業人員。因為是翻譯，而不是原創，所以這些專業人員的政治身份在一開始的時候並未被特別強調。相反，這恰恰為很多當時政治上靠邊站的知識分子提供了工作機會，一方面給予翻譯稿費幫助他們緩解了生活上的壓力，另一方面也留下了很多精彩的譯作。作為中宣部的負責人，周揚、林默涵一直在支持人民文學出版社請一些「靠邊站」的專家來翻譯外國文學和理論作品。周揚希望人民文學出版社多邀請老專家出古典外國文學作品，「有的人年紀大，要死了，別人不會翻譯，不會整理。黑格爾的《美學》只有朱光潛能譯，要組織他快點譯出來。中外的經典作品，重要理論著作，只有他們會譯，還必須找他們去譯」〔註53〕。直至到 1965 年，林默涵還在討論人民文學出版社出書計劃的會議上不無焦慮地說：「沒有知識不行，特別是資產階級理論的東西，你如果不及時組織翻譯，就無人譯了，老的，人死了，將來更困難。」〔註54〕人民文學出版社將邀請具有特長的專家作為外國文學翻譯的重要力量，包括周作人、錢稻孫、傅雷等等，「這些人，大都歷史上或現在有政治問題，但並不妨礙利用他們的特長，因為他們那些特長，一時還無人可代替，不及時地安排他們這種專業工作，是一種損失，是不對的，何況其中有的人已屬風燭殘年，更應及早安排」〔註55〕。如周作人在 1955 年至 1965 年，翻譯了日本文學《日本狂言選》、《浮世澡堂》、《古事記》，古希臘歐里庇得斯悲劇、《伊索寓言》等共 11 種。周作人每月預支稿費 200 元，1959 年增加到 400 元。胡風曾回憶說，「他（指馮雪峰，引者注）曾同樓適夷來看我，要我為出版社翻譯日本作家的作品，並把目錄給了我，隨我自己選擇。我知道他是為照顧我的生活，我寫別的文章不可能發表。但我沒有領他這份情，拒絕了。」〔註56〕1960 年，人民文學出版社在社內成立

〔註53〕《外國文學出版工作十七年來兩條路線鬥爭大事記 1949～1965》（草稿），首都出版界革命造反總部、工代會人民文學出版社革命造反團編印，1967 年 8 月，第 41 頁。

〔註54〕《外國文學出版工作十七年來兩條路線鬥爭大事記 1949～1965》（草稿），首都出版界革命造反總部、工代會人民文學出版社革命造反團編印，1967 年 8 月，第 45 頁。

〔註55〕人民文學出版社《本社八年來的工作情況（1951～1959）》，見《外國文學出版工作十七年來兩條路線鬥爭大事記 1949～1965》（草稿），首都出版界革命造反總部、工代會人民文學出版社革命造反團編印，1967 年 8 月，第 26 頁。

〔註56〕胡風：《深切的懷念》，《馮雪峰紀念集》，人民文學出版社，2003 年 6 月第 1 版，第 49 頁。

編譯所，「將一部分適宜於從事著譯人員或政治上不可靠但有著譯或其他編輯校訂能力的人」集中起來，重點之一就是做外國文學翻譯工作。

　　當然，由於外國文學作品中的複雜性，它們的內容可能存在與當時國家意識形態建構不符的地方。為此，就需要加上批判性導讀的序言和出版說明。馮雪峰在「文革」期間的外調材料中曾提到，「當時出版中外『名著』最感到困難的一件事情，是要寫一篇批判性的序言。而解決這種困難的兩個不負責的辦法是：一，只用簡單的出版說明，待有人能寫這樣的序言時再加上；二，對於有些譯本，則參照蘇聯譯本的序言或雜誌上的評論來寫，或者就把那序言或評論翻譯過來以作序言或當作附錄」〔註57〕。

　　「反右」開始後，人民文學出版社提出要「清除資產階級的修正主義的文藝思想的影響」，出版重點放在蘇聯東歐文學，馬克思列寧論文學的著作等方面，而且要求所有圖書都配上序言。〔註58〕1958年，人民文學出版社對外國文學方面的圖書進行內部批評，稱「『第四十一』是一冊沒有必要予以再出的書，譯者在1957年年底所作的譯後記中又全部予以肯定，這是不對的。『包法利夫人』的譯者序文，充分地表現了譯者的資產階級治學方法。『大衛·科波菲爾』，譯者把美國的一個資產階級所寫的『作者傳略』，作為序言，而沒有一字批判，也沒有提出自己的看法，無異是同意了資產階級的觀點。『安諾德文學評論選集』的譯者序言錯誤更大。安諾德是一個唯心主義的理論家，也是一個反現實主義的批評家，我們本應該加以分析和批判，而譯者的序言中卻充滿了讚美之詞，而對安諾德的文藝思想則毫未批判」〔註59〕。《第四十一》所寫內容是蘇聯紅軍女戰士與一個被俘虜的中尉發生愛情，但當發現中尉企圖逃跑時，開槍將其打死的故事。雖然這也是一部蘇聯文學作品，但內容涉及與敵人的愛情，故而在政治氣氛緊張時被否定。

　　「文革」開始後，外國文學出版被批判成「名洋古」路線，很多作家的作品無法繼續出版。由於與蘇聯關係的惡化，高爾基的作品出版也遭到批判，被稱之為「不加批判分析，根據蘇修的選本全盤接受販運過來」，高爾基全集的出版計劃也因此擱置。

〔註57〕馮雪峰：《有關舊「人文」初期反革命修正主義出版路線形成的一些材料》，《馮雪峰全集》，第9卷，第182頁。
〔註58〕1958年年終總結中專門提到，「今年出書中，絕大部分都有序言」。
〔註59〕人民文學出版社簡訊：《回顧一年》（1958年）。

　　由於國內國際政治環境變化的複雜和多變，很多外國文學作品的出版採取了內部出版的形式，這成為外國文學出版很重要的現象。之所以採取內部發行的外國文學作品，主要是出於兩個原因，一方面是因為對作品內容屬於沒有認可的，屬於資產階級作品的；另一方面是有些作品無法準確定位，無法撰寫合適的序言或導讀，只好採取控制發行渠道的方式予以出版。如林默涵曾強調出版社要滿足專業工作者的需要，「從品種講，專業工作者需要的要多一些……外國古典作品和理論著作，也要出。乾脆內部發行，訂個計劃，即使現在不出，也要把譯稿拿到手」〔註60〕。

　　1961年9月，中宣部文藝處指示由人民文學出版社以內部出版的形式來出版外國文學參考資料書，共10種左右。內部書分甲乙丙三類，發行的範圍也各有不同。林默涵在批示中指出：「同類書的發行範圍可再嚴些，凡資產階級思想太濃的人，他一看真受影響的人，就不給……幼稚年輕無批判能力的人也不給，只給那些政治可靠而較穩的人」，「乙類書的範圍也可窄些」。〔註61〕也因為如此，才會出現所謂「黃皮書」現象，並一直持續到「文革」結束〔註62〕。

　　縱觀1949年至1976年整個外國文學出版的情況，我們可以看到它隨政治運動、國內國際形勢的變化而不斷變化調整的過程，這是國家意識形態建構的過程，也是國家意識形態要求下發展的軌跡。

〔註60〕《外國文學出版工作十七年來兩條路線鬥爭大事記1949～1965》（草稿），首都出版界革命造反總部、工代會人民文學出版社革命造反團編印，1967年8月，第45頁。

〔註61〕《外國文學出版工作十七年來兩條路線鬥爭大事記1949～1965》（草稿），首都出版界革命造反總部、工代會人民文學出版社革命造反團編印，1967年8月，第33頁。

〔註62〕可參考北京外國語大學劉健博士論文《「黃皮書」與1968～1973年北京地下詩歌研究》中相關內容和所附目錄。

第五章　經典作家作品的出版與
　　　　國家意識形態建構

　　中華人民共和國成立後，隨著新政權的成立，新的國家意識形態建構成為新政權的核心任務。因此，出版物的政治、思想內容必須與新環境下的政治話語保持一致。對以往已經出版過的圖書，在重新出版時，也必然要求對其內容進行對照檢查，要求作者進行修改，出版社成為這一環節的執行者。尤其對中國現代作家作品的出版，如作者仍然在世的，出版社的編輯會要求作者親自進行修改；而對於已經去世的作家，出版社的編輯則會親自進行修改。而對於魯迅作品來說，還會選擇通過文集選擇文章的方式、通過注釋的方式進行闡釋，以確保對讀者可以按照國家意識形態的要求進行理解。可以說，作品修改成為所有現代作家作品重新出版時的必然選擇。而作品的修改，則與時刻變化著的政治環境、作者政治地位的變化息息相關。本章會選擇中國現代文學史上的重要作家作品作為考察對象，通過版本對比的形式，參照圖書出版時的發稿檔案，分析其修改過程，從而呈現它們參與國家意識形態建構的過程。

第一節　魯迅作品的「國有化」

　　魯迅是中國現代文學史上的重要作家，也是被毛澤東大加讚揚的作家。毛澤東稱魯迅是新文化運動的主將，是偉大的文學家、偉大的思想家和偉大的革命家，甚至稱他是「中國的第一等聖人」，是「新中國的聖人」。在 1949年後，魯迅一直是國家意識形態肯定的對象，魯迅作品的出版和詮釋成為國

家意識形態建構的重要組成部分。出版魯迅作品，是新中國文學體制確認文學傳統和存在合理性的重要內容，魯迅及左翼文學、革命文學當之無愧地成為新的文學體制尊崇的對象。但是，魯迅作品有著豐富的思想內涵，其中也存在著大量與革命文學爭論的地方，如何在不過多刪改魯迅作品的前提下處理它們之間的裂際，是需要非常慎重的。於是，對魯迅作品的注釋和詮釋便顯得格外重要。本節通過梳理魯迅作品被納入國家出版體制的經過，來呈現魯迅作品出版與國家意識形態建構的關係。

　　不管在魯迅生前還是去世之後，魯迅的作品都是暢銷書。魯迅生前曾多次因稿酬問題與出版商產生矛盾，即使他去世之後，許多出版社仍未結清版稅。魯迅去世之後，在許廣平努力下，在諸多朋友幫助下，20 卷的《魯迅全集》於 1938 年問世。許廣平在 1940 年 1 月 3 日寫給郁達夫的信中說：「《魯迅全集》雖出了，但頭兩版因要普及，殉朋友之情，每部（二十冊）只受版稅一二元，其中便宜了托總經售的書店，他們費國幣十一二元買下（名為讀者預約），再在香港南洋賣外幣若乾元，轉手之間，便大發其財。」到了 1940年，為了生計，許廣平開始以「魯迅全集出版社」的名義，正式出版發行魯迅的著作，以減少出版商從中的「盤剝」。〔註 1〕

　　與此同時，魯迅日益受到中國共產黨的重視。此時的中國出版界非常混亂，未經授權而出版魯迅作品的出版社不在少數，其中也包括共產黨根據地的出版社。1949 年 2 月，許廣平攜周海嬰來到東北，他們驚訝地發現這裡竟然有許多魯迅的作品，包括《吶喊》《彷徨》《野草》等單行本，也包括整套的《魯迅全集》《魯迅三十年集》等，出版者為「光華書店」和「東北書店」。〔註 2〕光華書店是「黨領導下的一個書店」〔註 3〕，總部設在延安；東北書店成立於 1945年，隨著東北的解放，業務逐漸做大，隸屬於中共中央東北局。〔註 4〕

　　由於長期處於戰爭環境下，出版業的運作無法規範，有時為了鬥爭的需要，將書改頭換面出版或未經授權出版的現象很多。光華書店和東北書店出版魯迅

〔註 1〕周海嬰：《魯迅與我七十年》，南海出版公司，2001 年 9 月第 1 版，第 179～184頁。

〔註 2〕周海嬰：《魯迅與我七十年》，南海出版公司，2001 年 9 月第 1 版，第 234 頁。

〔註 3〕《陸定一就華北局宣傳部關於出版工作問題的決定致周揚的信》（1949 年 1 月27 日），《中華人民共和國出版史料》（1），中國書籍出版社，1995 年 5 月第 1版，第 8 頁。

〔註 4〕《東北書店簡史》，見《中華人民共和國出版史料》（1），中國書籍出版社，1995年 5 月第 1 版，第 123 頁。

著作並未得到授權。許廣平在東北無意中的發現，讓東北局宣傳系統有些緊張，他們專程向許廣平道歉，稱「東北地區需要供應魯迅先生的書籍，以滿足許多讀者的渴望。許大姐遠在國統區，我們無法徵求意見，版權的手續也不可能辦理，此地等不及只好先開印了，並奉上稿費 294 萬元及《魯迅小說選》樣書一本」〔註 5〕。許廣平當即提出：「貴店為國家書店，所出各書，純為人民服務，我們願追隨學習。凡有關魯迅著作，由貴店印出，均願放棄版稅，以符私志。」〔註 6〕幾經波折之後，這筆錢最終捐贈給了當地的魯迅文藝學院。

根據當時的《國民政府著作權法》規定：「著作權歸著作人終身有之。並得於著作人亡故後，由繼承人繼續享有三十年。」〔註 7〕光華書店和東北書店未經授權出版魯迅著作，在當時確實存在問題。而此時的許廣平，已經逐步向共產黨靠攏，她未接受稿酬也在情理之中。尤其是在當時環境中，不被人們理解，「人家北上是赤膽忠心投身革命，而我們卻是來向黨伸手討賬要錢的」。〔註 8〕畢竟，在提倡集體主義、共產主義的思想面前，個人的私有權利會被認為是有資產階級嫌疑的，即使此時的環境還承認著作權的存在，即使在新中國成立之後，也承認著作權的存在。此時的許廣平，面臨著在魯迅成為「中華民族的旗幟」、成為共產黨極力推崇的英雄之後如何處理私有財產和社會主義國家體制的矛盾。

中華人民共和國成立之後，許廣平擔任政務院副秘書長職務，而且出版業逐步走向國營化，這時的魯迅全集出版社無法辦下去。這時，出版魯迅著作的各種出版社有很多，盜版蜂起，一片混亂。於是，許廣平於 1950 年 10 月向國家出版總署寫信，提出希望魯迅著作權統一由出版總署管理。出版總署為魯迅著作版權的事情專門召開會議，許廣平、馮雪峰、胡風、胡愈之等九人參加會議，同意由出版總署處理魯迅作品的編選、翻譯、印行事項，「魯迅出版社原有紙型及附屬品移交人民出版社保管」，「出版總署建立魯迅著作編刊社，聘請馮雪峰同志為總編輯，在上海辦理編刊注釋校訂工作，其費用由總署支出。編成之書交人民出版社出版」。〔註 9〕許廣平、周海嬰為此寫了

〔註 5〕周海嬰：《魯迅與我七十年》，南海出版公司，2001 年 9 月第 1 版，第 235 頁。
〔註 6〕周海嬰：《魯迅與我七十年》，南海出版公司，2001 年 9 月第 1 版，第 236 頁。
〔註 7〕宋原放主編、陳江輯注：《中國出版史料》（現代部分）第一卷下冊，山東教育出版社，2001 年 4 月第 1 版，第 565 頁。
〔註 8〕周海嬰：《魯迅與我七十年》，南海出版公司，2001 年 9 月第 1 版，第 237 頁。
〔註 9〕《關於魯迅先生著作出版事座談記錄》，見《中華人民共和國出版史料》（2），中國書籍出版社，1996 年 6 月第 1 版，第 629 頁。

授權信：「關於魯迅先生的著作，為使其普及讀者與妥慎出版得以兼顧周到起見，以後魯迅著作無論在國內外的編選、翻譯及印行等事項，我們都願意完全授權出版署處理。」〔註10〕

馮雪峰此時在上海擔任諸多職務。為了讓他專心魯迅編輯的社會工作，中宣部特意致信給中國華東局和上海市委宣傳部，希望能解除馮雪峰的其他任務。為協助他「專任其事」，專門調集王士菁、林辰、楊霽雲、孫用等人。同時，出版總署在《人民日報》與《解放日報》發布通告：「自 1950 年 10 月 19 日起，無論在國內或國外，凡欲編選、翻譯或印行魯迅先生著作而以公開出售為目的者，應於事前獲得中央人民政府出版總署的同意。過去編印魯迅先生著作而未售罄者，應於見報後一個月內詳細陳報本署並提出意見以便處理。」〔註11〕1950 年 12 月 7 日，出版總署還專門向各地新聞出版局進行通報，再次強調通告事宜。〔註12〕

出版總署原定魯迅著作由籌劃中的人民出版社出版。然而，由於同時在籌劃人民文學出版社，並最終確定由馮雪峰擔任社長兼總編輯，後魯迅編刊社遷到北京，成為人民文學出版社的魯迅著作編輯室，出版魯迅著作的任務順理成章地落在人民文學出版社身上。魯迅作品單行本，尤其是《魯迅全集》開始由人民文學出版社出版。

對於如何編輯出版魯迅著作，馮雪峰在 1951 年就列出了出版計劃，提出未來要出三個版本，一是全集本，要把與魯迅文學活動相關的內容全部收入，同時收錄魯迅的日記、書簡、編選的畫集和翻譯作品。全集本的目的是為了保存和供研究者使用，便於查考。全集本是否加注釋，馮雪峰顯然沒有想好。第二是帶注釋的單行本，挑出魯迅的主要著作加以注釋出版。第三是注釋選集本，挑選魯迅小說、散文和雜文中最重要和最具代表性的作品編成選集，加以注釋後出版。〔註13〕

注釋的問題並不是簡單的小事，它不僅僅是對魯迅作品中出現的專業名

〔註10〕《許廣平、周海嬰為授權出版總署處理魯迅著作致胡愈之信》，見《中華人民共和國出版史料》（2），中國書籍出版社，1996 年 6 月第 1 版，第 632 頁。

〔註11〕《出版總署為魯迅先生著作編選、翻譯、印行事的通告》，見《中華人民共和國出版史料》（2），中國書籍出版社，1996 年 6 月第 1 版，第 634 頁。

〔註12〕《出版總署關於處理魯迅著作編選、翻譯、印行的通報》，見《中華人民共和國出版史料》（2），中國書籍出版社，1996 年 6 月第 1 版，第 745 頁。

〔註13〕馮雪峰：《魯迅著作編校和注釋的工作方針和計劃草案》，見《馮雪峰全集》（六），人民文學出版社，2016 年 11 月第 1 版，第 412 頁。

詞和人物作出介紹，更重要的是代表了注釋者的立場和觀點。對於魯迅著作注釋的重要性，馮雪峰有著清醒的認識，「注釋的目的固然在於使讀者能夠更容易地讀魯迅作品，但還必須能起一種對於魯迅思想的闡明作用，使魯迅思想的進步的、革命的、新民主主義的本質更昭明於世」〔註14〕。魯迅作品的注釋權，實際上就是對闡釋魯迅形象和作品的話語權。魯迅作品統一由代表國家文學出版正統的人民文學出版社出版，這正是魯迅作品「國有化」的體現，這是國家意識形態建構的重要組成部分。正如馮雪峰所說，對於魯迅作品，「注釋的方法和觀點，必須是馬列主義毛澤東思想的科學歷史的方法和觀點。立場和標準，是中國人民革命的利益和前進方向」。這種方法和觀點，無疑也是國家意識形態建構所需要的。對於注釋工作的流程，馮雪峰也進行了設計，注釋初稿、二稿和三稿，除了送給文化界的專家和魯迅好友審閱外，還要送到中宣部、出版總署「審閱修正和補充」，經過六七次的修改後初步形成定稿，最終由中宣部和出版總署審查批准出版。〔註15〕在做魯迅著作注釋工作時，馮雪峰也確實感覺到工作的艱難，除了在專業知識方面需要下工夫外，「我們不得不一邊學習一邊工作，就是必須分出很多時間來看馬列的書，尤其是要精讀毛主席的著作，學習馬列主義及其科學方法」〔註16〕。對政治歷史的評價、對各種人物的政治立場進行條分縷析，都是需要格外慎重的，它需要完整體現國家意識形態的要求，而不能出現任何偏差。因此，我們完全可以說，注釋形成的過程，也是國家意識形態建構的過程。

在政治運動以一種非常態、非理性的方式開展時，現實中參與者的歷史問題往往被挖掘出來，被加以各種譴責和批判。在魯迅作品裏，由於大量文章涉及二十世紀二三十年代上海左翼文學家和後來的左聯，魯迅又被奉為絕對正確的革命家、思想家，所以魯迅對文壇人士的評價和態度就成為當時政治運動中評價人物的標準。這在對魯迅作品注釋問題上顯得格外突出。在 1958 年《魯迅全集》出版時，魯迅《答徐懋庸並關於抗日統一戰線問題》題注的

〔註14〕馮雪峰：《魯迅著作編校和注釋的工作方針和計劃草案》，見《馮雪峰全集》（六），人民文學出版社，2016 年 11 月第 1 版，第 413 頁。

〔註15〕馮雪峰：《魯迅著作編校和注釋的工作方針和計劃草案》，見《馮雪峰全集》（六），人民文學出版社，2016 年 11 月第 1 版，第 414 頁。

〔註16〕馮雪峰：《關於魯迅著作的編校注釋和出版》，原載 1951 年 10 月 20 日《人民日報》，見《馮雪峰全集》（六），人民文學出版社，2016 年 11 月第 1 版，第 424 頁。

注釋就充滿政治意味、火藥味，眾所周知魯迅在這篇文章中把周揚等人稱之為「四條漢子」，涉及「兩個口號」論爭的諸多人物。在 1958 年的環境中，對這篇文章的題注明顯帶有重新解釋的意味，在這篇文章的注釋中寫道：「徐懋庸給魯迅寫那封信，完全是他個人的錯誤行動，當時處於地下狀態的中國共產黨在上海文化界的組織事前並不知道。魯迅當時在病中，他的答覆是馮雪峰執筆擬稿的。他在這篇文章中對於當時領導『左聯』工作的一些黨員作家採取了宗派主義的態度，做了一些不符合事實的指責。由於當時環境關係，魯迅在定稿時不可能對那些事實進行調查和對證。」此時的馮雪峰已被打為「右派」，注釋中批判的矛頭明顯指向徐懋庸、馮雪峰，徐懋庸給魯迅寫信是個人行為，與組織無關；文章由馮雪峰代筆，馮雪峰有宗派主義，言下之意是他欺騙了魯迅。與此同時，對周揚等人則開脫責任，他們成了受害者、無辜的被譴責者。〔註 17〕據馮雪峰回憶，這條題注是邵荃麟讓馮雪峰擬寫，但林默涵重新擬寫了一條。在林默涵擬寫的基礎上，馮雪峰將「代寫」改成了後來的「擬稿」，這兩個詞無疑具有根本性的不同，它們指向的文章內容是否最終代表了魯迅本人的真實想法。馮雪峰又增加了「當時在病中，他」六字，說明了魯迅之所以讓他擬稿的原因〔註 18〕。為了避免這條題注與魯迅日記進行對照，維護注釋的權威，也導致《魯迅日記》沒有納入 1958 年的《魯迅全集》。魯迅在這篇文章中，還提到了胡風，而且是正面肯定的，稱胡風是「我的朋友」「鯁直」「易於招怨，是可接近的」；而對周揚則語帶貶義，稱「周起應之類，輕易誣人的青年」。而在 1958 年，胡風已被打為「胡風反革命集團」，在魯迅文章中再肯定他無疑是不行的，所以在出版時，對胡風做了注釋，稱他「隱瞞著他的反革命歷史，混入中國左翼作家聯盟，在內部進行挑撥離間；解放後又組織小集團，進行反革命活動」。通過這條注釋，解釋了魯迅為何對胡風加以肯定，更重要的是維護了對胡風作為「反革命集團」政治認定的權威，同時對周揚也就進行了開脫。從這個方面來看，對魯迅著作的注釋問題，根本上說就是政治問題，它的注釋可能會影響現實中人的政治命運和前途，所以充滿了意識形態鬥爭的意味。

〔註17〕 可參考程振興：《被「注釋」的魯迅——以〈答徐懋庸並關於抗日統一戰線問題〉題注為中心》，《海南師範大學學報》（社會科學版），2014 年第 2 期。

〔註18〕 馮雪峰：《關于邵荃麟要我起草有關〈答徐懋庸〉一文的一條注釋的經過》，見《馮雪峰全集》（九），人民文學出版社，2016 年 11 月第 1 版，第 306 頁。

　　同樣是出於政治原因，1958 年版《魯迅全集》出版時刪除了魯迅的大量書信，所有涉及「兩個口號」論爭的信件都沒有編入。此外，魯迅日記也沒有編入，其目的之一就是避免與相關文章進行互證。而且，更值得注意的是，1958 年版《魯迅全集》還在個別地方對魯迅作品進行了修改，如在《豎琴·前記》中，原有「當時指揮文學界的瓦浪斯基，是很給他們支持的。托羅茨基也是支持者之一，稱之為『同路人』。」而到了 1958 年版中，則刪去了「托羅茨基也是支持者之一」。同時，在對魯迅作品裏托洛茨基出現時做了注釋：「在 1927 年因為反對蘇維埃政權被聯共（布）清除出黨。」因為在 20 世紀 50 年代環境中，托洛茨基是蘇聯認為的反面人物，所以魯迅對他的肯定不能再出現，所以才進行了刪除，並以注釋的形式對托洛茨基進行否定。但這樣的刪改，使得上下文的意思發生變化，將瓦浪斯基變成了「同路人」。〔註 19〕

　　魯迅著作的「國有化」過程，意味著魯迅作品要為當下政治需要服務，要為國家意識形態的建構服務。魯迅著作的編輯、注釋與闡釋工作，成為國家意識形態建構的重要過程。而且，在這個過程中，出現為服務政治需要而扭曲魯迅原作的現象也就不足為怪。此時，再對照馮雪峰最初對《魯迅全集》是否收錄注釋時猶豫未決的態度，也可想見他也許早已預見到問題的存在。

第二節　郭沫若作品的修改與出版

　　郭沫若是中國現代文學史上具有開創意義的詩人和劇作家，他的《女神》被視為新詩創作的重要成就。郭沫若也一直與中國共產黨的關係密切，在抗日戰爭期間甚至被奉為魯迅的繼承者、革命文化界的領袖〔註 20〕。1941 年，在郭沫若 50 歲生日之際，為團結文化界進步力量，中國共產黨還大張旗鼓地為他慶祝生日。周恩來還專門寫了文章，把郭沫若與魯迅相提並論，寫道：「魯迅自稱是『革命軍馬前卒』，郭沫若就是革命隊伍中人。魯迅是新文化運動的導師，郭沫若便是新文化運動的主將。魯迅如果是將沒有的路開闢出來的想，郭沫若便是帶著大家一起前進的嚮導。」〔註 21〕郭沫若被納入正統的革命文

〔註 19〕參見劉運峰：《1958 年版〈魯迅全集〉的編輯和出版》，《中國出版史研究》，2017 年第 3 期。

〔註 20〕參見吳奚如：《郭沫若同志和黨的關係》，見《新文學史料》，1980 年第 2 期。

〔註 21〕賈振勇：《郭沫若的最後 29 年》，中國文史出版社，2005 年 8 月第 1 版，第 19 頁。

學譜系之中，他也自然成為新中國國家意識形態建構的重要參與者。

　　郭沫若在 1949 年後擔任了政府部門眾多職務，有人統計，他的職務包括中國政務院副總理兼文化教育委員會主任、中國政協副主席、中國人大常委會副委員長、中國科學院院長、中國科技大學校長、中國科學院哲學社會科學部主任、中國保衛世界和平大會委員會主席、中國文聯主席等……這眾多身份讓他無法再以單純的作家身份生存，他的諸多政治身份要求他必須對舊作作出修改，以符合國家意識形態建構的需要。尤其是他對成名作《女神》的修改，可以作為例證。同時，他的新創作也自覺納入國家意識形態建構的過程中，為政治服務成為他創作的首要原則。在「文革」期間，郭沫若的《李白與杜甫》出現在人們面前，針對這部作品的解讀現在的學者有很多爭議。他究竟為何要寫這部作品？它的出版經歷了什麼樣的過程？這都吸引我們進行探索。

一、《女神》的修改

　　1953 年 1 月，郭沫若的詩集《女神》在人民文學出版社出版。出版前，由郭沫若做了大量修訂，並增加了大量注釋文字。1957 年 2 月，《沫若文集》第一卷出版，收入《女神》，此次出版，郭沫若又做了部分修訂。對照《女神》1921 年初版和 1928 年《沫若詩集》版本，可以看出郭沫若主要修改之處。〔註22〕

　　第一，對大量引用的外文，增加了譯文。在「五四」新文學作品中，夾雜外文詞彙是非常常見的現象，這一方面在彰顯作家受外來文化影響，另一方面也是作家對新的文學觀念、新的思想追求和生活方式的標榜。但是，到了 50 年代，在面對工農兵讀者時，這些外文詞彙就顯得與時代環境格格不入了，所以作家在修訂作品時或者都改成了中文，或者增加了譯文，以避免非大眾化的姿態。郭沫若的《女神》也是如此，其中的大量外文段落和詞彙均作了修改。在開篇《女神之再生》中，篇首引用了德國作家歌德的德文詩歌原文。在 1953 年版中，郭沫若增加了譯文：「一切無常者／只是一虛影；／不可企及者／在此事已成；／不可名狀者／在此已實有；／永恆之女性／領導我們走。──歌德。」《鳳凰涅槃》一詩初版時有副標題「一名『菲尼克司的科美體』」，「菲尼克司」即鳳凰的英文直譯，科美體即英文喜劇 Comedy 的直譯；在 1953 年版時，副標題改為「『菲尼克司』的科美體」；到了《沫若文

〔註22〕參看桑逢康校《〈女神〉匯校本》，湖南人民出版社，1983 年 8 月第 1 版。

集》版，這個副標題被刪去，可能考慮它過於歐化與拗口，不知其英文原意的讀者看了之後會感覺莫名其妙。在《雪朝》一詩中，「我全身的血液點滴出律呂的幽音」，「律呂」在初版時為 "Rhytmical"，1953 年版時改為音譯詞；同時還為詩中的兩個英文詞彙 "Hero - poet" "Proletarian poet" 分別增加了注釋，即「英雄詩人」和「無產階級詩人」。《勝利的死》四小節詩之前均有引用的兩句英文詩，1953 年版中均加上了中文譯文，如第一節的 "Oh! once again to Freedom's cause return / The patriot Tell - the Bruce of Bannockburn!" 翻譯成中文「愛國者兌爾——邦諾克白村的布魯士，／哦，請為自由之故而再生！」

第二，對大量詞彙的修改，把過去稍顯拗口或過於書面化的詞彙改為更通俗的、更大眾化的詞彙。如把「不周之山」改為「不周山」，「收場」改為「罷了」，「儂們」改為「我們」，「究竟可有」改為「到頭能有」等等。這些改動，主要是出於讓詩歌語言更加通俗化和規範化的考慮，以便讓詩歌更好地為工農大眾所接受。

第三，涉及政治方面的修改。這方面的修改是直接根據當時的政治意識形態而作出的。郭沫若在 1928 年《沫若詩集》出版時，已在這方面做了大量修改，50 年代後的版本很多方面延續了 1928 年時做的修改。如《巨炮之教訓》中，初版本中有「『同胞！同胞！同胞！』／列寧先生卻在一旁酣叫，／『為自由而戰喲！／為人道而戰喲！／為正義而戰喲！／最終的勝利總在吾曹！／至高的理想只在農勞！／同胞！同胞！同胞！……』」在 1928 年時，改為：「『同胞！同胞！同胞！』／列寧先生卻在一旁喊叫，／『為階級消滅而戰喲！／為民族解放而戰喲！／為社會改造而戰喲！／至高的理想只在農勞！／最終的勝利總在吾曹！／同胞！同胞！同胞！……』」這個修改是非常重大的，郭沫若對列寧前後的理解可以說是完全不同。50 年代後的版本延續了此處的修改。在《匪徒頌》中，初版有：「倡導社會改造的狂生，瘐而不死的羅素呀！／倡導優生學的怪論，妖言惑眾的哥爾棟呀！／亙古的大盜，實行波爾顯威克的列寧呀！」1928 年版本改為：「發現階級鬥爭的謬論，窮而無賴的馬克斯呀！／不能克紹箕裘的恩格爾斯呀！／亙古的大盜，實行共產主義的列寧呀！」1953 年版時，將第一句的「窮而無賴的馬克斯」改為「餓不死的馬克思」，之後文集本也沿用此句。1928 年的修改，可能是因為郭沫若對馬克思主義有了新的認識，也意識到歌頌羅素和倡導優生學的哥爾棟不太合適，所以改成了歌頌馬克思和恩格斯。到了 50 年代，說馬克思「窮而無賴」容易引起

誤解，可能讓人產生對馬克思負面的評價，所以他再次進行更改。

　　郭沫若對《女神》的修改，是帶著 20 世紀 50 年代的政治需求進行的。它的修改，是國家意識形態建構過程中的一個側面。郭沫若通過修改，不但修正了自己最初的文字，更重要的是修正了自己當時的思想，以便更好地服務當下、服從政治需要。

二、《李白與杜甫》的出版

　　關於《李白與杜甫》〔註23〕的寫作目的，王學泰在 1979 年就曾撰文指出《李白與杜甫》中的諸多知識性和思想性謬誤，但他事後反思，指出「直至現在仍然認為郭老的那本書的出版，有學術研究以外的目的」〔註 24〕。學者分析大概有幾種：一種是為了迎合領袖，因為毛澤東也喜歡李白，所以郭沫若便採取揚李抑杜的寫作方式寫成此書；一說是郭沫若藉此書來隱晦地表達內心的苦悶和人生的總結，劉納認為郭沫若寫作此書時「也到了該總結人生的年齡。他比以前許多時候都『清醒』。面對兩位古代大詩人的命運，他有所思，有所憶，有所悟，他當時的真實心境在這本書中有脈絡可尋」，她反對將此書看成是「意在討好邀寵的書」〔註 25〕；還有一說是為當時中蘇邊境衝突提供史料而寫，蔡震提到，當時，中國和蘇聯有邊界衝突。外務部邀請郭沫若等學者提供的史料。在由中國政府公布的聲明中，引用了由郭沫若做的關於李白的出生地的研究成果。郭沫若認為，李白出生於中亞地區，這是中國當時的領地。〔註 26〕關於郭沫若寫作此書的目的暫且不論，《李白與杜甫》的稿件修改過程卻值得分析，從編輯提出的修改意見中、從郭沫若吸收和拒絕修改之處，可以得見政治意識形態的諸多影響。

　　據周汝昌在公開發表的文章中記載，1970 年 8 月末，正在湖北咸寧幹校勞動的他被突然調回北京，之後得知郭沫若想出一本新書，經周恩來專門指示，人民文學出版社責成周汝昌和戴鴻森擔任編輯，「另有二君（彼時留社專事出版「樣板戲」的留京人員）參助商討」〔註 27〕周汝昌與戴鴻森發現郭沫

〔註23〕郭沫若：《李白與杜甫》，人民文學出版社，1971 年 11 月第 1 版。
〔註24〕王學泰：《對〈李白與杜甫〉的一些異議》，見王學泰《清詞麗句細評量》，東方出版社，2015 年 7 月第 1 版，第 296 頁。
〔註25〕劉納：《重讀〈李白與杜甫〉》，《郭沫若學刊》，1992 年 12 月。
〔註26〕蔡震：《郭沫若畫傳》，江蘇人民出版社，2011 年 3 月第 1 版。
〔註27〕周汝昌：《李杜文章嗟謗傷》，《杜甫研究學刊》，1996 年第 4 期。

若書稿中的大量問題，「將一部不大之書貼滿意見簽條，紛披如牛毛焉」。他們將書稿拿給時任出版社負責人複審，負責人很是顧慮，不敢如此拿給郭沫若。於是，王組織連夜開會，將所提意見挨個兒討論，由王決定意見的去留，「以至最後所剩簽條只有數則不關痛癢之『意見』了」。

當時，人民文學出版社安排周汝昌、戴鴻森、陳早春三人對書稿進行審讀。他們三人分別寫出了篇幅很長的審讀意見。他們三人對郭沫若《李白與杜甫》的態度有一致的地方，也有不同的地方，但不約而同的是，他們都對此書的很多知識硬傷和觀點偏頗提出質疑，甚至提出不予出版的建議。幸運的是，人民文學出版社保留了由編輯貼滿意見簽條並經由郭沫若本人修改的書稿，這為我們瞭解當時的真實情況提供了寶貴資料。這本貼滿意見簽條的書稿，所提意見仍然是非常之多的。實際上，當時參與對《李白與杜甫》審稿的人員，除了周汝昌、戴鴻森，還有陳早春。三人也都留下了詳細的審稿意見，再加上他們貼滿意見簽條的書稿，以及郭沫若的回應文字，為我們揭開此書寫作的諸多謎題提供了線索。

根據編輯提出的意見，郭沫若對自己稿件的修改又非常多。其主要修改之處有如下幾方面：

第一，對少數民族的態度方面的修改。由於漢族中心主義的存在，過去對唐朝歷史的記載裏對少數民族多有污蔑之處，郭沫若在初稿中曾寫道：「李光弼出師東征，意在剷除安史餘孽。」在修改稿中，他自己將「安史餘孽」改為「安史的殘餘勢力」。郭沫若初稿寫到李林甫建議唐玄宗任命非漢族的武人擔任將軍，寫到「當時的大將，大都不是漢人。這本是好事，表示出大公無私」；編輯認為此處不妥，建議改為「這本不是壞事，顯示出氣度闊大，沒有民族的歧視」，認為這樣改「語意稍輕，避免用『大公無私』這樣的太過的肯定」，在編輯的意識中，也是時刻想著民族觀念的。而郭沫若最終採用了一半的意見，將之修改為「這本不是壞事，顯示出沒有民族的歧視」。還有一處行文中，將史思明說成是「波斯種」，修改稿中改為「波斯人」，將帶有明顯歧視色彩的地方去掉了。

第二，是對李白過度褒揚的修改。郭沫若在初稿中對李白張揚的個性給予很多肯定，但不同意稱他為「浪子」，他引用王安石的話「李白識見卑下，詩詞十句，九句言婦人、酒耳」進行批評。他在初稿中寫道：「詩中言婦人是承繼了《國風》《離騷》和漢魏樂府的傳統，杜甫的詩中也有關於歌伎侑酒的

吟詠，李白在這一方面要多些，但也何嘗是『十句有九句言婦人』！所謂『《國風》好色不淫』（《史記‧屈原傳》，這也正是李白和杜甫所共同遵守的傳統，所以李白在詩中也屢次譏刺『荒淫』乃至『好色』)」。編輯在此處提出：「李白『攜妓』、『觀妓』，縱情聲色的詩，似仍宜有所分析批判才好，籠統地看作『傳統』，怕不妥當。請酌奪。」郭沫若吸取了編輯建議，將此處改為：「詩中言婦人，特別像關於歌伎侑酒之類，是封建時代的惡習，李白與杜甫都未能脫出這個泥沼。」如此一改，已將郭沫若的真實想法和態度完全推翻。在郭沫若內心，一直有浪漫的一面，早年間對「歌伎侑酒」之類的事怕是持肯定態度，而且他也曾有「縱情聲色」的歷史。1933 年，他在寫給小野寺直助的信中寫道：「且說我萬分慚愧的是，今年三月末一時尋開心，由僅僅一次不潔行為感染了淋病（外表尚無顯著表現）。在此期間，我傳染給了妻子。她忍耐了很久，但是現在病勢已經相當嚴重，症狀已經明顯地表露出來……」〔註28〕郭沫若在寫到李白此處時，不知是否想起當年不堪回首的往事？也許他在潛意識裏認為這是可以原諒的行為吧。

而寫到李白的嗜酒時也是如此，郭沫若最初本意似乎並不認為這是什麼缺點，反而認為喝酒對李白的創作起到非常重要的幫助作用。他初稿中多處寫到喝酒對李白創作的好處，如「酒彷彿是李白的保護神」，「他的好詩，多半是在醉後做的」等等，也確實如此，李白嗜酒是歷來公認的。郭沫若在一處地方寫道：「嗜酒，對李白來說，自然有有害的一面，而同時卻也有有利的一面。那就是，酒是使他從迷信中覺醒的觸媒。」編輯在審稿時提出，「幾處地方強調了酒對李白的作用，我們擔心客觀上會對讀者產生某些副作用。請予考慮斟酌。」由此也可看出，編輯的內心時刻想著書稿的「正確」導向，甚至不惜勸告作者對事實予以修改。郭沫若看到編輯意見時顯然很是不滿，他在意見條上寫道：「我是強調反對宗教迷信。」郭沫若也確實是從這個角度立論的，在他看來，李白嗜酒讓他清醒，「酒與詩的聯合戰線，打敗了神仙丹液和功名富貴的凱歌」。但編輯意見也不得不考慮，於是他在修改稿上改為「嗜酒自然是壞事，但也要一分為二地看。這對李白來說，有有害的一面，也有有利的一面」，正式出版時，「也要一分為二地看」被刪掉。寫到杜甫嗜酒時，郭沫若的文筆就顯得誇張，他提出杜甫是「死於牛酒」，但他在內心裏仍然對

〔註28〕龔濟民、方仁念：《郭沫若傳》，北京十月文藝出版社，1988 年 2 月第 1 版，第 160 頁。

嗜酒一事抱著並非否定的態度，他寫道：「我在這裡要下出一個斷語：杜甫和李白一樣，是死於酒而生於酒，作為詩人的生命，一多半是酒給予了他們的。」而編輯在此處又跳了出來，從「正確」導向角度出發，提出「這樣提法對今天讀者是否會有副作用？請斟酌」，這或許讓注重實際效果的郭沫若內心產生緊張之感，在修改時按照編輯意見把這句予以刪除。

　　《李白在政治活動中的第一次大失敗》的末尾，郭沫若在初稿中對李白的命運發表議論：「李白顯然沒有齊澣那樣的才幹，他生在這樣的時代，而又不能『摧眉折腰事權貴』（《廬山謠》），儘管他有『兼善天下』的壯志，要想實現，豈不完全是個夢想？」他緊接著大發感慨：「他的終生不遇，就是一個現實的證明。這對他是一個悲劇。他作為這齣悲劇的主人翁是把自己的節目演到了底的。」我也認為，郭沫若在《李白與杜甫》一書中確實有潛在的對自己命運進行總結的意味，尤其是寫李白的部分，讓人時刻想起郭沫若的經歷和命運。他在此處忍不住大發感慨，也許是對自己命運悲劇的一種反省。但在修改稿中，他將感慨之處全部刪去。

　　第三，是對杜甫過度貶低的修改。與寫李白時的感情投入不同，寫到杜甫時則多有苛責之詞，甚至經常用今天的標準來對杜甫大加貶斥。杜甫不願就任南州尉，有人為他辯護說其不忍，而郭沫若則認為做縣尉是「肥缺」，而且做縣尉不一定非去搜刮地皮。「如果自己不『鞭撻』，不貪污，做了縣尉不是還堵塞了酷吏的『鞭撻』、貪吏的貪污嗎？這不也是對於人民做了好事嗎？但杜甫不是在這樣想。他實在是為自己想得太多，為人民想得太少；他缺乏做螺絲釘的精神，是無可諱言的。」讀到這一段，實在讓人詫異，確實太牽強附會了。編輯也看不下去了，在此處貼條子：「是否可以刪略？」書中類似思路的地方還不少，但像這樣引申的真是顯得很誇張。在之後的修改稿中，郭沫若刪除了這一段。書稿中還寫到李白、杜甫對當時書法家的觀點，郭沫若寫道：「李白的抑張旭而揚懷素，頗有厚今薄古的精神；杜甫的抑張旭而揚李潮則完全是厚古薄今了。」在修改稿中，他將此處改為：「李白的抑張旭而揚懷素，頗有獎勵後進的用意；杜甫的抑張旭而揚李潮則完全是貴古賤今了。」改過之後，「厚古薄今」之類的詞語刪去，與時下的政治語彙拉開了一點距離。

　　郭沫若《李白和杜甫》的寫作，政治目的性非常強。在對李白和杜甫的評價方面，他為了突出李白，不惜罔顧歷史事實，刻意貶低杜甫。我們應該把它看作是一本充滿偏見的著作，而不能當作嚴謹嚴肅的學術著作看待。郭

沫若的寫作本身，正是國家意識形態建構深入作家內心，為政治服務的立場過於明顯，讓他不惜改變真實歷史和真實想法。

第三節　茅盾《子夜》的修改

　　茅盾的長篇小說《子夜》的中國現代文學史上最重要的作品之一，王瑤稱它是「《吶喊》以後最成功的創作」〔註29〕，劉綬松也稱它是「繼魯迅《阿Q正傳》之後出現的一部傑出的現實主義巨著」〔註30〕。馮雪峰也對《子夜》表示肯定，他評價說：「《子夜》依然有它很大的成就和它的重要性。這就是它比較成功地寫出了吳蓀甫（作者所說的當時反動的工業資本家）和趙伯韜（作者所說的買辦金融資本家）這兩個人物以及他們周圍的一些人，比較生動地反映出了當時上海社會的這一方面。……到今天，在我們的文學上，要尋找在一九二七年至抗日戰爭以前這一時期的民族資產階級和買辦資產階級的形象，除了《子夜》依然不能在別的作品中找到。」〔註31〕

　　但是，當時研究者在肯定《子夜》的同時，也指出它存在的很多問題。最大的問題就是批評它「對於城市革命工作者和工人群眾的描寫不夠真實、不夠深刻」。其次是個人人物描寫有概念化傾向。第三是「有著許多不必要的兩性關係和女性心理的描繪，沖淡了整個作品的嚴肅的教育的意義」〔註32〕。馮雪峰也批評《子夜》存在缺點的原因是「體驗生活不夠，和在創作方法上也有非現實主義的地方」。〔註33〕

　　在這樣的背景下，《子夜》要重新出版，是肯定需要做一些修改的。據統計，《子夜》由人民文學出版社在 1952 年出版。〔註34〕此次出版，在初版本基礎上進行修改，修改達 600 餘處。〔註35〕這裡面的修改，主要集中在對工人群眾和兩性關係的描寫上。

〔註29〕王瑤：《中國新文學史稿》（上），新文藝出版社，1953 年 9 月第二次重印，第225 頁。

〔註30〕劉綬松：《中國新文學史初稿》，作家出版社，1956 年 4 月第 1 版，第 352 頁。

〔註31〕馮雪峰：《中國文學中從古典現實主義到無產階級現實主義的發展的一個輪廓》，《馮雪峰全集》（五），人民文學出版社，2016 年 6 月第 1 版，第 393 頁。

〔註32〕劉綬松：《中國新文學史初稿》，作家出版社，1956 年 4 月第 1 版，第 354 頁。

〔註33〕馮雪峰：《中國文學中從古典現實主義到無產階級現實主義的發展的一個輪廓》，《馮雪峰全集》（五），人民文學出版社，2016 年 6 月第 1 版，第 393 頁。

〔註34〕茅盾：《子夜》，人民文學出版社，1952 年 9 月第 1 版。

〔註35〕金宏宇：《〈子夜〉：版本變遷與版本本性》，《中州學刊》，2003 年 1 月。

　　在第一方面，最主要的是對可能引起對工人、農民負面形象描述的內容做了刪改，在工農兵至上的時代氛圍中，這也是必要和必須的。在新的話語體系中，農民成為革命的主體，農民暴動的正義性無可爭辯，當然農民可能會存在一些弱點，茅盾在初版中也保留了對農民弱點的描寫，如寫他們暴動時體現出的暴力，甚至可能傷及無辜，這些在新版本中均予以修改。在初版本中，農民攻佔宏昌當的戰鬥中，農民喊出的口號是：「衝鋒呀！衝鋒呀！踏平宏昌當！」而在修訂本中，「踏平宏昌當」被刪去，因為考慮到這句口號太過暴力和野蠻，但刪去後也讓當時複雜和豐富的情境變得單純了。在攻佔宏昌當的戰鬥中，修訂本也刪去了一大段對戰鬥場面的描寫：「拍！拍！拍！手榴彈的爆裂聲！卜卜卜卜卜——機關槍的火繩又掃過來了！然而衝鋒的人們已經逼近了宏昌當的牆邊，在那一股衝天直上的大火柱下看得很明白。而這火柱又在很快地擴大，將要和機關槍吐出來的火舌相連接了。機關槍還在卜卜卜卜地狂放。但比這卜卜卜卜地更響，簡直要震倒了一切似的，現在是衝鋒的吶喊，和大火中木材爆裂的聲音了。」農民顯然是不畏機關槍的掃射，不斷地衝鋒，而且燒掉了宏昌當。在修訂本中，只用了一句話來代替這段戰鬥場面的描寫：「機關槍聲小些了。」如果沒有這段戰鬥場面的描寫，顯然會給讀者造成一種誤解，認為宏昌當起火是戰鬥順便引起的後果，而不是農民主動燒掉的。

　　在初版本中，農民暴動的場景描寫中寫道：「那些人的眼睛裏都放出要吃人似的凶光」，在當時暴力革命的時刻，農民表現出激動甚至過激的情況是可以理解的，茅盾是對農民暴動的合理真實的想像。但在工農兵至上的 20 世紀 50 年代，再如此描寫農民顯然是不妥當的，所以在修訂本中這句被刪除。對阿金丈夫的描寫也發生變化，在初版本中，原有「這人雖然也是農民打扮卻很清秀，腰間配著手槍」一句描寫，在抓住曾剝皮和他兒子後，他發出的命令是：「曾剝皮和他的兒子帶到革命審判所，走！」增訂版中，改成了「曾剝皮和他的兒子帶走！」從語言藝術角度衡量，改後顯然更符合阿金丈夫作為農民的性格和形象，那時的農民顯然不會喊出「革命審判所」這樣很知識分子化的詞彙。但是，修改後的文本就無法反映茅盾當時創作的真實情況了，從這樣的修改中，也可看到茅盾當時對農民的知識分子式的想像，也可看到他的創作受「革命＋戀愛」小說的影響。

　　其次，修訂本對涉性和暴力的場面進行了大量刪減。修訂本中在描寫曾家

駒強姦錦華洋貨店主婦的文字中，很多涉及女性身體、強姦場面和暴力場景的
描寫被刪去。初版本中原有涉性的描寫，如曾家駒看到婦人後「一股慾火便燒
得他全身的血都發熱」，婦人「懷抱中的小孩子也放開了，她雙手護著她的下體，
在那裡翻滾，在那裡掙扎」；「同時，嗤——的一聲，年青婦人身上的薄衣服也
已經撕下，露出了雪白的肉體。也就在這時候，青年婦人下死勁一個翻滾，又
一挺身跳起來，忘記了自己似的赤條條地站著」，這段描寫在 50 年代禁慾的時
代氛圍中，顯然是不合適的，修訂本予以刪除明顯是出於遵守時代話語規範的
要求。原來暴力場面的描寫，「槍聲過後，只聽得那婦人苦悶地哼了一聲，身體
一歪，倒在床腳邊，從她的雪白的胸脯上骨都都地冒出了鮮血。\\接著是剎那間
死一樣的沉默。然後像是覺醒了似的，曾家駒扔下手槍，胡亂地從樓板上撈起
幾件首飾和銀錢，一溜煙逃走了」。在修訂本中，這些均予以刪除。

　　有人評論《子夜》裏的女性，「幾乎專門是為著性慾的場面而製造了的」，
在修訂本中，雖然整體上並未改變女性從屬於男性、被男性欺負和消遣的處
境，但茅盾還是做了一些修改，讓女性的被動地位得到了些許改變。在面對
曾家駒突然的襲擊時，初版本中是「那婦人只是啞口地抗拒著」，在修訂本中
變成了「使那婦人驚悸得像個死人，但一剎那後，她立即猛烈地抗拒」，女性
反抗的主動性得到了突出。在面對曾家駒時，洋貨店主婦和孩子顯然是弱者
和無辜的受害者，但從身體角度來突出女性受害者，確實帶有對女性俯視的
地方。這在強調男女平等的話語中，再這樣呈現顯然是不合適的。而且，女
性不再被動地承受男性的侮辱，而是起身激烈反抗，這也是新的話語體系對
女性主體地位的要求。

　　就四小姐來說，她從鄉下來到都市，看到花花綠綠的男女，對范博文動
了心，但她無法直接跳入都市化的環境，無法接受與男人直接交流，於是產
生了性幻想。在初版本中，對她的性幻想描寫得很直接，「而且閉了眼睛的她
聽得他走到她身邊，而且她猛地全身軟癱，她的嘴唇被吮住，發熱的微抖的
又是迫切無禮的手觸到她的乳房，她的肚皮，她的臍下」。這些在修訂本中均
予以刪除，因為這涉及色情描寫。對於書中涉及兩性關係的地方，編輯龍世
輝在審稿時貼上了條子，指出：「此處黃色描寫，應改！」茅盾按照要求進行
了刪改。〔註 36〕

〔註 36〕李頻：《龍世輝的編輯生涯——從〈林海雪原〉到〈芙蓉鎮〉的編審歷程》，
　　　　河南大學出版社，1992 年第 1 版。

　　除了以上修改，還有一個重要的方面是對現代都市文明思考的刪改和修改。茅盾創作《子夜》時的背景是在 20 世紀二三十年代，當時作家們非常流行在行文中夾雜一些英文或其他外文詞彙，一方面是顯示自己見多識廣，身處大上海的環境中在文化上佔據優勢，另一方面這也是中國文學現代性的表現，作家們在積極地向世界看齊，向他們認為比中國文化先進的外國新事物看齊。在《子夜》中也不例外，在初版本中，茅盾用了很多英文詞彙。如 Neon（霓虹）、Grafton（「一種名貴的外國紗」）、Classics 等，在修訂本中，大多都用中文代替，或做了注釋。但同時也保留了一部分英文詞彙，如 kiss 等。大量英文詞彙的去除，使得這部小說出版時的背景特徵被弱化。

　　茅盾最初對《子夜》的寫作，是包含對城市都市文明的反思的。在《子夜》手稿扉頁上曾寫有 "A Romance of modern China in transition; In Twilight a novel of Industrialized China"，意即他要反映的是轉變中的中國浪漫主義，和工業化中國的前夕。在初版中，保留了茅盾對都市文明、頹廢方面的反映。在茅盾看來，這是都市文明的必然後果。書裏寫李玉亭在酒店裏見到趙伯韜，撞到剛剛和趙伯韜洗浴結束的一個女人，驚訝得不得了，初版本寫道：「是妖冶的化身，是近代都市文明的特產！李玉亭被那雪白的肉光耀的眼睛發花，恍惚覺得坐下的椅子也軟癱下去了。」在當時的茅盾看來，性開放、縱慾都是都市文明的後果，這一切都可以用「近代都市文明的特產」來概括。在初版本中，李玉亭從趙伯韜那兒出來後，感覺十分苦悶，便跑到酒店去借酒消愁，「看見了第一家酒店時，他就跑了進去，素來不大喝酒的他，此時皺了眉頭，一杯一杯的往嘴裏灌，直到他那酒紅的眼睛前閃出無數的女人的舞影，都是笑開了鮮紅的小嘴，跳動著高聳的乳房，只有大幅雪白的毛布鬆鬆地披在身上」，在這段文字裏，也許能感受到新感覺派的影子，這也是當時茅盾真實的心態。而到了修訂本中，處在新的時代氛圍裏，這明顯是屬於資產階級「腐化墮落」的行為，肯定不能讓它出現來「污染」當下的讀者。這些內容在修訂本中，均予以刪除。

　　至於經常被研究者提到的吳蓀甫「強姦」僕人王媽的描寫，可以考慮將其納入茅盾本人對都市文明的思考中來理解，都市文明帶來了頹廢的思想，男女之間的關係顯得有些隨意。從修訂版的文字來看，吳蓀甫與王媽發生關係的描寫確實讓人感覺很突兀，茅盾曾說這是為了襯托當時內外受困、充滿破壞慾的吳蓀甫的形象，但在初版本中，王媽並非是被動的，而是帶有一定

的迎合、不拒絕，「這臉上有風騷的微笑，這身上有風騷的曲線和肉味！吳蓀甫的眼睛變小了，嘴唇邊的皮肉簌簌地抽動」，「吳蓀甫的沉重身體就撞了上去。一聲蕩笑」，面對吳蓀甫的強暴，王媽的反應是「一聲蕩笑」，這正是受都市文明影響而對性抱無所謂態度的表現。修訂本將這幾句關鍵的地方刪去，不僅無助於突出吳蓀甫備受壓力急欲破壞的描寫，反而讓這個情節顯得很突兀、很不協調。同時，將王媽寫成是被動的接受，是在吳蓀甫強迫下接受的，這就改變了小說的原意。無論對吳蓀甫還是對王媽的形象，都是一個根本性的改變，他們形象的改變同時會對作品解讀產生完全不同的走向。

　　組織工人罷工的瑪金、蔡真等人，同樣是受都市文明影響，同時也是革命者思想開放的影響，一邊組織罷工，一邊戀愛。在初版本中，對革命者之間的調情寫得很露骨，在修訂本中都予以刪去。蔡真抱住了瑪金，「拼命地搖，哼哼地叫著」，蔡真還跑到陳月娥跟前，「驀地捧住了陳月娥的面孔，就和她親一個嘴」，瑪金罵蔡真是「色情狂」。尤其是蘇倫和瑪金調情的露骨描寫，也都予以刪去，蘇倫「眼光停留在瑪金那裸露的胸口」，「蘇倫吮住了瑪金的嘴唇了。瑪金的身體稍稍動了一下，又格格地笑。」「『瑪金！你的奶就像七生的炮彈尖頭一樣！』」瑪金一邊狂笑，一邊說「算了，沒有工夫再浪漫了！」瑪金還當著蘇倫的面換衣服，「就那麼站在床前脫了身上的洋布旗袍，把那『工人衣』穿上。她一面套袖子，一面回過臉去看看蘇倫，忍不住又笑了起來。蘇倫突然搶前一步，撲到瑪金身上；他是那麼猛，兩個人都跌在那床上了。瑪金笑得轉不過氣來，仰面躺著不動」；「蘇倫嘴裏說，兩手就取了第二次的攻勢。可是瑪金已經翻身側臥在床上，佔據了很好的防禦陣地，兩隻眼睛卻釘住在蘇倫臉上問道」，蘇倫還是不放棄，「可是瑪金，你不要那麼固執，呀，掃興！你有工作，我們快一點，十分鐘！」這時瑪金憤怒了，「將蘇倫推下，趕快跳離床，睜圓了眼睛怒瞅著蘇倫，敞開了衣襟的一對乳峰象活東西似的在那裡跳。蘇倫也跳了起來，又向瑪金身上撲。瑪金閃過，就往房外跑，卻又驀然地站住」。這些描寫，應該說是非常大膽的，

　　如果把這些革命者放置在當時環境中思考，他們的行為邏輯是有跡可循的。20 世紀二三十年代的革命者，大都是都市裏的年輕的小資產階級知識分子出身，性苦悶是青春期的必然反應，同時受著現代化都市文明的薰陶，對性開放、性享受不抗拒；另一方面，他們也受著社會主義理論、發動工人罷工迎接革命高潮思想的影響，要突破舊思想束縛必然要有開放的心態，心態

敞開了必然會吸納各種魚龍混雜的思想，所以茅盾才會出現「革命＋戀愛」的描寫，尤其是上面性場面的描寫。在修訂本中，上述文字統統被刪去，取而代之的只有出自蘇倫之口的一句話：「你不要那麼封建……」，這句修改不知是出於茅盾之手，還是出於編輯之手，這句話已經很輕鬆地將革命者之間的調情和性開放納入新的話語體系之中，即封建就是性保守、性壓抑，革命就是反封建──這句話雖然出自蘇倫之口是出於狡辯，但反映出修改者在新的社會環境下對革命、革命者觀念的修正。對於革命者，要保持其思想的純潔性，必然是一心一意投入革命，不會考慮個人利益，尤其是個人享樂的。所以，對於個人性方面的需求和表現，肯定是受到壓抑的。

　　修訂版對《子夜》的修改，在很大程度上「修正」了初版本的面貌，可以說已經成為一個新的文本。這些「修正」，完全是作者和出版社在新的環境下主動作出的選擇，他們主動用新的思想話語體系來規範自己，所以經過「修正」後的革命者必須是純潔、正面的，而絕不能摻雜多餘的、負面的思想和行為。也正因為有了「修正」，新的文本才真正具有「嚴肅的教育的意義」，才符合當時政治意識形態對文學作品的要求和規範。但是，這都是以損害初版本的豐富性和多樣性為代價的。如果只閱讀新的文本，對茅盾、對《子夜》的評價就會得出片面的結論。

第四節　巴金《家》和《李大海》的出版

　　巴金是中國現代文學史上的重要作家，他早年信奉無政府主義，他的熱情感染了無數年輕人，影響了他們對社會的思考，因此走上革命的道路。但無政府主義，與真正的共產主義思想是有矛盾的，在新的政治環境下無法得到肯定。所以，在 1949 年後，對巴金的評價可以說是：「他的作品在讀者中所發生的效果是積極的，雖然作品本身的思想並不十分正確。」〔註37〕對於20 世紀 50 年代仍然在世的現代文學作家來說，巴金是對作品修改最多的。巴金對代表作《家》的修改，幾乎可以說是重寫一遍。梳理《家》的修改過程，可以呈現象巴金這樣的作家是如何通過修改作品參與到國家意識形態建構之中的。同時，巴金也創作了很多新作品，雖然缺乏優秀之作，但他在努力地

〔註37〕王瑤：《中國新文學史稿》（上冊），新文藝出版社，1953 年 9 月版，第 233 頁。

以意識形態的要求在規範自己的創作。通過考察他的小說集《李大海》的出版，可以分析其過程。

一、關於《家》的修改

巴金的《家》，是人民文學出版社社長馮雪峰直接聯繫巴金，希望能夠再版。巴金在 1952 年 11 月 11 日專門寫信給馮雪峰：「《家》看過一遍，改了一些字句。現在把修改本寄上，請您斟酌，是否可以付排。《春》和《秋》如可續出，將來也可以把修改本寄給您。《春》的修改本去年年底已由開明印出。《秋》的修改本今年二月交給開明尚未印出。」

對於出版社來說，對於這部巴金的成名作，是抱著盡可能尊重作者意見的態度來處理的。編輯部主任方殷提到，「本書曾由作者細心修改過，故於解決疑問條時，竭力以原作為主；其可改可不改之處，均未變動」。只是對於正文前的諸多序言，包括「十版代序、五版題記」，「係舊版本的說法，我社此次重印，對此如何處理，擬請總編輯室研究決定」。巴金在《家》初版時，寫有代序《呈獻給一個人》，另有《初版後記》，之後有《五版題記》，內容豐富，但所佔篇幅甚多。

樓適夷專門給巴金寫信，提到：「《家》已付印，我們的意見，此書要作為激流三部曲之一出版，因此激流總序擬不編入；又其他代序兩篇，是否請改寫一個新序，說明對過去舊作的意見及今日修訂重版的意義。我們整編五四以後文學作品，都準備這樣的做法，想必蒙兄贊同。」

出於出版社的要求，也出於巴金自身對作品自覺自願進行修改的要求，《家》最終進行了修改，並於 1953 年出版〔註38〕。巴金對《家》的修改，充分體現了當時意識形態的要求，在諸多方面都能看到時代的影子。修改之後的文本，與最初的文本之間已經出現了很大的差異。與 1933 年 5 月上海開明書店初版的《家》進行比較，巴金在 1949 年後修改的地方多達上千處。就其主要方面而言，主要修改的地方如下：

一、對舊家庭的描寫方面，更加突出了舊家庭的罪惡；對祖父的描寫方面，把原有文本中溫情的、對祖父既尊敬又反抗的方面進行了刪改，祖父的面目變得更加可惡，更加成為舊社會的代表。在新文本中，刪去了祖父作為家長、長輩的溫情的一面。覺慧在參加學生遊行，被祖父叫去訓話，原文本

〔註38〕巴金：《家》，人民文學出版社，1953 年 7 月第 1 版。

覺慧中對祖父的態度有這樣的描寫：「但他對祖父依然保持著從前的敬愛，因為這敬愛在他底腦裏是根深蒂固了。兒子應該敬愛父親，幼輩應該敬愛長輩——他自小就受著這樣的教育，印象太深了，很難擺脫。況且有許多人告訴過他：全靠他底祖父當初赤手空拳造就了這一份家業，他們如今才得過著舒服的日子；飲水思源，他就不得不感激他底祖父。因此，他對於祖父便只是敬愛著，或者更恰當一點，只是敬畏著，雖然在他底腦裏，常常浮出不滿意祖父的行為的思想。」在新文本中，這段話被刪去，覺慧對祖父的敬愛被抹去，只剩下對祖父的不滿和憎恨。覺慧和祖父之間，可以視為新思想與封建舊思想之間的鬥爭，如果說之前兩者的鬥爭充滿了糾纏、複雜的話，那現在兩者的鬥爭性更加明確、更加突出了。巴金經常被人詬病反封建不徹底，而這方面的修改可以視作巴金對封建思想已經改變為持徹底反對態度。在原文本中，祖父去世前彌留之際，對自己有所反省，對自己的僵化固執給年輕人造成的苦難進行了反思，尤其對逃婚的覺民深感後悔，他說：「我錯了，我對不起他……你快去叫他回來罷，我想見他一面……你給我把他找回來，我決不會再為難他的……」，「祖父說到這裡用手拭了拭眼睛，忽然看見覺慧底眼淚正沿著面頰留著，便感動地說：『你哭了，你很好……不要哭，我底病馬上就會好的。……不要哭，年紀輕輕的人要常常高興，哭得多了，會傷害身體……你要好好地讀書，好好地做人……這樣就是我死了，我在九泉也會高興的。』」祖父的形象在這裡顯得很豐富很多義，他不僅僅只是舊家庭舊禮教的代表，也攜帶了傳統文化中家庭正面意義的內容。而在新文本中，這些都被刪去，祖父最終以冥頑不化的形象去世。在年輕人對祖父的態度方面，在祖父彌留之際，覺慧也顯示出理解和溫情的態度，「他覺得自己也要哭了，為了這意料不到的慈祥和親切，這是他從來不曾在祖父那裡得到過的。他忍住眼淚勉強答應了一個是字。」看到祖父的反省，覺慧興奮地對覺新說：「他現在承認他自己錯了」，「祖父現在變了，他悔悟了，這兩句話在新文本中被更改為：「他說馮家的親事暫時不提了」「爺爺說他現在明白了」。新文本中把祖父的「悔悟」抹去了，畢竟祖父作為舊家庭、舊禮教的代表，在新的意識形態要求下，應該是冥頑不化的、固執到底的，所以不能給他「悔悟」的機會。祖父形象的變化，也是巴金受不同階段思想影響下主動或被動修改造成的。

　　對於年輕人來說，他們最終在祖父彌留之際原諒了他，祖孫在生命存留、血緣親情這個更根本的層面達成了和解。覺慧被叫回來見祖父，「他想這許多

年來只有這一天，而且在那短時間內，他才找著一個祖父，一個喜歡他的祖父，而且他們兩個才開始走向著相互瞭解的路。這只是開始，只展示了一線希望，什麼事都還沒有做，可是又『太遲了』。」面對祖父的悔悟和彌留之際對子孫的親情，覺民還是充滿了感動，「事實上如果早一天，如果在還沒有給過他一線希望的時候，那麼這分別並不是什麼難堪的事，他決不會有什麼遺憾。然而如今在他底面前躺臥著那垂死的老人，他（祖父）在幾點鐘以前曾把他（祖父）底心剖示給他看過的，而且說過自己是怎樣錯誤的話」。在新文本中，覺慧、覺民對祖父的感動和原諒被刪去了，在以階級鬥爭為綱的年代，反封建的徹底性要求他們在任何情況下都不能妥協，都不能與舊禮教達成和解。

　　在原文本中，祖父去世前的最後一句話顯示出對生命的渴望：「路是很長的……我還要走很遠的路……那樣好的地方……我從來沒有看見過那樣好的地方，他們呢？……只有你們兩個？……你們聽見那音樂嗎？……那樣好聽的音樂……我要先去了。」祖父去世前還聽到了音樂，這無疑是巴金受西方文學思想的影響，讓一個中國老人的去世帶上了宗教般的浪漫色彩。而在新文本中，這些都被刪去，反而被修改成最終還是冥頑不化的固執老頭的句子，「他吃力地歎了一口氣，又慢慢地說：『要……揚名顯親啊。』」在新文本中，他臨死也還是舊家庭舊禮教的代表，之前所謂的「悔悟」分量被大大削弱了。

　　二、年輕人反抗的堅決性的加強。以覺慧參加學生遊行的描寫為例，原文本中覺慧的心態很複雜，既有一開始的衝動，又有後面的猶豫和一絲懷疑，原文本中覺慧跟著學生長時間地在都督府門前示威得不到回應時，有這樣的描寫：「他疑惑起來，他怎麼會在這個地方，這許多人又在做什麼」，「他甚至於想這是在做夢，那樣的事是沒有的。但他分明立在這裡，在這人群中，他又為了什麼事來的呢？雨點漸漸變大起來，沉重地落在他的頭上臉上身上，他似乎清醒了，他回味著今天一天的事。他想要是和他的民哥一道到琴底家去，這時候他便不會在這裡了，而且他底心會是很平靜的，連這次風潮也不會知道。他又想家裏的人一定疑惑不知道他到什麼地方去了，他和民哥分路時不是說要回家吃晚飯嗎？然而這時候鑼聲還從遠處送來，告訴他是二更時分了。」應該說，面對都督府的拒絕對話，加上長時間群情激奮得不到釋放不得不回歸冷靜，覺慧對自己頭腦發熱產生懷疑，這種複雜心情是可以理解的。但是，在1949年後新的意識形態影響下，這種自我懷疑很明顯會對削弱

覺慧反對軍閥的堅決性，會影響覺慧的正面形象，所以巴金予以刪除。相對應的是，巴金增加了對軍閥可惡的描寫，反襯出學生遊行示威的正當性，也更明確地對學生遊行示威定性為是「愛國行為」，新增加的有：「一排兵士端著槍在前面等候他們，那些鋒利的槍刺正對著他們的胸膛。兵士們都帶著嚴肅的表情沉默地望著這一大群學生。學生們興奮地嚷著要進去，兵士們不肯放下槍」，學生與兵士的對峙明顯更加激烈而且有一觸即發的感覺。在新文本中，巴金還增加了這樣一段：「兵打學生的事來得太突然了，雖然以前就有當局要對付學生的風傳，但是誰也想不到會出之於這種方式的。這太卑鄙了！『為什麼要這樣對付我們？難道愛國真是一種罪名？純潔、真誠的青年真是國家的禍害？』他不能相信。」在學生示威遊行時，來的人並不是很多，周圍的人也持旁觀的態度，「出乎意料之外的，他沒有見著一個同情的面龐」；學生的心情也很複雜，「同時一種莫名的恐懼又不時來侵襲他們」，在修改本中這些都予以刪去。

三、對覺醒的年輕人頹唐方面的刪減，尤其是對劍雲人物形象描寫的改變。在原文本中，劍雲是一個出身低微、內心自卑、對前途迷惘的年輕人，他企圖改變現狀，但又忍不住被舊的思想和事物拉住。他被高家人拉住打麻將，輸了一筆錢，他感到很後悔。在原文本中，他自我解釋是「我屢次說不再賭錢了，可是別人拉上我上場，我又不遲疑地去了。我自己真是沒有辦法」，在新文本中，「我又不遲疑地去了。我自己真是沒有辦法」變成了「我又不好意思拒絕」，參加賭博由主動行為便變成了被動行為了。在原文本中，覺民對他賭博是冷嘲熱諷，「不知道他是在嘲笑，抑或在惋惜」，「『也許人本來就是有賭博根性的罷』，覺民又一次掉過頭帶笑對劍雲說，人依舊不知道他是在嘲笑，抑或在表同情。覺慧聽了這話不由得對哥哥起了一剎那的不好的感情，他不知道是什麼東西鼓動著他底哥哥說這樣的話」。在新文本中，這些對劍雲嘲笑、憐憫的句子全部刪去，覺民、覺慧對他只剩下同情。

四、對底層下人的正面化描寫。在春節期間，高家邀請了玩龍燈的人到家裏，高家僕人拿著花炮對玩龍燈的人噴射，火花噴射在赤裸的身上，「有的馬上落下地來，有的卻貼在人身上燒，把那幾個人燒得大聲叫」。這種行為是很殘忍的，然而，在原文本中，作者對玩龍燈的人並非是完全的同情，而是帶著一種複雜的態度，「他們覺得疼痛，便大叫起來，為的是可以不去想到痛」，他們還高聲喊有花炮儘管拿出來，「這樣子，有著江湖氣質，而且憧憬著好漢

底名譽的他們在痛楚中找到了暫時的滿足」。在新的意識形態規範下，工人農民是不能詆毀的，對底層人民應該是同情的，所以在修訂本中，巴金把這些予以刪除。甚至對高家因染上鴉片煙癮偷盜字畫被逐出家門的僕人高升，巴金也進行了修改。原文本中，他是對失去的曾經優渥的生活充滿悔恨的，在新年之際他流浪到舊主人家門口，「心裏酸痛著，他流下了不會被人看見的不值錢的眼淚，悔恨又來猛烈地襲擊他底心了」，「孤寂，一種從來沒有感到過的孤寂開始在蠶食他底心。『夢呵，原來是一場夢呵』，他用他底枯澀的聲音自語著，一面拭了拭潤濕的眼睛」，對於乞討來的錢，「他只是無目的地走著，並不打算怎樣去花費手裏的錢，而且甚至忘卻了這一筆錢」，在新文本中，這些對其表示憐憫的話全部刪去，他的形象變得與高家更加決絕，不再追求高家的憐憫。高升見到覺民兄弟倆從門口出來，原來有「在心裏說了善意的話祝福他們」，這句也被刪去，高升對高家的對立就更加明確了。

五、對涉及性方面描寫的簡化，對有可能引發性方面聯想的文字進行了大量修改。如寫覺新婚後「陶醉在一個少女的愛情裏」，原為「陶醉在一個少女的溫柔的撫愛裏」。在寫到連長夫人帶著士兵想霸佔高家住宅時，原有對她的描寫的文字，如「富於肉感」，「從她底服裝和舉動來看，誰也知道她是一個輕佻的土娼」，「那女人走進轎子時還向他們投了一瞥淫媚的眼光」。學生倩如在給琴寫的信中，曾有「你便自願地拋棄了你所愛的人去給人家做發洩獸欲的工具嗎」，把無愛的結婚稱之為「變相的賣淫」；巴金寫到女學生時也有「用她們的肉體滿足野獸底獸欲」，這些都刪去了。寫到鳴鳳要被嫁給馮老太爺時，原有「她所寶貴的貞操」，被改成「自己的身體」，也刪去了「自己只給人家做了發洩獸欲的機器」。

六、對三角戀關係的弱化。覺新夫婦的愛情更加美好，刪去了梅表姐與瑞珏的大段交心的對話。如瑞珏說向梅表姐說的很多交心話在修訂時都刪去了，如「我是不能夠幫你的，我早不知道……現在已經遲了……我不該橫在你們兩個的中間」，「我們兩個人如今都只得了一半，都不曾得著整個的」，「我也是很愛他的，我愛他比過愛我底性命，他就是我的性命，我不能夠失去他……然而他的心已經被你分一半去了……不，不僅是一半，在他底心裏，你占著更好的地位……他愛你甚於愛我……我固然得到了他的身體，但這有什麼用呢？他底心已經被你分去了一半了，不只是一半，而且最好的地位已經被你占去了……梅，你知道我們女人需要的是男子底全部的愛，這是不能

夠被人分割去的」。刪減之後，瑞珏的感情更加隱忍，覺新與她和梅表姐之間的三角戀關係被弱化了。

這些修改，是巴金按照新的國家意識形態的要求主動進行的。修改後的文本，去除了無政府主義的內容，政治觀點上更加純潔；對以祖父為代表的上一輩人物，原本的脈脈溫情已經全部刪除，只剩下階級鬥爭觀點下的敵對態度；對年輕人豐富複雜的愛情世界，刪減得只剩下枝節。修改後的《家》，已經非常鮮明地成為反封建、反抗舊家庭舊制度，追求新生、追求革命的動員式作品。

二、關於《家》的一封讀者來信

1953 年，巴金的《家》由人民文學出版社出版。在這個版本中，巴金已經做了大量的修改。但即使是做了如此多的修改，仍然有讀者有意見。1953 年 11 月，人民文學出版社收到一封讀者來信，反映《家》中存在的「缺點和錯誤」。人民文學出版社對這封讀者來信可謂高度重視，在一封草擬的回信底稿上留下了編輯周延、副總編輯王任叔和社長馮雪峰三個人的筆跡。

這個讀者名叫胡洛，通訊處是「湖南邵陽市田家灣某部輪訓所」，信中他稱自己「現年二十一歲，初中畢業，參加革命近四年」。在信中，他首先肯定了作品的價值，「這部小說無疑是一部有價值的小說。它描繪了封建地主的家庭的黑暗和腐朽的現象，描繪了他們荒淫無恥的生活情形。描寫了這個家庭的年青的一代所受到的它的封建意識和陳腐傳統毒害折磨的情形。讀了這部小說，我們更愛我們的人民的革命事業，愛我們祖國的新制度，感到生活在毛澤東時代的光榮和幸福」。這個讀者顯然是有一定文化水平的，而且對當時從階級鬥爭角度評論文學作品的思路是非常熟悉的。也正是因為有這樣的思路，他才會對作品提出諸多問題，認為「這部小說無論思想性或者藝術性上都有著許多缺點和錯誤」。他的意見是對作品描寫的祖父不滿，對覺慧的父親、母親、繼母的描寫不滿，對覺慧的描寫不滿。對於作品中的祖父形象，認為沒有「深刻地刻畫出他的猙獰可怕面目」，他本應是巴金安排的「封建勢力的代表」，應該給予「無情的抨擊」，他認為「書中雖然寫了他阻撓覺慧參加革命行動的事實，寫了他的荒淫的生活，寫了他破壞年青人幸福的行為等等，但都不夠有力，相反在許多地方還對他表同情，甚至加以稱讚。覺慧見了他，總是懷著敬畏的心情，流露出一些偏愛的情形（雖然覺慧說了很多詛咒他的

話），甚至還讚揚他是『從貧困中苦學出來，得了功名……赤手空拳造就了一份大家業』的英雄。在他臨死前他是『完全明白了的，他對被他束縛的年青一代說『我錯了，我對不起他』。看來，他當真是『不見得就是不怎麼不親切的人』哩！」從小說中來看，巴金對這個祖父形象的描寫確實存在矛盾，但正因為這種矛盾才讓文本充滿豐富性和複雜性，而且更符合歷史的真實，正像巴金在作品借覺慧的口所說：「他知道不僅祖父是矛盾的，不僅大哥是矛盾的，現在連他自己也是矛盾的了。」〔註39〕如果把祖父真的寫成是「封建勢力的代表」，寫成與年輕人之間劍拔弩張、勢不兩立的對立，那《家》就會變成當時那個年代的流行的以階級鬥爭為主線的作品，就完全成為另一個作品了。

　　這位讀者認為《家》的第二個缺點是，「寫覺慧的父親、母親、繼母周太太等等人，說他們都是一些『好人』」。「覺慧家雖有這麼一份大家業（無疑是剝削來的勞動人民的血汗），但他父親卻是『在外面作官多年，積蓄卻並不多，總算還廉潔』的人。總之，作者總是一再宣稱（通過書中人的嘴），他憎恨這垂死的制度、這家庭，但是這制度卻是一種不可捉摸的東西」。客觀地說，在《家》中，巴金對這幾個人物是當作思想雖舊但內心善良的人來寫的，是處在新舊更替之時已經無法改變觀念的人物，但對他們卻恨不起來，他們內心畢竟是善良的，但也正因為這種善良才對覺新一代帶來阻礙，讓年青一代無法輕鬆地擺脫傳統的負擔。巴金準確地捕捉到這個現象，這正是巴金寫作的過人之處。然而，從當時強調階級鬥爭和絕對的二元對立精神來看，這無疑是力度不夠大的，因為對傳統、對舊東西的態度不夠決絕。

　　這位讀者對年輕一代覺慧的描寫也認為是缺點：「書裏是重要主人公、光明的代表者覺慧，也寫得很模糊，他發展、前進的線索很不明確。而且，以未來的命運完全寄託在他的身上，把婢女、下人們（被壓迫者）的解放事業完全寄託在他這類人的身上，只是一種幻想，也是一種錯誤。」

　　這個讀者甚至拉丁玲來做「後盾」：「總之，這部小說存在著許多問題和錯誤。這一點是毋容置疑的，丁玲同志很久以前便附帶地提到了這一點。」在這個讀者看來，「你們出版這部書，你們有責任使讀者正確地欣賞這部書」，這透露出當時無論是主管部門還是普通讀者，對出版社都是作為輿論把關者

〔註39〕巴金：《家》，人民文學出版社，1981年9月第3版，2016年第17次印刷，
　　　　第57頁。

來要求的。出版社可以不同意作者的觀點，而一旦把作者的著作出版成書，就必須對作品進行判斷，觀點錯誤的是無法進入出版環節的，觀點存在偏差的出版社只好通過前言、後記、出版說明、譯者前言等方式予以說明。對於人民文學出版社出版的中國現代作家叢書而言，對於當時仍然在世的作家，一般是要求作家本人來寫的，這樣既尊重了作者意見，又避免了出版社表態與作者之間的矛盾；對於已經過世的作家，出版社才會自己撰寫或邀請其他專家撰寫。在世作家自己撰寫的前言後記，一般都會對自己之前作品存在的問題進行反省，提請讀者注意，並會強調作品對當下的意義所在。巴金在《家》1953 年版《後記》中做了兩方面的反省，他寫道：「像這樣的作品當然有許多缺點：不論在當時看，在今天看，缺點都是很多的。不過今天看起來缺點更多而且更明顯罷了。它跟我的其他的作品一樣，缺少冷靜的思考和周密的構思。」這是從作品藝術結構方面做的反思。同時，巴金也指出，「我寫《家》的時候，我說過：『我不是一個說教者，所以我不能明確地指出一條路來，但是讀者自己可以在裏面去找它。』事實上我本可以更明確地給年輕的讀者指出一條路，我也有責任這樣做。然而我當時還年輕、幼稚，而且我太重視個人的愛憎了。」這是針對《家》沒有指明正確道路而做的自我批評。然而，這兩方面的反省併未觸及這位讀者來信反映的問題，讀者並不滿意，認為這只是「輕描淡寫地提到它有缺點，實際上還在表彰這部書」。這位讀者建議出版社應該寫一篇評述文章，詳細分析作品的價值和缺點，「這樣，年青的讀者便可正確地去欣賞它了」。其實，讀者的這條建議，正是出版社在事實中也如此嘗試的。但對於當時仍然在世的作家，對其作品很難做到準確、符合各方標準的評價。

　　人民文學出版社的回信耐人尋味，從目前看到的留下諸多修改筆跡的底稿來看，不同的人增補的內容從某個側面反映出他們的真實想法。馮雪峰加的一段話如下：「不過，我們現在看解放以前的作品，還應該和當時的社會情況聯繫起來看，用現在我們的眼光去要求就會覺得缺點更多了。」這也正是馮雪峰在面對「五四」新文學作品出版時的態度，他從整體上是尊重當時的外在環境的，所以即使對一些作品有意見有不同看法，但仍然儘量客觀地保存了它們的原貌。在回信中，出版社同意應該對作品進行全面評述的做法，但王任叔在後面加了幾句：「不過，我們現在還沒有力量這樣做，個別的文章在報刊上先發表，是首先應該做到的。這就有賴於熱心愛護我社出版物的同

志來寫稿了。你也可以來試寫寫的。」後來，無論是主管部門還是出版社內部，都鼓勵加強書評工作，書評在某種程度上起到的正是正確引導的作用。

在草擬的回信中，編輯周延對這位讀者的觀點進行回應：「（1）對覺慧的父親、繼母等人的看法，這些沒有問題都是封建社會的維護者，不過不像陳姨太和王太太那麼尖刻，那麼壞，作者從這一點上說他們是好人，還是可以的。另外覺慧的父親，同一些贓官比較還算廉潔，舊社會是有這樣的清官，不過是極少數吧了；（2）對婢女的幻想的意見。覺慧和鳴鳳的關係，不是一般少爺和婢女的關係。」鳴鳳是善良的女孩，幻想與覺慧在一起，能有個幸福的歸宿，覺慧對她是平等的，並且很愛她，「在這種情形下，她把幸福寄託在覺慧的身上，還是自然的」。這其實代表了編輯對作品的看法，對於作品中這些複雜矛盾的人物，編輯還是保持了清醒的頭腦，並未全盤否定。然而，這些針對具體問題的回應被紅筆刪去，主要原因可能是出版社不願意陷入具體問題的討論和紛爭之中。

在這個讀者來信事件中，出版社謹慎的處理顯示出其內在的緊張，它擔心讀者的解讀偏離「政治正確」的航線，而「政治正確」正是出版社要求作者修改後達到的目標。面對讀者的質疑，出版社小心翼翼地一一加以回應，希望讀者能夠「正確地去欣賞它」，並強調要通過書評等形式引導讀者來理解作品。由此可見，對作品解讀層面的引導也是國家意識形態建構的重要工作。

三、《李大海》的出版

巴金是少數在1949年後從事大量創作的現代文學作家，但這些新創作很難稱得上成功之作。巴金的創作為何會出現水平下滑的現象？本文希望通過對他作品《李大海》的出版來做一分析。

巴金曾到朝鮮戰場採訪，回來後寫了很多作品，包括《李大海》《生活在英雄們中間》等。涉及軍隊作品的出版時，還要經過下屬解放軍總政治部的解放軍文藝叢書編輯部審讀書稿。而且是由人民文學出版社的編輯先把審稿過程中出現的問題一一標注，與它們進行商洽，問題解決之後才進行最後出版。巴金的作品《生活在英雄們中間》，在人民文學出版社納入「解放軍文藝叢書」出版時，就經過解放軍總政治部的審讀。

巴金的短篇小說集《李大海》〔註40〕，主要是以抗美援朝戰場上的英雄

〔註40〕巴金：《李大海》，人民文學出版社，1961年12月第1版。

人物為原型而寫。1952 年 3 月到 10 月，1953 年 7 月到 12 月，巴金分別兩次奔赴朝鮮戰場，對戰場中的戰士進行採訪，留下了《我們會見了彭德懷司令員》等一批作品。而短篇小說集《李大海》則寫於 1960 年到 1961 年，此時的巴金距離他離開朝鮮戰場已經有七八年時間。巴金在代序《朝鮮的夢》中說，「我在朝鮮住的時間並不長。然而我帶回來的友情卻是無窮無盡的」，對於這部小說集，巴金在《後記》中說：「從去年八月到今年八月這一年中間，我寫了七個短篇，都是與中國人民志願軍有關的，或者更可以說，都是懷念我所敬愛的英雄朋友的文章⋯⋯我多麼想繪出他們的崇高的精神面貌，寫盡我的尊敬和熱愛的感情。」這七篇作品曾先後在《人民文學》《上海文學》《四川文學》《解放軍文藝》等刊物上發表，書中收入的小說《團圓》後被改編成電影《英雄兒女》，影響很大。

　　然而，這七篇作品的藝術水準卻顯得參差不齊，有很多為了突出志願軍戰士的高尚品格、不怕犧牲的精神，刻意拔高、脫離真實的傾向。編輯在審稿過程中，堅持的標準不僅僅是政治標準，把政治標準放第一的前提下，也需要對作品的藝術性進行審定。在當時條件下，在藝術標準方面考慮比較多、敢於提出問題的編輯是值得尊敬的，至少他沒有只從政治標準角度進行衡量。由於特殊的時代原因，從圖書出版後的形態上，我們是很難體會編輯內心真實意見和想法的，而保留下來的審稿意見，則為我們留下了編輯的真實想法，也為時代留下了真實的思想記錄。雖然這些審稿意見，只是作為出版社的內部文件進行保存，並非讀者所能看到，但它們的存在，讓我們感受到圖書出版背後的複雜性。在對外公開的「一體化」文學表象之下，還存在著一股潛流，這股潛流從未中斷過。

　　在編輯朱叔和的初審意見中，對作家的寫作態度和作品的內容給予了肯定，他這樣寫道：「巴金同志懷著對書中主人公的極端尊敬的心情寫下這些作品。他的這種異乎尋常的深摯的敬愛之意可以在這些短篇的字裏行間處處找到。這是作家對激勵自己的人物及其事蹟經過一番認真探索、深思熟慮以後才寫出的作品」，「他在這七個短篇中所描寫的都是戰場上的英雄，都是無產階級的英雄主義的戰士，都是具有共產主義風格的捨己為人、保衛祖國的赤膽忠心的戰士，但是，在這個階級共性之下，在規定的共同的環境之下（朝鮮戰場），他們都各自有著鮮明的特性，他們都按照各自對生活的理解、認識而行動，他們都有自己的理想。」巴金的作品一向是以情感豐富著稱，他個

人的思想、觀念往往都會在作品中體現。到這部小說集也不例外，但此時的情感更多的是國家、集體的情感，或者說是經由個人拔高了的集體情感，而非純粹出自個人的情感。編輯在審稿意見中也指出了這一點：「因為這些短篇是巴金同志對生活作了認真的探索、找到了屬於他自己的結論以後才寫下的作品，因此，在這些作品中，包含著作家自己對生活的理解和理想，也許可以這樣說吧，這些作品提出了一些生活上的哲理。」其實，這所謂「哲理」就是當時主流意識形態宣揚的犧牲小我成就大我在具體事件中的反映。當然，這種做法在當時作家身上表現得很普遍。這些集體情感不能說不真實，但如果脫離了具體環境，變成完全是集體情感沒有一絲私人情感的話，就距離真實越來越遠，反而變得不可信了。但是，當時作家的做法都是把英雄人物當作「完人」來塑造的，英雄身上不能容納一絲一毫的缺點，否則就會被當作「玷污」英雄。在這種情況下，作家們只能在寫作的歧路上越走越遠，在這種模式控制下的故事也離真實越來越遠。

編輯朱叔和就對其中兩篇作品提出言辭激烈的批評，他最不滿意的就是《回家》，他指出：「《回家》這個短篇，無論從思想性還是藝術性上來講，都較差，放在這個集子裏有些不相稱。從這個短篇本身來講，它還很不成熟，從風格上看，它的調子上還沒完，人物性格也還沒有統一，從整個集子來講，這個短篇同其他幾個短篇的調子也不協調，同其他幾個短篇比較起來，它的落差較大，主要人物形象站不起來、概念化。」他甚至提出，「如果可能，最好抽掉，換上別的」。此外，他對《飛吧，英雄的小嘎斯》也不滿意，認為是「寫的較差的一篇，故事繁瑣，感情上很造作，人物形象不鮮明、不生動」，但跟《回家》相比，「勉強放在這個集子裏，也還可以，但不無遺憾」。

《回家》寫的是兩個負傷的志願軍戰士，堅持爬回陣地，還俘虜了一個美國兵的故事。朱叔和另附了一篇《回家》的審稿意見，詳細分析了它的種種不足，提出「作品給人的印象是不真實」，「正因為這個缺點，它反而不能象生活本身那樣感動人、教育人」。具體而言，「第一段把困難強調得過了頭，第二段（在三人一同爬回的途程中）又寫的一點困難也沒有。兩個傷員身上的痛苦一下子好像全都消失了」。從寫作的調性來說，「第一段是低沉的、悲憤的，音調是沉默的、堅定的；第二段卻一變而為輕鬆的、滑稽的，音調是一種喜劇中的滑稽演員的誇張的、逗人笑的詼諧的調子」。對於負傷的戰士俘虜美國兵的關鍵情節，巴金雖然強調這個美國兵喝醉了酒才導致被俘虜，但

編輯指出這是不真實的，「即使是美國兵，在陣地上喝酒也是不允許的」。編輯認為這個作品沒有寫好，「出現在巴金的集子裏就很覺得遺憾，它和巴金已經達到的水平是不相稱的」。

負責複審的王仰晨寫道：「初審提出的個別篇在藝術結構等方面的一些不足，有的地方我也有同感。」但他的重心是強調巴金在政治思想上的努力，「透過這個集子中的一些文章，可以充分看出作者在追求政治思想上的進步中所作的努力和已取得的成就，而這是可貴的」。所以，他並未同意初審的意見，並未抽去《回家》，仍然保留了原有篇目。最終出版的書，是按照王仰晨意見處理的。從這裡也可以看出，對於同一部書稿，在出版社內部的意見並非完全一致的。

從藝術角度來看，巴金的這部小說集並非上乘之作。像巴金一樣，很多在文學史上留下印記的中國現代文學作家，即使是曾創作出優秀之作的作家，新創作的作品都出現了藝術水平下降的現象，這也是當時環境中當代作家無法避免的宿命。在衡量作品的政治標準和藝術標準之間，政治標準是佔據上風的，即使藝術上有瑕疵，但只要政治正確也是可以被接受的，因為它對國家意識形態的建構起到的是積極作用。

第五節　老舍《駱駝祥子》的修改

在抗日戰爭期間，老舍就積極參加抗戰文學運動。新中國成立後，老舍從國外回到國內，陸續寫下《龍鬚溝》《方珍珠》等作品，榮獲了「人民藝術家」的稱號。但是，在 1949 年之後的主流話語中，老舍屬於出身小市民階層的進步作家，自幼受過苦，所以要「反抗那壓迫人的個人與國家」。但是，在主流話語看來，老舍也正因為出身小市民階層，所以「往往以小市民趣味的滑稽幽默態度出之」，削弱了「反抗」的力量。針對他的具體作品《駱駝祥子》，有論者認為「在他解放以前的所有創作中無論是思想上或是藝術上都是比較好的一部」，但問題在於「沒有給受壓迫者以光明的希望」。他的《貓城記》，更是被認為「既諷刺了軍閥政客和統治者，也諷刺了進步人物的有錯誤的作品」。〔註41〕

然而，對於《駱駝祥子》這部老舍的代表作能否出版，人民文學出版社

〔註41〕丁易：《中國現代文學史略》，作家出版社，1957 年 7 月第 1 版，第 272 頁。

內部爆發了一場激烈的爭論。支持出版的是第一編輯室主任方白，反對者以時任副社長王任叔為主，之後馮雪峰、樓適夷都參與了意見。這個爭論牽扯了如此多的人和如此多的意見，在當時應該是很罕見的。長久以來，這些爭論並不為人所知。但我們詳細閱讀《駱駝祥子》的書稿檔案後，才真切瞭解當時爭論的激烈，也才真切瞭解出版社與作者老舍的溝通過程，這些呈現出了1955年版《駱駝祥子》〔註42〕出版的真實歷程。

1952年12月，第一編輯室主任方白就提出希望出版《駱駝祥子》，可以讓老舍做詳細修改。但這一提議並未得到支持。時任副社長王任叔得知此事，當即給社長馮雪峰寫了一封信，表示反對出版。經過兩年多時間，1954年方白再次提出此事。1954年7月5日，方白提交了《駱駝祥子》審稿意見。7月7日，王任叔看到審稿意見後反應很激烈，他再次提出不同意出版《駱駝祥子》，即使是老舍同意修改也不行，他因此與方白發生了嚴重的意見分歧。王任叔在方白的審稿意見上寫下了大段不同意出版的理由。僅僅過了一天，方白於7月8日再次寫了一大段他可以出版的理由，可見其反應之激烈。見到方白文字後，王任叔於7月12日全面寫了自己意見，並批示「交一編室方白、牛汀、周延、陶建基四同志討論」。7月15日，方白、牛汀等四人討論後提出討論結果。最後，經過馮雪峰、樓適夷、王任叔等人商量，決定還是出版，但要求老舍必須做詳細的修改。

查閱他們認真撰寫的審稿意見，可以看出他們的分歧主要集中在如下幾個方面：

一、老舍的創作思想和《駱駝祥子》的思想傾向問題。在方白看來，「它雖然沒有指出勞動人民奮鬥的方向，但已顯明地否定了單純地依靠個人力量在重重迫害下的孤軍作戰的道路，也否定了所謂要強、上進的個人主義打算。在內容方面，它暴露了舊社會的黑暗，以及屬於市民階層中個人勞動者在這黑暗中掙扎與被吞沒的悲劇」；「老舍的初期作品缺點很多，但作者並沒有向更壞的方面發展，在逐漸克服其無聊的幽默與玩世不恭態度，逐漸加強其對勞動人民的同情的過程中，這部長篇可認為作者在一九四九年前的全部作品中的最高成就。」

王任叔認為老舍的「創作思想有濃厚的小市民的頹廢思想」，老舍「沒有自己的道路，連駱駝祥子——一個勞動人民也完全給以否定的」。他在給馮雪

〔註42〕老舍：《駱駝祥子》，人民文學出版社，1955年1月第1版。

峰的信中提出，老舍「是以小市民的『悲天憫人』的精神來描寫城市貧民而博得讀者的歡迎的」，「這種『悲天憫人』的精神，或使人消失了是非觀點，或使人消失鬥志」。

二、祥子的描寫問題。王任叔認為，老舍並沒有把祥子這個人物寫好，「寫一個勞動人民，一味隨著社會黑暗勢力，往下墮落，一點沒有振作和掙扎的勇氣，這是歪曲勞動人民形象的」。而在方白看來，老舍本人出身市民階層，熟悉小市民，所以他就寫「小市民中個人勞動者」，祥子「不是產業工人，也不是農民隊伍中的一份子，很難走上集體行動的道路也是自然的」。他們關於祥子形象的意見，最終向老舍提出修改意見，重點是對祥子最後墮落的結局進行刪改。把最後一章半內容作了刪除，方白在給老舍的信中要求：「自 290頁 12 行起，至結尾，把祥子寫的墮落不堪，看了令人不舒服，不如刪去。其實寫到本頁十一行，也能結束了。」——老舍最終是按照出版社的要求，刪去了祥子最終墮落的結尾。這等於是刪去了一章半的內容，也認為「中止」了祥子的墮落，讓祥子成為一個正面形象，這也有利於對工農形象的塑造。

三、對舊社會的批判和對社會主義思想的態度問題。在《駱駝祥子》裏，老舍對曹先生和阮明的描寫並非是正面的，從中這很容易讓人看出老舍本人對社會主義思想的理解和評價。他寫到曹先生時，並不認為他是一個社會主義者，但因為思想激烈，而被考試沒有及格的學生舉報「在青年中宣傳過激的思想」，老舍對曹先生的描寫帶了一些諷刺，「他知道自己的那點社會主義是怎樣的不徹底，也曉得自己那點傳統的美術愛好是怎樣的妨礙著激烈的行動。可笑，居然落了革命的導師的稱號！」「寒假是蕭清學校的好機會，偵探們開始忙著調查與逮捕。曹先生已有好幾次覺得身後有人跟著。身後的人影使他由嬉笑改為嚴肅。他須想一想了：為造聲譽，這是個好機會；下幾天獄比放個炸彈省事，穩當，而有同樣的價值。下獄是作要人的一個資格。可是，他不肯。他不肯將計就計的為自己造成虛假的聲譽。憑著良心，他恨自己不能成個戰士；憑著良心，他也不肯作冒牌的戰士。」顯然，老舍稱「下獄」是當作「要人」資格，這對當時的左翼人士是帶了諷刺的。對阮明的描寫也是如此，他是曹先生的學生，但忙於「革命」事業，平日與曹先生交往是密切的，但曹先生沒有讓他及格，他就把曹先生舉報了。老舍對阮明的描寫，也是極盡諷刺之能事，「在阮明看呢，在這種破亂的世界裏，一個有志的青年應當作些革命的事業，功課好壞可以暫且不管」，「亂世的志士往往有些無賴，

歷史上有不少這樣可原諒的例子」，寫阮明既然被退學，就要拉個教員陪綁，而且「若是能由這回事而打入一個新團體去，也總比沒事可作強一些」。阮明在做了革命者的「官」後，「頗享受了一些他以前看作應該打倒的事」，「他穿上華美的洋服，去嫖，去賭，甚至於吸上口鴉片」；而且寫他做革命者是「受了津貼」的。阮明後來參加了組織洋車夫工作，與落魄後的祥子結識，祥子為了得到金錢並且可以像阮明那樣享受，於是把阮明給出賣了。

王任叔在抗戰期間第一次讀《駱駝祥子》時就對此留下了深刻印象。他在給馮雪峰寫的信中寫道，「記得書中還有一段，寫革命者（指一九二七年）搞工人運動就是用金錢收買，那時，我看了頗為生氣。」他據此認為，老舍對「中國革命初期的社會主義思想，也對之抱否定態度的，他一方面鞭打舊社會惡勢力（可是並沒擊中要害），另一方面也譏笑新生的、和舊社會相對抗的思想和勢力」。即使他看到了刪節本，他個人意見仍然是反對的，「現在的版本，似乎都刪去了。但也可以看出當時老舍對革命的態度」。

方白在審稿意見中提到，他跟老舍溝通修改《駱駝祥子》，老舍是以 1951 年出版的改訂本《駱駝祥子》為底本又加以修改的。老舍親自將稿子交來，並當面說明他修改的兩個重點：第一是「把祥子被阮明收買，而又出賣阮明的一段刪去，同時，在 143 頁也刪了些不適當的說明。對曹教授的社會主義，給加上引號，表示這個人物並不是真正的社會主義者，因為他當初寫的時候，並沒有寫他影射任何真正的社會主義者」，第二處修改是「把某些關於女人的議論刪去，讓這文字更乾淨些」。老舍還向方白提出，如果出版社還有修改意見，「他願意考慮」。

出版社收到修改稿後，1954 年 8 月 31 日，出版社再次向老舍提出需要對曹先生、阮明的形象進行修改。「143 頁 3 行～145 頁倒二行，這裡敘曹先生被迫害的緣由，是由作者交代的。在祥子始終說不清，也與全書以祥子親見親聞親身經歷的為主的寫法不大調和。且牽涉到革命青年如何如何，問題也多，不如刪去。」除此之外，「277 頁 10～11 行。前面刪去交代阮明的事，此處也可不提，或稍改幾句，不提阮明，只說有人說他宣傳社會主義，不過是誤會等等亦可」。──根據出版社的意見，老舍最終把對社會主義思想的諷刺全部刪掉，對曹先生並不徹底的革命思想的諷刺也全部刪掉。而且，老舍最初只把祥子出賣阮明的地方刪去並沒有讓編輯滿意，於是他再次把阮明的地方全部刪除，包括他舉報曹先生的部分；最後祥子出賣他，他最終被處死的

段落全部刪除。做了這樣的刪除之後，阮明這個人物從《駱駝祥子》裏已經徹底消失。刪除之後的文本，政治態度明顯溫和很多，至少沒有了對社會主義思想的譏刺。

四、《駱駝祥子》的文學史地位問題。方白看來，《駱駝祥子》暴露了舊社會的黑暗，「其意義與巴金的《家》、曹禺的《雷雨》正相似，藝術價值也較之並不遜色」，在第二次審稿意見中他再次強調，「在我黨作家中，他的地位並不低於巴金、曹禺，在統戰工作這一角度上看，黨對他是很重視的」；而且對於老舍而言，方白認為這是老舍 1949 年前創作的最高成就，「作者善於運用口語，在文學語言的創造上是有相當貢獻的。這是他的作品在同時期的其他作品中最為顯著的特色，這部長篇也表現了這一特色，而有更為成熟的表現」。在王任叔給馮雪峰的信中寫道，「《駱駝祥子》在抗戰時我看過。……我那時就覺得他歪曲了中國工人或者貧民的本質的精神。困頓於生活的苦軛下，隨著黑暗的狂流一起墮落下去，連阿 Q 式的反抗也沒有。我是不大滿意這一為廣大讀者歡迎的暢銷書的」，「在啟發青年向上與鬥爭說老舍不如巴金」。在審稿意見中，方白將《駱駝祥子》與巴金的《家》、曹禺的《雷雨》相提並論的問題，王任叔並不認同，他認為「《家》與《雷雨》對舊社會的抗議和控訴是有力的，巴金鼓勵青年追求光明的熱情是高的，《雷雨》就是像周繁漪那樣人物，也表現出對舊社會的掙扎，而『駱駝祥子』這個與世沉浮的人物，卻是很少有這種東西」。王任叔同時指出《駱駝祥子》的藝術缺陷，「老舍的語言熟練，完全應該肯定，可是也因為老舍有這個優點，在寫人物時，很少用描寫和刻畫的方法，更多用說明和敘述的方法。顯然，後一種方法，對人物形象性的塑造是有欠缺的。」

以「人民文學出版社」還是「作家出版社」名義出版的問題。王任叔一開始是反對出版《駱駝祥子》，但鑒於方白已向老舍約稿，所以他與副總編輯樓適夷商量，如果要出就用作家出版社名義，「使它在讀者群眾中去受考驗」。同時他建議，如果這種做法引起老舍不滿的話，那就以人民文學出版社名義出版老舍的短篇小說選。而編輯方白則堅持要用人民文學出版社名義來出版。面對王任叔的強烈反對，在出版社內部經歷了艱難的內部爭論之後，《駱駝祥子》能夠最終出版，而且用人民文學出版社名義出版，不得不說是一個「奇蹟」。這一方面要得益於當時相對寬鬆的政治環境，另一方面也得益於老舍的政治地位和社會影響。方白在審稿意見專門提到，「作者政治傾向還是好的，

從抗日的開始，作者逐漸向進步力量靠近，堅持以職業作家生活下來，並在新中國成立後欣然回國，熱心創作，不計一切，其一貫的正派作風與努力勞動，都是值得肯定的」。對於這一點，也是王任叔不得不考慮的因素。

除了上述地方做了重要修改之外，老舍還對很多其他地方進行修改，如刪去涉及性方面的描寫。祥子與虎妞第一次苟合時的文字，刪去了整整一段。此外，祥子對夏太太的性幻想白麵口袋的描寫也予以刪去。同時，刪去小福子被蹂躪部分的描寫。在初版本中，老舍在涉性方面的描寫很多，而且在他看來，過度的性生活讓車夫身體虛弱甚至垮掉，祥子的垮掉與虎妞的勾引和過度的性慾是有一定關係的。在新的話語規範下，這樣的理解對底層人民顯然是不合適的。這方面的處理，讓整個文本變得「潔淨」，「這種潔化的修改同 50、60 年代其他作家的作品修改一樣是屈從於新的歷史語境的壓力，也共同助成了新中國文學的潔化敘事規範的建立」。〔註43〕

在修訂版《後記》中，老舍對自己未能給勞動人民找到出路表示「非常慚愧」，他寫道，在今天「廣大的勞動人民已都翻了身，連我這樣的人也明白了一點革命的道理，真不能不感激中國共產黨與偉大的毛主席啊！在今天重印此書，恐怕只有這麼一點意義：不忘舊社會的陰森可怕，才更能感到今日的幸福光明的可貴，大家應誓死不許反革命復辟，一齊以最大的決心保衛革命的勝利！」這也道出了《駱駝祥子》修改後出版的意圖，它已被納入意識形態規範要求的功用之中。

第六節　葉聖陶《倪煥之》的修改

葉聖陶的長篇小說《倪煥之》是中國現代文學史上第一部相對成熟的長篇小說，但它在五十年代的出版也經歷了重要的修改。1985 年 5 月，葉聖陶在文集序言中提到：「《倪煥之》原有三十章。1953 年人民文學出版社準備把它重印，有幾位朋友向我建議，原來的第二十章和第二十四章到末了兒的七章不妨刪去。我接受了他們的建議，因此，1953 年的版本只有二十二章。」〔註44〕是什麼朋友向他建議做了如此重大的刪改？他又為何會接受？根據《倪煥

〔註43〕 金宏宇：《中國現代長篇小說名著版本校評》，人民文學出版社，2004 年 5 月第 1 版，第 161 頁。

〔註44〕 葉聖陶：《〈葉聖陶文集〉第三卷前記》，見《葉聖陶研究資料》，北京十月文藝出版社，1988 年 6 月第 1 版，第 264 頁。

之》發稿檔案中所收材料，原來刪改是人民文學出版社的編輯建議的。

　　1953 年，對於出版《倪煥之》，在出版社看來是應該出版的，出版社充分肯定了它的文學價值，「『五四』時代產生的好的長篇不多，這一部應當給予重版的機會」。然而，出版社並不是原封不動地按照初版本出版，而是希望作者對稿件作出修改。在出版社給葉聖陶寫的信中，提到希望他主要進行修改之處：「根據先生所同意的刪去正文以外的序、記，正文刪去第二十、第二十四──三十章」；「改正語意不夠明確的詞句」；「改正文法上不夠嚴密的詞句」；「改動內容上略有問題的詞句」；「文言成分不改，方言成分盡可能不改」；並提到「以上這樣改動的結果，深恐有不少未臻妥善甚至過於魯莽的地方，擬請先生過目，加以最後的去取。」〔註45〕1953 年 9 月，《倪煥之》正式出版，但經過了大量刪削〔註 46〕。由此可以看出，刪去如此多的部分是經過葉聖陶本人同意的，對正文文詞的修改多是出版社編輯所為，但都經過葉聖陶本人的取捨。可以說，這次修改是編輯和作者共同合作的結果。

　　然而，為何刪去如此多的內容，在信中並未提及原因。而刪改的真正原因，真實地記錄在了編輯方白的審稿意見之中。

　　在編輯方白看來，《倪煥之》是半部佳作，「這部小說的長處，是作者用了十分嚴肅的態度，企圖通過倪煥之這個人物，寫出『五四』到『一九二七』這一期間的中國小資產階級知識分子的面貌。在作品的前半部，也的確創造了幾個相當凸現的人物，包括倪煥之在內的這些人物身上，個個都刻著時代的烙印」。然而，「但在後半部，作者不僅放鬆了刻畫人物的工夫，而且還缺乏更適當的人物來表現『五卅』、『一九二七』那重大火熱的鬥爭的具體情況。因此使人感到作者所選擇的這位主人公，雖然正如茅盾所說『在達十年中（指一九二九年後），像倪煥之那樣的人，大概很不少』，但卻夠不上做一個真正的富有革命性的小資產階級知識分子的典型，因此，作者就沒有辦法通過這個人物，表現當時革命運動的正確面貌，同時也沒有辦法寫出那樣的時代中一個真正的富有革命性的小資產階級知識分子，如何與工農群眾接近，如何和他們一起在鬥爭中鍛鍊了自己並改造了自己。同時，在環境的描寫方面，作者在六七兩章所寫北伐感覺是作者僅僅寫出了一個落後的鄉鎮，雖然寫得很像，卻不管那種大革命時期中的典型環境，正如恩格斯指出的哈克納斯的

〔註45〕人民文學出版社給葉聖陶的信，1953 年 6 月，現存人民文學出版社。
〔註46〕葉聖陶：《倪煥之》，人民文學出版社，1953 年 9 月第 1 版。

缺點一樣。此外，作者似受當時出版條件的限制，把蔣介石對革命的叛變，在上海發動的大屠殺，採用側筆寫了王樂山的犧牲與密斯殷的被捕，像毫不作明白的交代，也會使今天的讀者，不能隨作品中更清楚地瞭解這一事件，這是連反映現實也夠不上的」〔註47〕。

顯然，未寫出「真正的富有革命性的小資產階級知識分子」、未寫出「如何與工農群眾接近」、未寫出「如何和他們一起在鬥爭中鍛鍊了自己並改造了自己」、未「表現當時革命運動的正確面貌」、未揭露蔣介石叛變革命，都是作品存在的不足，這都是從當下主流意識形態角度對過去歷史進行觀照而得出的結論，如果按照初版原封不動地出版，對讀者的正確認識當時的時代、對引導讀者是不利的。因此需要對它進行修改，雖然這修改並不是尊重歷史的做法，但為了政治正確、作用正面，也必須進行修改。在初版時，葉聖陶曾將茅盾的評論作為附錄收錄進來，茅盾在文章中也從意識形態角度談到小說存在的問題，但他的意見是：「因為也是描寫小資產階級知識分子的，所以我覺得倪煥之中間沒有一個叫人鼓舞的革命者，是不足病的。再顯明地說，主人公的倪煥之雖然『不中用』，然而正可以表示轉換期中的革命的知識分子的『意識形態』。」〔註48〕然而，到了20世紀50年代的環境中，對作品文本的要求是必須鮮明地亮出自己的政治立場，必須明確地選擇自己的革命道路，只有這樣才符合國家意識形態的要求。

編輯方白因此提出進行修改的具體做法，「原書第二十章，過於空泛，已經夏丏尊指出它的毛病，似可刪去，因為刪了並不妨害前後情節的聯繫」。夏丏尊在初版序言中確實指出《倪煥之》存在的問題，即空泛的議論太多，游離於正文故事情節之外，這在第二十章是最為明顯的，這章的內容基本上都是議論，沒有任何情節推動之處，所以刪去此章在藝術上不會受到太大影響。〔註49〕如果說刪去第二十章主要出於藝術方面的考慮，那刪去第二十四章至結尾如此大的篇幅，就是出於政治意識形態方面的考慮了。方白還指出，「原書自第二十四章以後，在事件上，顯然沒有把大革命在上海造成的變化，沒正面表現出來；蔣介石叛變革命又未明白交代；也不可能另選一個適當的鄉

〔註47〕方白：《關於〈倪煥之〉一書的意見》，1953年3月20日。

〔註48〕茅盾：《讀〈倪煥之〉》，《中國新文學大系（1927～1937）‧小說集六》，上海文藝出版社，1984年5月第1版，第279頁。

〔註49〕對於第二十章，夏丏尊在1932年版《倪煥之》序言中認為，它「述五四後思想界的大勢，幾乎全體是抽象的疏說，覺得於全體甚不調和」。

鎮來代替蔣老虎所控制的那個鄉鎮；在人物上，倪煥之、蔣冰如都已到了尾聲，這種尾聲交代與否似乎無大關係。金佩璋的最後的堅強，缺乏過程，王樂山這個人物的提出，也沒有放上更多筆墨，如能全部刪去，這些缺點也就不再存在了。況且第二十三章的結尾，正是倪煥之奔赴工人集會的地點，這樣結束，倒也可以給讀者造成一種不盡的餘味」。

　　作為初版文本的組成部分，寫於二三十年代的夏丏尊的序言和茅盾的評論對讀者解讀作品是有幫助的，它們與作品本身可以互相參照，尤其是他們的寫作帶有當時的時代氣息。但這兩篇文章在修訂版中都被刪去。至於為何刪去，方白提出：「『夏序』（指夏丏尊──引者注）、『茅盾文』、『作者自記』，在原書出版時期，自有它一定的意義，現在看來，那樣的推薦已可不必，那樣的批評，也嫌不夠，而作者對於『寫實派』的辯解，也許今天已有不同的看法，擬不如一律刪去。」〔註50〕

　　對於自己作品的修改，葉聖陶表示了極大的配合。「已面託雪峰兄，短篇小說請渠嚴格剔去若干篇，凡渠主張刪去者，我無不同意。我僅有一項要求，排版之時，交我自己校對一回，俾得酌加修改（決不牽動版面）。」〔註51〕對於《倪煥之》的出版和刪改，葉聖陶在覆信中說：「承蒙整理拙著，我逐一看過，又一度感覺惶愧。如此粗陋淺薄之文字，寧值印刷工友付出勞力，寧值讀者耗其心力耶！尊處所提，我絕大部分均同意。」同時，他還提出：「此書務懇少印，聊資點綴而已。」〔註52〕

　　1958 年 5 月，《葉聖陶文集》第三卷出版時，被刪去的 8 章重新補入，並於 1962 年出版新的單行本。提出補入的，也是人民文學出版社的編輯。編輯周延在給葉聖陶的信中寫道：「三卷中的《倪煥之》，想您手邊會存有此書，是否可以先著手校閱。前在我社出版時刪掉的部分，是否恢復，亦請考慮決定。」〔註53〕這也許是考慮到單行本則是面向工農大眾的，影響自然比文集要大，必須對內容進行大幅度的刪改；而文集更多的是面向研究者閱讀的，則採取了放寬處理的辦法。當然，這也得益於當時稍微寬鬆的政治環境。但需要注意的是，雖然補入了大篇幅刪去的篇章，文集本不僅沒有恢覆文字

〔註50〕方白：《關於〈倪煥之〉一書的意見》，1953 年 3 月 20 日。
〔註51〕見人民文學出版社 1953 年版《倪煥之》正文前所附作者手跡。
〔註52〕葉聖陶給人民文學出版社的信，1953 年 6 月 2 日，現存人民文學出版社。
〔註53〕人民文學出版社周延寫給葉聖陶的信，1957 年 11 月 28 日，現存人民文學出版社。

的修改，葉聖陶本人還再次對文字作出修訂。在文集版中，文字更加近於新的語言規範。這次文字修改的主要原因就是出於語言的規範化要求。葉聖陶本人在新中國成立後擔任教育界和出版界的官員，他從 50 年代初就一直在倡導語言的規範化。1955 年 10 月，召開了全國現代漢語規範化問題學術會議，《人民日報》發表社論要求所有人都要注意語言的規範，「注意語言的純潔和健康」，並特別指出文學作品尤其應該如此，「作家們和翻譯工作者們重視或不重視語言的規範，影響所及是難以估計的，我們不能不對他們提出特別嚴格的要求」。〔註 54〕

對作品語言文字的修改，《倪煥之》可以說是中國現代文學作品重新出版時改動最多的。畢竟它是整個中國現代文學長篇小說創作初期的作品，裏面的語言還並不成熟，帶有很多方言和文言成分，這對新的時代條件下讀者的閱讀是不利的。葉聖陶本人也意識到舊作所用語言的侷限性，主動提出要進行修改：「至於舊作所用的語言，一點是文言成分太多，又一點是有許多話說得彆扭，不上口，不順耳。在應該積極推廣普通話的今天，如果照原樣重印，我覺得很不對。」在修訂本中，作者和編輯共同對這些地方進行了大量修改，修改處達上千處，幾乎每頁都有改動。如「項頸」改為「脖子」，「周布」改為「遍布」，「逃了開去」改為「逃開了」，「從未進過社會」改為「毫無社會經驗」，「有明快的陽光」改為「要有明亮的光線」，「擬想」改為「摹擬」，「校長的眼睛對他轉幾轉」改為「校長的眼睛骨碌骨碌對他轉」，「落在它的範圍裏」改為「落在它的窠臼裏」。在新的政治環境下，文學作品應該為語言統一和規範服務，這對思想的統一也是有幫助的，它也為國家意識形態的建構起到了基礎性作用。

第七節　《郁達夫選集》的修改與稿酬問題

郁達夫作為創作社的成員，與左聯、魯迅、郭沫若等有密切聯繫，並且最後是以革命者的身份被日本人殺害的，所以在 1949 年後的語境中，他被認為是革命的作家。但他的浪漫不羈、隨性，也讓他立場飄忽，並未得到完全的肯定。郁達夫的最後幾年，是在新加坡度過。50 年代，有人寫信給郭沫若，希望能出版郁達夫全集，郭沫若將此事轉告時任人民文學出版社副社長的王

〔註 54〕參見金宏宇：《中國現代長篇小說名著版本校評》，人民文學出版社，2004 年 5 月第 1 版，第 53 頁。

任叔。王任叔與樓適夷商量後，認為出全集不合適，倒是《郁達夫選集》可以出一下。〔註55〕

對於郁達夫作品的評價，當時的意見比較相似，丁易認為「感傷頹廢是郁達夫小說的一個主調，這主調一直到他後幾年的小說中還是濃厚的存在著。就他的初期作品來說，這感傷頹廢一方面是他個人的牢愁悲痛，另一方面也是對當時醜惡現實的反抗。他在他的作品中赤裸裸地要求人生的物質生活，盡情地傾吐自己的悲憤，大膽的描寫生理上的性慾苦悶，這對當時反動的軍閥官僚政治，以及還有相當勢力的虛偽的封建禮教，都是一個很大的諷刺。」〔註56〕。但對郁達夫筆下的自我暴露和性慾描寫，論者大都認為是「不大健康的」，「被人稱作了頹廢派」。〔註57〕人民文學出版社對於郁達夫的評價，王任叔的意見可以作為代表：「他是一代的文人，雖多舊名士習氣，但他的作品給予中國文學的影響很大，其中也有好影響和壞影響，但基本是進步的。」〔註58〕除了出版選集，王任叔還建議之後再出版全集或文集，「控制發行或內部發行，俾使研究者窺見作家全貌。這辦法也可用之於蔣光慈。這是保存歷史與批判接受的兩套辦法。」〔註59〕

一、《郁達夫選集》的修改

之前開明出版社曾經出版過丁易編選的《郁達夫選集》，人民文學出版社選用了這個版本，丁易的序言也一併保留〔註60〕。但是，在最終選擇開明版《郁達夫選集》之前，出版社編輯對選目還曾有過其他設想。

編輯方白最初提出要在開明版《郁達夫選集》基礎上進行增補，小說部分增補《在寒風裏》（「寫了忠厚的農民的形象」）和《唯命論者》（「寫了一個在殘酷的年代中小人物的悲劇」）；對於散文部分，編輯提出《文學上的階級

〔註55〕王任叔在《郁達夫選集》終審意見中寫道：「郁達夫選集與適夷同志商定，索性照丁易選的出版。丁易的序文，也保留。這也有一點紀念丁易的意思。等將來有工夫，再好好地進行一次編選工作。因為目前由讀者給信郭老，要求出達夫全集。這事目前還辦不到，可以先將原選集印出滿足讀者。」

〔註56〕丁易：《中國現代文學史略》，作家出版社，1957 年 7 月第 1 版，第 245 頁。

〔註57〕王瑤：《中國新文學史稿》（上），新文藝出版社，1951 年 9 月第 1 版，第 97 頁。

〔註58〕王任叔給方行的信（1956 年 9 月 12 日），現存人民文學出版社。

〔註59〕王任叔在接到方行提議出版郁達夫舊詩來信上的批示（1956 年 8 月 15 日），現存人民文學出版社。

〔註60〕郁達夫：《郁達夫選集》，人民文學出版社，1954 年 11 月第 1 版。

鬥爭》是一篇文藝論文，與創作放在一起不合適，《病間日記》「作為研究一個作家的材料是有用的，作為作品來看是不夠的」，這兩篇建議刪去。編輯建議增補《屐痕處處》《感傷的行旅》《懺餘獨白》，收入《感傷的行旅》原因是「對當時的黑暗的統治作了側面的暴露」，《懺餘獨白》「很能表現作者對創作對當時政治的心情」。由此可見，編輯方白是從當時的政治角度來編選郁達夫作品的，他考慮編入文章的標準是要有農民、對國民黨的鬥爭，這也是當時環境下對編輯選稿標準的塑造。應該說方白的出發點與開明版編選者丁易是一樣的，在同情工人方面，丁易選擇的是《春風沉醉的晚上》和《薄奠》，在《春風沉醉的晚上》中，郁達夫對情慾的描寫相對於其他作品而言，應該說是比較克制的，他對女工的同情中飽含著愛憐之意；而在《薄奠》中，則對人力車夫的貧困生活表達了極大的同情，對他最終死去表達了對社會憤怒的攻擊，小說中的「我」隨著車夫的夫人和孩子一道給車夫上墳，引來很多行人好奇的關注，他心裏則只有憤怒之情，小說末尾直接寫道：「我被眾人的目光鞭撻不過，心裏起了一種不可抑遏的反抗和詛咒的毒念，只想放大了喉嚨向著那著紅男綠女汽車中的貴人狠命的叫罵著說：『豬狗！畜生！你們看什麼？我的朋友，這可憐的拉車者，是為你們所逼死的呀！你們還看什麼？』」這裡面雖然有郁達夫對底層人民的同情，但在丁易看來，「他們究竟應該走什麼樣的道路呢？作者是一點也沒有指出的，這原因就是由於作者終究是站在第三者立場，這兩篇作品中的『我』便是作者自己，這個『我』自始至終只是站在女工和車夫那一階級之外，去同情他們，去熱愛他們；卻不是站在他們階級之中，去和他們共同生活，共同呼吸，共同戰鬥，共同解放。達夫先生是始終沒有放棄他那小資產階級知識分子立場的」〔註61〕。從這個角度考慮，方白提出的《在寒風裏》也並不是合適的，它雖然寫了「忠厚的農民」長生，但從革命的角度看，長生一輩子給主人家打長工，一輩子只是勤勤懇懇的做事，雖然偶而也會發大脾氣，但也只是為主人家的事情操心而已，自己是並不知反抗更沒有參加革命的。小說裏的少爺「我」給他做飯吃，他表現出感恩戴德的心情，兩個階層區分的心態是非常明顯的。在新的話語體系裏，這樣的農民是不革命的，是沒有覺醒意識的，這也許是丁易沒有選入的原因。

「那一時代的浪漫詩人（如王獨清之類）的醜惡本質」，《蔦蘿行》「是一篇真情流露的小說」，「主人翁的時代的苦悶和對自己老實忠厚的妻子的懺悔

〔註61〕丁易：《〈郁達夫選集〉序》。

交織在全個篇幅裏。這裡有達夫自己的顯明個性。要瞭解我們詩人達夫的精神品質，我認為這一篇是最真實的」。王任叔是郁達夫的生前好友，郁達夫生前最後幾年在新加坡時，王任叔也正好在那裡，二人可謂交往頗深，王任叔對郁達夫的個性和創作無疑是非常熟悉的。《浙東景物紀略》是純粹從文學角度來考慮的，「此篇將各地的社會風俗與景物交織寫來。可以增長青年對於歷史、地理以及風物人情的知識。文章也自成一格，蒼老而又平淡，如一幅遒勁的山水畫」。若要論文章中的政治立場，其實也可挑出一二，如對太平天國的看法並非正面，其中有「洪楊事起，近鄉近村多遭劫」之語，且多有民間「封建迷信」的內容。由此可見，王任叔並非完全從政治角度來挑選郁達夫文章的。

然而，無論是方白的提議還是王任叔的設想，到最後都未來得及實施。他們請示社長馮雪峰後，馮雪峰建議鑒於時間原因，最終仍是選擇了開明出版社的版本，所收文章一仍其舊。但是，在重新出版時，對原書內容還是做了一定修改，並增加了一些注釋。其中最明顯的修改，原書中使用的「長毛營」，改為「太平軍」。太平天國被當作農民起義，在 50 年代被大加肯定，這時如果再用「長毛」稱呼，無疑是具有污蔑之意，編輯作出修改也是可以理解的。在書的《出版說明》中，出版社還專門加了一段話：「本書作者是『五四』以後有影響的作家之一。生前著作甚多、曾自編全集八冊；但作者的作品瑕瑜互見，欲精選一冊適合今日讀者的選集，尚須經過精密的研究。目前為應讀者需要，暫將葉丁易的這本選集出版，並由編輯部加以若干注釋。」

《郁達夫選集》的出版明顯有倉促之感，所以對之後出版《郁達夫文集》是一直列入人民文學出版社工作計劃中的。1959 年，馮雪峰即使在被批判、不再擔任領導職務之後，仍然對此念念不忘，他親自編選了上百萬字的《郁達夫文集》，基本上把郁達夫重要的作品全部選入。

二、稿酬問題

在 1949 年前，中國出版界已經形成成熟的版權意識。按說開明出版社曾經出版過《郁達夫選集》，人民文學出版社對其重新出版的話，應該取得開明出版社的授權。然而，此時的開明出版社已經併入中國青年出版社。人民文學出版社未經過同意就直接印製了。這不僅僅是《郁達夫選集》出版存在的問題，其他作家選集也同樣需要取得授權。《郁達夫選集》是由文化部藝術局

取得授權，交由開明出版社出版的，郁達夫之子郁天明代表家屬簽字。圖書出版後，人民文學出版社意識到未經授權直接出版顯然是不妥的，於是與文化部藝術局進行洽商，提出「所有此類作品（重印）均應與原出版機關洽商轉移版權，並應盡可能得到著作人（或代表人）同意」。對於《郁達夫選集》的版權授權問題，提出要與中國青年出版社協商版權，並與郁達夫之子郁天民聯繫。

郁天民是郁達夫長子，為郁達夫與第一任妻子孫荃所生。《郁達夫選集》版權事宜與他聯繫，也是自然而然的事。但是，沒有想到的是，也因為如此，引發出一系列的糾紛。郁達夫除了先與孫荃結婚外，又與王映霞生結婚，生有三子郁飛、郁雲、郁荀。此外，郁達夫在生前的最後幾年時間，在東南亞與何麗又生有二子一女。之所以要與郁天民聯繫，是因為郁天民看到人民文學出版社於 1954 年出版《郁達夫選集》後，給出版社寫來一封信，信中詢問：「不知是否出版權業歸你社承受？新版的出版授予報酬及贈送樣書是否仍按新字第一九七號契約之規定？（引者按：即文化部出版局與郁天民簽訂的由開明書店出版社出版之協議）應向你社結算抑仍向開明書店總管理處結算？」郁天民專門指出：「由於我們家屬較多，為了避免發生意見，做到合理分配，新版報酬，希望仍憑前次留給開明的印鑒受領，以負責始終。」〔註62〕

人民文學出版社並不瞭解郁達夫家屬之間存在糾紛，這次出版《郁達夫選集》並未詢問開明書店出版社版權簽署和稿酬分發辦法，而是直接跟郁達夫與王映霞之子郁飛取得聯繫，郁飛告知稿費和樣書均給他，由他來負責處理。《郁達夫選集》第一次印刷的二萬三千冊，稿酬 17492972 元和 10 本樣書均交給了郁飛。人民文學出版社在給予郁天民的回信中坦承確實沒有事先簽訂出版合同，「截至 1954 年底止，由於有關方面未決定，我社對於創作書稿一律未簽訂正式出版合同，故《郁達夫選集》未訂立合約；現已決定從今年起所有創作均將按照新辦法陸續簽訂出版合同」〔註 63〕。新的國家政權成立後，對出版業實行計劃經濟管理方式，截至 1954 年對私營出版社的社會主義改造尚未完成，私營出版社仍然保留了過去市場化方式在繼續運轉，政府成立的出版社按理說也應遵循這一規則，但事實上並非如此，按照「有關方面決定」就足以應付個人的權利。郁天民當時是在浙江省人民法院工作，但此

〔註62〕郁天民給人民文學出版社的信（1954 年 1 月 10 日），現存人民文學出版社。
〔註63〕人民文學出版社給郁天民的信（1954 年 2 月 11 日），現存人民文學出版社。

時他並未想到用法律手段維護權益，畢竟法院和出版社都已經是國家機關，這個時代階段的法院職責是對階級敵人進行專政，而非保護個人權益。對於由誰代表家屬與出版社簽訂合同並領取稿酬問題，人民文學出版社回覆：「請你們繼承人間協商好告知我社」，這也是遵循行業慣例和過去法律習慣作出的決定。從整個社會思潮變化來看，個人權益都是屬於國家權益、集體權益的一部分，這樣的理念逐漸佔據決定性地位，在 20 世紀 50 年代到 70 年代，幾乎沒有通過法律手段維護個人權益的，而且作家稿酬也經歷了逐步減少、以致取消的過程。郁達夫家屬發生版權繼承糾紛在此之前就已多次發生，而在 1949 年後仍在發生的糾紛，也是屬於過渡時代必然會發生的問題。

在收到郁天民信後，人民文學出版社立即跟郁飛聯繫，將郁天民的信抄送給他。郁天民將來信轉給了母親、郁達夫的妻子孫荃。[註64] 郁天民和孫荃先後給人民文學出版社來信，告知由孫荃全權代理郁達夫版權和稿費事宜。

過了一年，這時郁達夫與王映霞之子郁飛收到了郁天民寄來的稿酬和樣書。《郁達夫選集》初版稿酬，他分成了三份：40%轉給郁天民等人，30%轉給華僑事務委員會（給郁達夫在南洋所生 2 個孩子），剩下的 30%郁飛等兄弟三人平分，樣書分別寄送。在 1931 年，郁達夫曾訂立「契約」，將版權轉讓給王映霞；1948 年，王映霞將郁達夫版權轉讓給郁飛，郁飛將兩個契約的照片作為附件同時寄過來。在郁飛看來，孫荃只是郁達夫的前妻，「聽說當時把分家所得的幾畝田留給她們了」。所以，在郁飛看來，目前沒有新的出版法，他所憑依的契約應當有效。

從法律意義上看，郁達夫於 1931 年授權王映霞、王映霞 1948 年轉授郁飛的版權是有效的，至少郁達夫在 1931 年前創作的作品版權現在歸屬郁飛所有。《郁達夫選集》中只有 5 篇非 1931 年前創作。面臨如此問題，郁飛主張全部稿費給予郁達夫在南洋還未成年的孩子。

孫荃對郁飛提供的版權贈與書並不認同，在她看來，「此項『贈與』以及王映霞女士之『轉贈』——勾結國民黨反動派的偽律師徐傑（該偽律師於上海解放前夕隨著蔣介石王朝及其偽法統逃去臺灣）依據國民黨反動派的『法』，由該偽律師所證明，而目的顯係為了剝奪其他合法繼承人（包括王映霞女士所生的除郁飛以外的其他孩子）的繼承權利的所謂『贈與書』，我們不能承認

[註64] 孫荃給人民文學出版社的來信署名為「郁孫荃」。

其為合法」。〔註65〕她認為，應該按照《中華人民共和國婚姻法》有關遺產繼承的規定，由她負責版權事宜。她同意郁飛建議，將稿酬給予郁達夫在南洋生的兩個孩子，但也建議給予王映霞所生、正在南京讀書的郁荀一份。

1955 年 12 月，人民文學出版社發函至國家華僑事務委員會詢問郁達夫在南洋所生兩個孩子的情況。華僑事務委員會回函告知：「據我們瞭解，郁達夫在南洋所生的兩個孩子是由雅加達愛國僑領許乃昌所撫養，最近擬送回祖國。回國後由胡愈之撫養。因此有關『郁達夫選集』今後再版時稿酬等問題，你處可直接與胡愈之商洽為荷。」〔註66〕然而，胡愈之來信告知不要將稿酬寄給他，因為兩個孩子並未接回。

關於《郁達夫選集》稿酬糾紛的事，從 1954 年開始到 1956 年年底，一直未得到解決。人民文學出版社最後的辦法是告知郁飛和孫荃，由其自行協商，出版社只能跟一人簽訂出版合同。後續情況是如何處理的，現在已不得而知了。在 1949 年至 1976 年的文學出版中，作家後代出現稿酬糾紛的事是非常罕見的，不管是孫荃還是郁飛，都同意將有爭議的稿酬拿出一部分留給郁達夫在南洋生的孩子，所持立場都是肯定郁達夫在南洋從事的抗日鬥爭，這也正是國家意識形態所肯定的。對郁達夫政治上的肯定，也是他們能夠在新的政治環境中能夠立足的政治前提。

第八節　《沈從文小說選集》的修改

在郭沫若寫於 1948 年的《斥反動文藝》一文中，沈從文是第一個被點名批評的作家，郭沫若稱他是「桃紅色」作家，諷刺他在做「文字上的裸體畫」「文字上的春宮」，「一直有意識地作為反動派而活動著」。在佔據主流的革命作家眼中，沈從文無疑是「靠邊站」的。

沈從文自己也陷入精神危機，並試圖自殺，他幾乎放棄了新的文學寫作。「在北京解放後的三年中，由於報刊上完全消失了沈從文的蹤影——既無作品發表，也沒有關於他的消息，引起海內外的種種猜測和謠傳。」〔註67〕對他打擊更大的是，他以前的作品竟然被焚毀。上海開明書店 1953 年專門寫信

〔註65〕孫荃給人民文學出版社的信（1955 年 11 月 4 日），現存人民文學出版社。
〔註66〕《中華人民共和國華僑事務委員會告郁達夫在南洋所生兩個孩子情況》（外印彭〔56〕字第四六號）。
〔註67〕凌宇：《沈從文傳》，北京十月文藝出版社，2004 年 1 月版。

告知，他們出版的「沈從文著作集」中各書「因內容過時，凡已印、未印各書稿及紙型，均代為焚毀。」同時，臺灣當局也把他當作是「反動文人」，禁止出版他的作品。〔註68〕這對沈從文又是一個打擊。1954年，他在給友人的信中表達了他的絕望和憤懣：「關於舊有的習作，出版的書店，早通知我說已燒了。印出的既全部燒去，那能說再出版？有什麼值得出？誰來出？……你說的『作品對時代有一定進步作用』，不免有些阿其所私，不大合乎實際。如實際這樣是不會燒掉的！」〔註69〕「從自己說，很近於『人棄我取』；從國家說，可以說是『廢物利用』。因為大事情都有人作了，我弄文學，胡寫了幾十年，可說毫無意義。」〔註70〕然而到了1956年「百花齊放、百家爭鳴」前後，人民文學出版社對「五四」新文學作家的選擇有所放鬆，也是在這時，《沈從文小說選集》才得以出版，這也是沈從文在1949年至1980年間唯一的「官方正式出版作品」。

作為自由主義流派的作家，他的作品在重新出版時會面臨什麼樣的命運？沈從文會主動或被動做出哪些修改？通過考察這一過程，可以看到以沈從文為代表的自由主義作家在1949年後，參與國家意識形態建構的過程。

在20世紀50年代，沈從文在文壇上是被否定的，他的作品被認為是「自始至終是堅決的站在資產階級或封建地主階級立場來認識現實的」；他筆下的人物，被認為是「和現實社會游離，而沒有人物所屬的階級性，只是作者資產階級或地主階級觀念中的人物」。即使是他曾寫了大量被視為農村題材的作品也被認為是有問題的，「也不是那時的破產凋敝的真實的農村，而是都被寫成桃花源式的優美世界」，沈從文筆下的人物無法明確地分清哪些是地主哪些是農民，而且他們的關係在自然中是平等的，沒有衝突和矛盾。「他所寫的農民好像永遠不受地主剝削，好像永遠是有吃有穿不窮不苦的一批馴良傢伙，這些傢伙當然是不知道什麼叫做『反抗』的。」〔註71〕

針對當時對他作品的評價，沈從文在給友人的信中私下表示憤懣：「解放後，有些人寫近代文學史，我的大堆作品他看也不看，就用三五百字貶得我

〔註68〕吳世勇編：《沈從文年譜》，天津人民出版社，2006年6月第1版，第360頁。
〔註69〕沈從文：《襍道愚》，《沈從文全集》第19卷，北嶽文藝出版社，2009年9月第1版，第378～379頁。
〔註70〕沈從文：《復潛明》，《沈從文全集》第19卷，北嶽文藝出版社，2009年9月第1版，第388頁。
〔註71〕丁易：《中國現代文學史略》，作家出版社，1957年7月第1版，第290頁。

一文不值，聽說還譯成俄文，現在這個人已死了，這本文學史卻在市面上流行，中學教員既無從讀我的書，談五四以來成就，多根據那些論斷，因此我這本小書的出版，是否能賣多少，也只有天知道！這也真就是奇怪的事，一個人不斷努力三十年工作，卻會讓人用三五百字罵倒，而且許多人也就相信以為真。令人感到毀譽的可怕，好像凡事無是非可言。看到那些不公的批評，除灰心以外還感到一種悲憫心情，想要向他們說：你們是在作什麼聰明事？你那種誹謗，對國家上算？你不覺得你那個批評近於說謊？」〔註72〕但是，在沈從文的作品得到出版機會時，這樣的觀點明顯影響了沈從文對作品的修改。

《沈從文小說選集》是 1957 年出版的〔註73〕，這也是沈從文在 1949 年後至 1979 年間出版的唯一一部作品。它能夠出版，已經實屬不易。當然，這要歸功於當時「雙百」方針帶來的寬鬆環境。不僅沈從文的作品得到出版，徐志摩等過去被認為是左翼不屑為之的自由主義作家的作品也紛紛被列入出版計劃。沈從文一邊編選自己的舊作，一邊忍不住對編選本身的意義產生懷疑，「這個選集即或印出來，大致也不會有多少讀者，只不過提供一小部分教書的作參考材料，同時讓國外各方面明白中國並不忽視『五四作家』，還有機會把作品重印而已」。〔註74〕

《沈從文小說選集》的出版也同樣帶著強烈的時代印記，它的選目本身就值得研究。沈從文在《選集題記》中寫道：「這本小書雖係按年編排，並就不同體裁、不同主題分配上注過意，但是由於篇幅字數限制，和讀者對象今昔已大不相同，習作中文字風格比較突出，涉及青年男女戀愛抒情事件，過去一時給讀者留下個印象的，怕對現在讀者無益有害，大都沒有選入。」因此，沈從文很多標誌性的或他之前津津樂道的作品並未收入，而那些突出底層生活的、諷刺上流社會的作品則收入較多。典型的作品如《牛》，在沈從文創作中並不占重要位置，但被收入小說選集中的第三篇，大牛伯不小心「用木榔打了那耕牛後腳一下」，導致耕牛受傷無法耕田，大牛伯找了幾個醫生醫治、花了不少冤枉錢，在作品最後話鋒一轉，「到了十二月，蕩裏所有的牛全

〔註72〕沈從文：《復沈雲麓》（19571103），《沈從文全集》第 20 卷，北嶽文藝出版社，2009 年 9 月第 1 版，第 220 頁。

〔註73〕沈從文：《沈從文小說選集》，人民文學出版社，1957 年 11 月第 1 版。

〔註74〕張新穎：《沈從文的後半生》，廣西師範大學出版社，2014 年 6 月第 1 版，第 126 頁。

被衙門徵發到一個不可知的地方去了」，他的耕牛也在其列，大牛伯「順眼無意中望到棄在自己屋角的木榔槌，就後悔為什麼不重重的一下把那畜生的腳打斷」。小說的妙處在於結尾的轉折，很生動地寫出了大牛伯的心態。在 50 年代環境下，這篇作品可以視為是寫底層勞動人民生活艱苦、被統治者壓迫剝削的寫照，所以也才被這時的沈從文重視。對上流社會諷刺的小說，則可以拿《紳士的太太》為例，它寫的是所謂上流社會的空虛和淫亂生活，小說中的大少爺和三孃孃私通，另外一個紳士太太發現後不僅沒有張揚，還為他們掩蓋。三孃孃不斷通過各種方式賄賂她，甚至讓大少爺勾引她，引誘她看色情圖畫，最終讓大少爺和紳士太太也搞在一起。沈從文本來就寫了大量諷刺上流社會空虛混亂生活的小說，這些小說在 50 年代的氛圍中得到被肯定的空間。

　　而且，需要注意的是，這些選入的作品，沈從文均進行了重新校改。在《紳士的太太》中，對上流社會人物的諷刺筆觸加大，讓他們的「醜態」更加明顯。三孃孃跟大少爺私通鬼混，本來寫得很含蓄，並沒有深入寫，在他們調情後的文字描寫中，修訂版中對三孃孃的描寫增加了「頭髮亂亂的，臉紅紅的」，這就非常明確地點出他們是在鬼混。紳士太太生養了第五個少爺，並讓三孃孃做孩子乾媽。紳士本來就對三孃孃心存性幻想，這下更是可以公開談論三孃孃了，修訂版增加了「不犯忌諱」四字，更加突出了紳士的無恥。同時，初版本中寫紳士想起大少爺與三孃孃私通的事時，「就笑了」。到了修訂版中，「就笑了」改成了「就咕咕的陰陽怪氣的笑個不止」，這把紳士的醜態和陰暗心理寫得更加形象。紳士太太在心裏罵紳士是「一個墮落的老無恥」，「老無恥」三字在初版中是沒有的，修訂版無疑是加重了對其醜態的描寫。

　　在沈從文的著名作品《邊城》中，沈從文更是做了大量修改。將修訂版與 40 年代出版的開明版進行對照，可以發現各種修改加起來接近 500 處。修改的地方可以分為三類，一類是語言習慣的修改，如把所有的「故」都改為「於是」「所以」「因此」，「一忽兒」改為「一會兒」，將「膀子」改為「手膀子」等等，這類修改可以說是他在語言上的打磨，使其更適應新的環境下讀者的閱讀習慣；第二類是藝術上的修改，為了突出或強化人物性格增加了很多文字，如寫二老像岳雲的地方，增加了人們是從戲臺上小生「穿白盔白甲」的岳雲印象中得來的，「穿白盔白甲」是新加的。第三類是出於意識形態變化進行的修改。如寫弔腳樓的妓女，增加了一句「或為情人水手作繡花抱肚」，

有了這一句，這些作為社會底層的妓女的形象就悄然發生了變化，他們不再僅僅是出於生計賣身，有的是出於真正的愛情。與勞動人民相對應的，是對「城市人」的諷刺，在《邊城》中，沈從文多次將「城市人」改為「城市中紳士」，如「這些人既重義輕利，又能守信自約，即便是娼妓，也常常較之講道德知羞恥的城市中紳士還更可信任」，這個修改更加明確了階級的對立對象，畢竟「城市人」的概念還是太寬泛，不僅階級針對性不強，而且容易引起誤會。而對「城市中紳士」的諷刺也是沈從文作品中多次出現過的，這處修改顯得並不違和。老船夫去買肉時，說自己不要腿上的肉，那是「城里人炒魷魚肉絲用的」，修訂版中將「城里人」改成了「城裏斯文人」，這跟上面的考慮是一致的。

如果說上面提到的這兩處出於意識形態考慮進行的修改，並未改變作品大方向的話，那麼對作品整體氛圍、主要人物和關鍵情節的修改就值得詳細分析了。在作品整體氛圍營造上，修訂版努力弱化當地特有的獨特民風、淳樸習俗的描寫，而是將之轉化為底層人民優良品質的描寫。這就悄悄暗合了「為工農兵服務」的寫作要求，畢竟底層人民也是工農的一份子。

《邊城》中還修改了很多關鍵情節。如寫老船夫女兒和屯防軍人發生曖昧關係之後，懷了孩子，軍人想帶她私奔，但她不願意，軍人感覺這有損於軍人責任，於是二人約定一同去死，軍人「首先服了毒」，女兒待生下孩子後也故意喝冷水死去。應該說，相愛者愛不成就一同去死的故事情節，在沈從文作品裏出現過很多，這也可以看作當地民風民俗的特點。父母的悲劇命運，對翠翠的選擇和命運悲劇是有重要意義的。翠翠是否會重複母親的悲劇，如何為她安排好未來的婚姻，這是老船夫一直念念不忘的。而在修訂版中，「首先服了毒」改成了「在一場偶然來到的急病中就死了」，這就弱化了翠翠父母愛情的悲劇色彩，也相應地弱化了翠翠的悲劇命運。

沈從文對數字的修改是很有意思的，我們從中可以看到他小心翼翼修改背後的良苦用心。初版本中，寫他把所有積蓄買了一條船，把船出租出去，半年內就「討了一個略有產業的白臉黑髮小寡婦」，而且數年後就有了八隻船。在修訂版中，「半年」改成了「兩年」，「八隻船」改成了「四隻船」，沈從文有意把順順往勞動人民的方向寫，生怕把他寫成是財主形象。在 50 年代，男女結婚年齡分別要求是二十歲和十八歲，沈從文在修改時明顯是注意到了這一點。初版本中，大老和二老剛出場時，一個十六歲一個十四歲，修訂版中

改為十八歲和十六歲，他們與翠翠初次相逢到正式追求，要經過四年時間，這樣算起來，修改後的年齡都屬於成人了。翠翠的年齡也是如此，在開始談起婚姻時，她的年齡由十四歲改成了十六歲，如果按老船夫說的要娶翠翠得唱「三年零六個月的歌」，那時翠翠的年齡也就超過十八歲了，這樣也就不會被人詬病未達到結婚年齡了。

對沈從文來說，那些健康自然的農人和士兵是他積極肯定的，正如他在《邊城·題記》中所說：「對於農人和兵士，懷了不可言說的溫愛，這點感情在我一切作品中，隨處都可以看出」，「因為他們是正直的，誠實的，生活有些方面極其偉大，有些方面又極其平凡，性情有些方面極其美麗，有些方面又極其瑣碎——我動手寫他們時，為了使其更有人性，更近人情，自然便老老實實寫下去」〔註75〕。到了修訂時的環境，沈從文不能只從人性的角度來寫農人和士兵了，而是必須考慮工農兵至上的要求，從而對作品進行修改。在修訂版中，沈從文極力把老船夫的形象塑造為忠於職守、重義輕利、人人誇讚、有氣節的「勞模」，坐船的多給了他錢，「似乎因為那個過渡人送錢氣派有些強橫」，他追上去返還，「有些強橫」是校改時所加，老船夫的氣節頓時顯現。老船夫說「告他不要錢，他還同我吵，不講道理！」當翠翠問他是否全部返還時，「祖父抿著嘴把頭搖搖，閉上一隻眼睛，裝成狡猾得得意神氣笑著，把紮在腰帶上的那枚單銅子取出，送給翠翠」，如果從正面說，老船夫性格裏是有些「狡猾」的，雖然聲稱不要錢但還是留了一枚銅子，但如果從負面說，老船夫顯得有些口是心非也是可以的，這無疑是損害老船夫正面形象的。於是，在校改時，沈從文加了老船夫說的一句：「禮輕仁義重，我留下一個。」這句話加的其實也有些牽強，渡船費說成「禮」似乎不能成立。在修訂版中，老船夫是時刻守在崗位上的，即使寫他睡著的時候，也是在船上：「白日漸長，不知什麼時節，守在船頭的祖父睡著了，躺在岸上的翠翠同黃狗也睡著了」，「守在船頭」和「躺在岸上」都是後加的。寫到來客問他是否進程看賽船，為老船夫說的話加了一句「今天來往人多」，所以要守渡船，他的忠於職守的形象更加突出了。在買肉時，他拒絕屠戶關照給他好肉，增加了他說的一句「凡事公平」，凸顯了他的公正形象。在談到翠翠的婚姻時，修訂版中增加了老船夫說的一句話：「一切由翠翠自己作主！」他成了一個支持

〔註75〕沈從文《邊城·題記》，《沈從文全集》第 8 卷，北嶽文藝出版社，2009 年 9 月第 1 版，第 57 頁。

婚姻自由的形象。老船夫去世後，熱心的楊馬兵來幫忙處理後事並照顧翠翠，原文寫他「凡事特別關心」，修訂版改為「為人特別熱忱」，並加了一句他「原本和翠翠的父親同營當差」，底層人物之間互相幫助互相扶持的感情得到強化。老船夫去世「過了四七」，船總順順派人跟楊馬兵商量，要把翠翠接到他家中，原來有「接到他家中作為二老的媳婦。但二老人既在辰州，先就莫提這件事，且搬過河街去住，等二老回來時再看看二老意思」，船總順順性格的豪爽和仗義可以從中看出來，但也反映出他試圖促成二老和翠翠婚姻的意圖，有一定的功利方面的考慮。修訂版中刪去了這一句，這不但改變了原來的情節，會讓讀者認為船總順順只是出於豪爽和仗義在幫助翠翠，實際上對人物性格的豐富性是一種弱化。

　　對底層人物和農民形象的積極肯定，可以從一處刪除的地方看出來，在寫到端午賽船擂鼓助威時，原來寫的是「便使人想起小說故事上梁紅玉老鸛河水戰擂鼓，牛皋水擒楊麼時也是水戰擂鼓」，在修訂版中將「牛皋水擒楊麼時也是水戰擂鼓」刪去，因為楊麼是農民起義軍，在高歌農民起義軍的時代環境中，牛皋對農民起義軍的戰爭行為肯定是非正義的，此時再以讚賞的口氣說牛皋肯定是不合適的。此外，對可能涉及女性歧視的地方也進行了修改。如翠翠哼唱的歌中原有「他們女人會養兒子，會唱歌，會找她心中歡喜的情人」，修訂版中將「會養兒子」改成了「會織布」，女性成了織布的勞動者，而不再是生殖工具，一幅男耕女織的畫面也隨之出現了。

　　沈從文在《選集題記》中提到，他最初創作時曾受到過白話《聖經》的影響，而且在當時境中，他的作品裏出現「上帝」也不為過。在《邊城》中，出現了「假若另外高處只有一個上帝，這上帝且有一雙巧手能支配一切」，修訂版中，沈從文將其改為「假若另外高處只有一個玉皇上帝」，明顯他是不願在作品中出現基督教的內容。老船夫去世後，來了一個老道士為他超度，修訂版中增加了很多對他負面形象的描寫，「老道士原是個老童生，辛亥後才改業，在那邊床上糊糊塗塗的自言自語：『天子重英豪，文章教爾曹，萬般皆下品，惟有讀書高……』」，老船夫下葬時，還增加了一句老道士「念了個安魂咒」。

　　沈從文這個修訂本的出現，對當時讀者瞭解沈從文的創作是非常有幫助的，雖然它已經離作者作品的初版有了很多變化。對於這個修訂版，沈從文本人並不認同，在考慮編自己全集的時候，他專門寫道：「第一版留樣本，全

集付印時宜用開明印本。」〔註 76〕由此可見，沈從文對修訂本並不滿意，他對作品做的很多修改是出於迫不得已的處境下而作出的。在國家意識形態建構過程中，倡導的文學作品是要強調階級鬥爭的，是要為政治服務的、為工農兵服務的，沈從文田園牧歌式的作品、關注人性的作品明顯失去了生存空間。沈從文努力抓取與主流意識形態要求接近的作品，並努力作出修改，主動或被動地參與到國家意識形態的建構之中，作品的命運反映的正是作家的命運。

第九節　豐子愷《緣緣堂隨筆》的修改

豐子愷作為一個非左翼的作家，他的作品最初並未被人民文學出版社納入出版視野。因為他篤信佛教，作品中有大量相關內容，這肯定是新的政治意識形態所不會肯定的。在新的環境下，豐子愷以前出版的作品顯得不合時宜，很多都被停止印製發行。1952 年，豐子愷自己寫道：「以前的著作，因為觀點與當時不符，已經停刊。」更重要的是，由於沒有了稿費收入，他的生活日趨窘迫，「年來由於學習俄文，新收入毫無。同時舊書許多停刊，版稅收入大減。因此生活頗有青黃不接之狀」。作品出版看來是可能性比較小了，所以他寄希望於掌握俄語，依靠翻譯得到收入，「但得度過半年，俄文學成，即無慮矣」。〔註 77〕

1952 年 7 月，他發表《檢查我的思想》，他在裏面檢討：「過去三十多年間，尤其是在這期間的上半，即抗戰之前，我寫了許多藝術理論，畫了許多畫，由開明等書店出版，流通於中國。我寫這些藝術論與繪畫，完全不是出於馬列主義和毛澤東文藝思想的，而是出於資本主義藝術思想的；我的立場，完全不是無產階級的，而是小資產階級的。因此，我過去的文藝工作，錯誤甚多，流毒甚廣。」他檢討了自己過去寫作中的四點：趣味觀點、利名觀點、純藝術觀點、舊人道主義觀點，尤其是談到受佛教思想影響，「我生來不吃肉，是生理的素食者；後來李叔同先生出家為僧，我從他學習大乘，歸依了他，做了佛教徒，雖然我這佛教徒是不念佛、不念經，又不戒酒的。佛教本身怎樣，現在不談；現在要談的，是我局部強調了佛教中的『護生殺戒』與『人

〔註 76〕見《沈從文全集》第 8 卷，北嶽文藝出版社，2009 年 9 月第 1 版，第 56 頁。
〔註 77〕盛興軍主編《豐子愷年譜》，青島出版社，2005 年 9 月出版。

世無常』的意義，造成了慈悲與悲觀的錯誤思想。」〔註78〕

　　1956 年，受「雙百」方針影響，人民文學出版社的出版範圍有所擴大。1956 年 12 月 28 日，人民文學出版社向豐子愷約稿，希望出版他的散文選集。在草擬的約稿信中，專門說明約稿的理由，一是要擴大「五四」以來作品出版範圍，「這幾年來，我社出版過一些『五四』三十年來的文學作品，但是這項工作做得很不夠。明年我社選題除新創作外，仍將繼續介紹五四文學，以應廣大讀者需要」；二是對豐子愷作品影響力的考慮，「解放前，您的散文曾出版過幾個集子，在當時具有一定的影響，頗受歡迎」，「我們打算出一個選集，希望得到您的同意，這個選集擬請您自己編選」。

　　收到約稿信的豐子愷表面上若無其事。他在致友人的信中寫道：「此本三十年前舊作，人民文學出版社為保存『五四』時代文獻而出版，其價值在今日實無足道也。」〔註79〕但實際上很是興奮，他在給出版社的回信中寫道：「鄙人表示同意，當即開始選擇整理。預計五七年二月十日左右可以寄上。」對於人民文學出版社提出的是否需要尋找舊刊舊書給予幫助，他信中說道：「舊刊集子都有保存，故材料並不缺乏，無須賜助。」〔註80〕1957 年 2 月 9 日，豐子愷將書稿整理完成，隨信一封用雙掛號的形式寄去，「請予審查指教為幸」，他還在信中提出，「此集我擬用《緣緣堂隨筆》為書名，希望你們同意」。雙掛號信，是過去郵局採用的特定方式，即寄件人隨信填寫寄件回執，收件人簽收後交給郵局，郵局再返還給寄件人，以示收件人已正式簽收。豐子愷用雙掛號形式，足見其細心，也見出他對約稿一事的重視。但這次雙掛號似乎出了問題，人民文學出版社明明已收到稿件，但豐子愷卻並未收到回執，也未見人民文學出版社發來出版合同之類。他心中甚是疑惑，於是於 1957 年 4 月 19 日再次去函詢問，「本年一月初承函囑選集拙作隨筆，曾遵命編選，於二月九日雙掛號寄奉選完稿一包。迄今兩月餘，未蒙訂立約稿合同，不知該稿是否妥收。特函奉詢，盼賜福音」。人民文學出版社回函告知，「《緣緣堂隨筆》散文集早經列入我社今年選題，擬於下半年發稿，諸請釋念。我社對選題計劃內的稿件，大都不訂約稿合同，只待發稿時寄奉出版合同；現承詢及，特隨函附上約稿合同兩份，祈查收」。

〔註78〕豐子愷：《子愷自傳》，香港中和出版有限公司，2013 年 5 月版。
〔註79〕盛興軍主編《豐子愷年譜》，青島出版社，2005 年 9 月出版。
〔註80〕豐子愷給人民文學出版社的信件，1957 年 1 月 11 日，現存人民文學出版社。

　　在圖書製作過程，人民文學出版社提出要在書中放八幅插圖，但有三幅較小不能放大，這三幅分別是《白鵝》《蜀道奇遇記》《貪污的貓》中所放，於是專門去函希望將原稿寄來。豐子愷收到信後，很快重新繪製寄過來。1957年11月，《緣緣堂隨筆》由人民文學出版社出版〔註81〕。

　　然而，對照初版本，收入1957年版《緣緣堂隨筆》的經過了很多刪改，這些刪改大部分是豐子愷自己所為。刪改之處有很多，大致可以分為如下幾類：一是一些英文詞彙的刪改，如初版中經常出現的"stick"，改為了「手杖」（《大帳簿》），"page"改為「書頁」（《漸》），其他一些地方的英文直接刪去，如《顏面》中的"piano" "waterman" "personification"等。將作品中英文改為中文，這些修改與當時其他現代文學作家作品出版遵循了同樣的規則，這也成為當年編輯修改作品的慣例。二是一些詞彙的修改，「興味」改為「意味」（《東京某晚的事》），「你我的情緣並不淡薄」改為「你我的情緣並不淺薄」，「天真與明淨」改為「天真與明慧」（《阿難》），這些詞彙可能是豐子愷自己所為，修改後的詞彙也更加符合語言的規範化要求。三是對一些已經不太適合出現的人物或事情的刪改，《漸》的末尾初版引用布萊克的詩原是周作人的翻譯，「一粒沙裏看出世界，一朵野花裏見天國，在你掌裏盛住無限，一時間裏便是永劫」，在文章末尾還專門注明「周作人先生譯」，而到了1957年版中，這首詩改為「一粒沙裏見世界，一朵花裏見天國；手掌裏盛住無限，一剎那便是永劫」，也不再署名是由誰翻譯，顯然這跟當時周作人的身份有關。如果保留周作人譯文的話，那就顯得是為他的漢奸身份辯護了，這顯然是不能允許的。《顏面》中刪去「正如自然界一切種類的線具足於裸體中一樣」，豐子愷的美術觀念受其老師李叔同影響很大，而李叔同是中國第一個引進裸體寫生的人，豐子愷對裸體之美的欣賞不足為奇，但到了50年代，這樣的觀念很容易被認為是資產階級趣味，不宜再做肯定，所以他予以刪除。同時此文的最後一句「西洋現代的立體派等新興美術又是其一例罷？」也被刪去，豐子愷原是對西洋現代派藝術持肯定態度的，但此時他極力避免在文中出現對西洋現代藝術的肯定。在《華瞻的日記》中，初版有這樣一句話：「前天我同鄭德菱正有趣地在我們天井裏拿麵包屑來喂螞蟻」，這本來是體現兒童的天真有趣的，但「拿著麵包屑來喂螞蟻」顯然有不珍惜糧食之嫌，對工農大眾的勞動顯得不尊重，所以在此時被改為「我們玩耍的時候」。

〔註81〕豐子愷：《緣緣堂隨筆》，人民文學出版社，1957年11月第1版。

　　其中修改最大的一篇當屬涉及佛教內容的修改，尤其是集中體現在寫李叔同的文章中。《為青年說弘一法師》原收入《率真集》，豐子愷在1957年版《緣緣堂隨筆》中將篇名改為《懷李叔同先生》。原篇名強調他的佛教身份，新篇名則取中立立場。原文中開篇四段文字主要是記述作者為紀念弘一法師，發願繪製畫像、勒石立碑的事，在新版中這四段被全部刪去。對照一下可以發現，此文修改的地方主要集中在如下幾點：一、將可能被人認為李叔同身上不好的地方加以刪改，如初版有「年中我見他的次數不多，因為他常常請假。走廊上玻璃窗中請假欄內，『音樂李師』一塊牌子常常擺著」，「雖然他常常請假，沒有一個人怨他，似乎覺得他請假是應該的」，新版中這幾處被刪除，這可能是考慮到「為尊者諱」，有損李叔同形象之故。二，初版中流露的對李叔同的崇拜之情被削弱，初版中原有「感覺也特殊的可崇敬」，「他的受了崇敬，不僅是為了上述的鄭重態度的原故；他的受人崇敬使人真心地折服，是另有背景的。背景是什麼呢？就是他的人格。他的人格，值得我們崇敬的有兩點：第一是凡事認真，第二點是多才多藝」，到了新版中，這段話被刪去，原來強調「受崇敬」，此時變成了強調「有權威」：「那時的學校，首重的是所謂『英、國、算』，即英文、國文和算學。在別的學校裏，這三門功課的教師最有權威：而在我們這師範學校裏，音樂教師最有權威，因為他是李叔同先生的原故。」三、將一些因時代變化可能被認為守舊或負面的內容刪改，如寫到李叔同在上海時穿著雅正風度翩翩，原版寫道「讀者恐怕沒有見過上述的服裝。這是光緒年間上海最時髦的打扮。問你們的祖父母，一定知道」，新版中將此句刪去，恐怕是擔心讀者認為李叔同過於復古和保守的緣故。第三，將一些涉及佛教的內容加以刪改，初版原有「修律宗如何認真呢？一舉一動，都要當心，勿犯戒律（戒律很詳細，弘一法師手寫一部，昔年由中華書局印行的，名曰《四分律比丘戒相表記》）」，新版中縮減為「嚴肅認真之極」；初版中有「諸如此類，俗人馬虎的地方，修律宗的人都要認真」，新版中予以刪去；初版中有「模仿這種認真的精神去做社會事業，何事不成？何功不就？我們對於宗教上的事情，不可拘泥其『事』，應該觀察其『理』」，新版也予以刪去。同時，初版中還有好幾段關於李叔同崇信佛教的議論，在新版中均予以刪除，如其中有這樣的話：「用高遠的眼光，從人生的根本上看，宗教的崇高偉大，遠在教育之上」，「未曾認明佛教真相的人，就排斥佛教，指為消極，迷信，而非打倒不可。歪曲的佛教，應該打倒；但真正的佛教，崇高偉大，

勝於一切」，這樣的話在 50 年代的環境中，自然是不合時宜的。與《懷李叔同先生》的刪改相同的還有很多篇目，其重點是刪改涉及佛教的內容。在《悼夏丏尊先生》中原有涉及李叔同的內容，「他是真正做和尚，他是痛感於眾生疾苦愚迷而要徹底解決人生而行『大丈夫事』的」，在新版中，「愚迷而要徹底解決人生」被刪去；初版中原有「世間一切的事業，沒有比做真正的和尚更偉大的了，世間一切人物，沒有比真正的和尚更具大丈夫相了」，李叔同先生是「徹底解決人生根本問題」，這些大膽彰顯佛教意義的語句，在新的時代語境中肯定是太不合適了，所以在新版中被刪去。

　　豐子愷作品的修改，尤其是他對涉及佛教方面內容的修改，與他新中國成立後的自我檢討是相通的。他已清晰地意識到，在新的話語體系下，必須刪去可能被認為是小資產階級趣味的內容，必須讓自己的作品為工農大眾讀者所接受。豐子愷修改自己的作品，可以說是新的話語規範下作出的主動行為，修改後的作品也更符合當時環境的要求，這正是新的國家意識形態建構的途徑和表現。

結　語

　　阿爾都塞曾說：「任何一個階級如果不在掌握政權的同時對意識形態國家機器並在這套機器中行使領導權的話，那麼它的政權就不會持久。」〔註1〕對於1949年後的中華人民共和國新生政權來說，對意識形態國家機器領導權的建構和實施顯得非常重要。在意識形態國家機器中，文學、文學出版是重要的環節，文學作品直接影響的是人們的思想意識和情感，因此，文學出版對國家意識形態的建構起到了非常關鍵的作用。在阿爾都塞看來，意識形態要發揮作用，需要通過「傳喚和呼喚」的方式在個人中間「招募」主體，或把個人「改造」成主體。在社會所有成員中，意識形態在「改造」每一個個體。而「改造」的成員中，作家、出版工作者無疑是重點或核心。作家、出版工作者在被「改造」的過程，往往並不是輕易可以完成的，我們需要呈現的是他們與意識形態之間相互依存、相互對立的關係。

　　關於文學出版的話題，關於文學出版與國家意識形態的話題，可能是每個人都有話說、每個人都能感受到。但一旦具體到每一本書的細節，很多人可能只能依據作家們回憶錄裏的隻言片語來引證。要詳細呈現文學出版與國家意識形態建構之間的關係，必須有大量細節的支撐，必須有具體作品出版過程的考察作為例證。

　　對於政治意識形態對社會的影響，對文學出版的影響，從宏觀角度來做出判斷是很容易的，畢竟在強大的意識形態和國家機器面前，每一個個體都會被裹挾其中，無一例外。但是，我們需要細節，需要發現其中的複雜性，需要呈現他們被「召喚」的過程。

〔註1〕〔法〕阿爾都塞著，陳越譯：《哲學與政治：阿爾都塞讀本》，第284頁。

　　對 1949 年至 1976 年的文學出版與國家意識形態之間的關係，正是如此。作為文學出版的執行者和操作者，出版社無疑是一個最好的切入點。在所有出版社中，具有廣泛影響的、代表國家文學出版標準的人民文學出版社，無疑是最好的切入對象。在人民文學出版社保存的大量無人整理的檔案材料裏，可以發現作為出版機構是如何落實國家意識形態的要求，如何在國家意識形態的規範下開展工作的。從機構設置到工作機制，從編輯人員到校對人員，從出版到發行環節，每一個地方都體現出「政治掛帥」的主題。這從體制機制上保證了所有的出版物都是符合政治規範的，都是符合國家意識形態要求的。這些出版物從這裡送到每一個讀者手裏，影響了讀者的閱讀，把他們統一到國家意識形態要求的軌道中。

　　對於出版社的編輯來說，政治把關成為第一職責，他們工作的重點便是審讀圖書內容是否存在與國家意識形態不符的內容，如果出現就必須與作者進行溝通，要求作者加以修改，或者自己直接加以修改。同時，他們要對圖書內容進行分析，撰寫出版說明、內容簡介，確定「正確」解讀作品的方向。對於校對人員來說也是如此，他們不僅要對文字的是非負責，更重要的是要「查漏」，看作品是否存在編輯沒有發現的政治問題或錯誤。經過編輯、校對的把關，圖書開始印製發行，通過書店系統送到讀者手中。但根據不同圖書內容的限制，並不是所有的圖書都是公開發行的，還有部分圖書只是提供給專家學者閱讀或內部閱讀。圖書送到讀者手中，出版社還需要留意讀者的反饋，如果讀者發現圖書中的政治錯誤或導向問題，出版社會立即加以處理，或收回或銷毀。

　　對於中國現代文學作家作品的出版來說，它們的命運大體上是類似的。它們都需要經過國家意識形態的重新檢閱，需要修飾一番後才能以新的面貌面對讀者。不論是魯迅、茅盾、巴金，還是沈從文、豐子愷，他們的作品出版時都是如此。修改後的作品，在政治觀點和思想意識方面更加「純潔」，在文字內容、語言習慣更加符合意識形態的要求，同時還通過注釋的形式來引導讀者對它們的閱讀和理解，把讀者引導到意識形態的要求上來，它們成為意識形態「召喚」個體的重要工具。

　　隨著國家意識形態的變化，出書的範圍、修改的尺度、發行的範圍也會發生變化。但是，對出版社政治地位的強調、對編輯工作要求的確立，基本上是延續至今的。1979 年之後，隨著「文革」結束和改革開放的到來，國家

意識形態也在發生變化，它也在進行調整。上世紀八十年代，文學出版領域的開放，影響了整個社會的進程。破除思想上的禁錮，解放思想，在新的國家意識形態要求下，出現了傷痕文學、反思文學、改革文學。但意識形態調整的過程並非一帆風順，很多文學作品的出版充滿了爭議，如張潔的《沉重的翅膀》，張煒的長篇小說《古船》，陳忠實的《白鹿原》，它們出版的過程並非一帆風順，出版後也引起很多討論。

當然，我們已經經歷了改革開放，整個思想文化界都已經經歷了再次解放的過程，我們的文學出版已經不會像在政治運動頻繁的非正常狀態下做出種種極端的行為。但是，國家意識形態建構的要求仍然是存在的。時至今日，在面對涉及重大歷史問題、重要政治問題的文學作品時，作為文學出版工作者仍然需要以謹慎的態度加以對待。畢竟，我們還面臨著引導社會輿論、建構社會主義核心價值觀的工作要求，新的國家意識形態仍然在影響著作家的創作、作品的出版。

值得欣慰的是，我們當下的意識形態也在不斷調整，整個社會的思想文化已經走向包容，允許在堅持主流意識形態的前提下，做到「百花齊放、百家爭鳴」，歷史的進步是不會輕易摧毀的。

參考文獻

檔案資料

1. 人民文學出版社發稿檔案（1951～1966）。
2. 人民文學出版社會議記錄（1951～1966）。
3. 人民文學出版社年度工作總結（1951～1966）。
4. 人民文學出版社工作簡報（1951～1966）。
5. 人民文學出版社內部情況通報（1953～1958）。
6. 人民文學出版社編：《文學書刊介紹》（1953 年 5 月～1956 年）。
7. 人民文學出版社辦公室編：《人民文學出版社工作制度》（1961 年 3 月）。
8. 《外國文學出版工作十七年來兩條路線鬥爭大事記 1949～1965》（草稿），首都出版界革命造反總部、工代會人民文學出版社革命造反團編印，1967 年 8 月。
9. 文化部出版事業管理局辦公室編印：《出版工作文件選編（1949～1957）》（內部文件），1982 年 3 月。

作　品

1. 茅盾：《子夜》，人民文學出版社，1952 年 9 月第 1 版。
2. 巴金：《家》，人民文學出版社，1953 年 7 月第 1 版。
3. 葉聖陶：《倪煥之》，人民文學出版社，1953 年 9 月第 1 版。
4. 郁達夫：《郁達夫選集》，人民文學出版社，1954 年 11 月第 1 版。
5. 老舍：《駱駝祥子》，人民文學出版社，1955 年 1 月第 1 版。
6. 沈從文：《沈從文小說選集》，人民文學出版社，1957 年 11 月第 1 版。
7. 豐子愷：《緣緣堂隨筆》，人民文學出版社，1957 年 11 月第 1 版。

8. 錢鍾書選注：《宋詩選注》，人民文學出版社，1958 年 9 月北京第 1 版。

9. 李準：《李雙雙小傳》，作家出版社，1961 年 6 月第 1 版。

10. 巴金：《李大海》，人民文學出版社，1961 年 12 月第 1 版。

11. 郭沫若：《李白與杜甫》，人民文學出版社，1971 年 11 月第 1 版。

12. 郭沫若著、桑逢康校：《〈女神〉匯校本》，湖南人民出版社，1983 年 8 月第 1 版。

13. 馮雪峰：《雪峰文集》（1～4 卷），人民文學出版社，1983 年 1 月第 1 版。

14. 《中國新文學大系（1927～1937）》，上海文藝出版社，1984 年 5 月第 1 版。

15. 劉哲民：《鄭振鐸書簡》，學林出版社 1984 年 2 月第 1 版，第 182 頁。

16. 周揚：《周揚文集》，人民文學出版社，1990 年 9 月第 1 版。

17. 林樂齊、秦人路編：《王任叔雜文集》，生活·讀書·新知三聯書店，1997 年 8 月第 1 版。

18. 胡風：《胡風三十萬言書》，湖北人民出版社，2003 年 1 月第 1 版。

19. 聶紺弩：《聶紺弩全集》，武漢出版社，2004 年 2 月第 1 版。

20. 杜鵬程：《保衛延安》，2005 年 1 月版。

21. 《蕭乾文集》，湖北人民出版社，2005 年 10 月版。

22. 魯迅：《魯迅全集》，人民文學出版社，2005 年 11 月第 1 版。

23. 牛漢：《我仍在苦苦跋涉──漢自述》，何啟治、李晉西編撰，生活·讀書·新知三聯書店，2008 年 7 月第 1 版。

24. 沈從文：《沈從文全集》，北嶽文藝出版社，2009 年 9 月第 1 版。

25. 韋君宜：《韋君宜文集》，人民文學出版社，2013 年 4 月第 1 版。

26. 馮雪峰：《馮雪峰全集》，人民文學出版社，2016 年 11 月第 1 版。

專 著

1. 作家協會編：《中國作家協會第二次理事會會議（擴大）報告、發言集》，人民文學出版社，1956 年 6 月第 1 版。

2. 中華全國文學藝術工作者代表大會宣傳處編：《中華全國文學藝術工作者代表大會紀念文集》，新華書店，1950 年 5 月。

3. 秦兆陽：《文學探路集》，人民文學出版社，1984 年版。

4. 包子衍：《雪峰年譜》，上海文藝出版社，1985 年 7 月第 1 版。

5. 包子衍、袁紹發編：《回憶雪峰》，中國文史出版社，1986 年 7 月第 1 版。

6. 龔濟民、方仁念：《郭沫若傳》，北京十月文藝出版社，1988 年 2 月第 1 版。

7. 劉杲、石峰主編：《新中國出版五十年紀事》，新華出版社，1999 年 12 月第 1 版。

8. 《聶紺弩還活著》，人民文學出版社，1990 年 12 月第 1 版。

9. 李頻：《龍世輝的編輯生涯——從〈林海雪原〉到〈芙蓉鎮〉的編審歷程》，河南大學出版社，1992 年 10 月第 1 版。

10. 中國出版科學研究所等編：《中華人民共和國出版史料》（1～15），中國書籍出版社，1995 年至 2013 年。

11. 劉杲、石峰主編《新中國出版五十年紀事》，新華出版社，1999 年 12 月第 1 版。

12. 胡喬木：《胡喬木談新聞出版》，人民出版社，1999 年版。

13. 洪子誠編：《二十世紀中國小說理論資料·第五卷（1949～1976）》，北京大學出版社，1997 年 2 月第 1 版。

14. 洪子誠：《1956：百花時代》，石家莊：河北教育出版社，1998 年 1 月第 1 版。

15. 劉建軍：《單位中國》，天津：天津人民出版社，2000 年版。

16. 楊揚：《商務印書館：民間出版業的興衰》，上海教育出版社，2000 年版。

17. 於風政：《改造：1949～1957 年的知識分子》，河南人民出版社，2001 年 1 月第 1 版。

18. 上海魯迅紀念館編：《巴人先生紀念集》，人民文學出版社，2001 年 10 月第 1 版。

19. 丁玲：《丁玲全集》，河北人民出版社，2001 年 12 月第 1 版。

20. 包子衍、袁紹發、郭麗卿、王錫榮編：《馮雪峰紀念集》，人民文學出版社，2003 年 6 月第 1 版。

21. 馬嘶：《百年冷暖：二十世紀中國知識分子生活狀況》，北京圖書館出版社，2003 年 6 月第 1 版。

22. 賀桂梅：《轉折的時代——40～50 年代作家研究》，山東教育出版社，2003 年 12 月第 1 版。

23. 程光煒：《文化的轉軌——「魯郭茅巴老曹」在中國》，光明日報出版社，2004 年 1 月第 1 版。

24. 凌宇：《沈從文傳》，北京十月文藝出版社，2004 年 1 月版。

25. 黃開發：《文學之用——從啟蒙到革命》，北京十月文藝出版社，2004 年 11 月第 1 版。

26. 魯迅博物館編：《林辰紀念集》，人民文學出版社，2005 年 3 月第 1 版。

27. 賈振勇：《郭沫若的最後 29 年》，中國文史出版社，2005 年 8 月第 1 版。

28. 吳世勇編：《沈從文年譜》，天津人民出版社，2006 年 6 月第 1 版。

29. 陳改玲：《重建新文學史秩序》，人民文學出版社，2006 年 5 月第 1 版。

30. 陳明遠：《知識分子與人民幣時代》，2006 年 2 月第 1 版。

31. 吳俊、郭戰濤：《國家文學的想像和實踐──以〈人民文學〉為中心的考察》，上海古籍出版社，2007 年 6 月第 1 版。

32. 洪子誠：《中國當代文學史》（修訂版），北京大學出版社，2007 年 6 月第 2 版。

33. 王仰晨等著：《王仰晨編輯人生》，人民文學出版社，2007 年 11 月第 1 版。

34. 李潔非：《典型文壇》，湖北人民出版社，2008 年 8 月第 1 版。

35. 周曉風：《新中國文藝政策的文化闡釋》，中國社會科學出版社，2008 年 12 月第 1 版。

36. 止菴：《周作人傳》，山東畫報出版社，2009 年 1 月第 1 版。

37. 宋應離、劉小敏編：《親歷新中國出版六十年》，河南大學出版社，2009 年 10 月第 1 版。

38. 李輝：《胡風集團冤案始末》，人民日報出版社，2010 年 2 月第 2 版。

39. 屠岸：《生正逢時──屠岸自述》，何啟治、李晉西編撰，生活・讀書・新知三聯書店，2010 年 4 月第 1 版。

40. 蔡翔：《革命／敘述──中國社會主義文學──文化想像（1949～1966）》，北京大學出版社，2010 年 8 月第 1 版。

41. 陳徒手：《人有病，天知否──1949 年後中國文壇紀實》，人民文學出版社，2011 年 1 月第 2 版。

42. 孫玉明：《紅學：1954》，人民文學出版社，2011 年 1 月第 1 版。

43. 人民文學出版社編、王海波輯錄：《人民文學出版社六十年圖書總目（1951～2011）》，人民文學出版社，2011 年 3 月第 1 版。

44. 韋君宜等著：《懷念集》，人民文學出版社，2011 年 3 月第 1 版。

45. 蔡震：《郭沫若畫傳》，江蘇人民出版社，2011 年 3 月第 1 版。

46. 《王笠耘紀念集》，人民文學出版社，2011 年 4 月第 1 版。

47. 李潔非、楊劼：《共和國文學生產方式》，社會科學文獻出版社，2011 年 4 月第 1 版。

48. 張均：《中國當代文學制度研究（1949～1976）》，北京大學出版社，2011 年 4 月第 1 版。

49. 陳矩弘：《新中國出版史研究（1949～1956）》，上海交通大學出版社，2012 年 7 月第 1 版。

50. 武新軍：《意識形態結構與中國當代文學──〈文藝報〉（1949～1989）研究》，中國社會科學出版社，2012 年 10 月第 1 版。

51. 沈志華：《處在十字路口的選擇：1956～1957 年的中國》，廣東人民出版社，2013 年 2 月第 1 版。

52. 謝泳：《思想利器——當代中國研究的史料問題》，新星出版社，2013 年 4 月第 1 版。

53. 陳晉：《毛澤東文藝生涯》，人民文學出版社，2014 年 1 月第 1 版。

54. 張新穎：《沈從文的後半生》，廣西師範大學出版社，2014 年 6 月第 1 版。

55. 王蒙：《半生多事（自傳第一部 修訂版）》，人民文學出版社，2014 年 4 月第 1 版。

56. 李向東、王增如著：《丁玲傳》，中國大百科全書出版社，2015 年 5 月第 1 版。

57. 鄭異凡主編：《「灰皮書」：回憶與研究》，灕江出版社，2015 年 5 月第 1 版。

58. 王學泰：《清詞麗句細評量》，東方出版社，2015 年 7 月第 1 版。

59. 劉健：《「黃皮書」與 1968～1973 年北京地下詩歌研究》，北京外國語大學博士論文（2015 年）。

60. 人民文學出版社編輯部編：《凌雲健筆話書情》，人民文學出版社，2015 年 8 月第 1 版。

61. 鄧集田：《中國現代文學出版平臺（1902～1949）》，上海文藝出版社，2012 年 3 月版。

62. 〔法〕阿爾都塞著，陳越譯：《哲學與政治：阿爾都塞讀本》，吉林人民出版社，2011 年 1 月版。

63. 〔荷〕佛克馬：《中國文學與蘇聯影響（1956～1960）》，季進、聶友軍譯，北京大學出版社，2011 年 7 月第 1 版。

文 章

1. 《部隊文藝工作座談會紀要》：《人民日報》，1967 年 5 月 29 日。

2. 吳奚如：《郭沫若同志和黨的關係》，見《新文學史料》，1980 年第 2 期。

3. 鄭效洵：《最初十年間的人民文學出版社——憶馮雪峰、王任叔同志》，《新文學史料》，1992 年第 2 期。

4. 劉納：《重讀〈李白與杜甫〉》，《郭沫若學刊》，1992 年 12 月。

5. 陳晉《毛澤東指導編選〈不怕鬼的故事〉的前前後後》，《新華文摘》，1993 年 8 月。

6. 洪子誠：《關於五十至七十年代的中國文學》，《文學評論》，1996 年第 2 期。

7. 周汝昌：《李杜文章嗟謗傷》，《杜甫研究學刊》，1996 年第 4 期。

8. 陳改玲：《1952～1957 年人文版「現代作家選集」的出版》，《新文學史料》，2006 年第 1 期。

9. 張福生：《我瞭解的「黃皮書」出版始末》，《中華讀書報》，2006 年 8 月 23 日。

10. 方厚樞：《新中國中央級出版社 60 年變遷紀實》，《編輯之友》，2009 年 10 月 20 日。

11. 程振興：《被「注釋」的魯迅——以〈答徐懋庸並關於抗日統一戰線問題〉題注為中心》，《海南師範大學學報》（社會科學版），2014 年第 2 期。

12. 肖嚴、宋強：《上世紀五十年代「新文學選集」叢書出版略論》，《新文學史料》，2014 年 2 月。

13. 宋強：《孫繩武先生與外國文學圖書出版》，《出版廣角》，2015 年第 6 期。

14. 劉運峰：《1958 年版〈魯迅全集〉的編輯和出版》，《中國出版史研究》，2017 年第 3 期。

致　謝

　　這本書其實是我的博士論文。在學術上有所成就，是我上本科時就有的夢想。碩士畢業時，我的論文被評為優秀畢業論文（當時那一屆整個專業一共有兩篇），這讓我一直引以為豪，雖然畢業之後也不會再有多少人提起。終於有機會讀博士了，我感到興奮的同時更多的是心虛：時隔這麼多年，我還能寫出一篇優秀的論文嗎？我暗自下定決心，在拿到博士學位之前，絕不主動跟別人說我在攻讀博士學位，以免寫不出論文被人笑話。

　　2006 年 7 月，從北京師範大學碩士畢業後，我有幸到了人民文學出版社工作。在這個被很多人稱為文學殿堂的單位，一待就是 13 年。由於各種歷史機緣，造就了人民文學出版社在全國文學界、出版界舉足輕重的地位，迄今也仍然如此。在這裡工作是很愜意的，古今中外大量文學經典每天環繞著你，讓你感覺每一次呼吸都充滿幸福的味道；許許多多之前在書裏如雷貫耳的作家在這裡來來往往，讓你感覺自己的境界也瞬間得到提升。也正是在此時，我讀到了人民文學出版社前輩王培元老師寫的《在朝內 166 號與前輩魂靈相遇》，他對馮雪峰、聶紺弩、韋君宜、牛漢、綠原等前輩的描寫非常傳神，令人神往。2011 年，我還在總經理辦公室工作，為了籌備人民文學出版社 60 週年社慶活動，要策劃一個名人手跡展覽，我由此接觸到很多珍貴的發稿檔案。從此，我對人民文學出版社的歷史產生濃厚的興趣，黃開發老師、李怡老師都建議我要利用這個機會，好好看看材料，寫點文章。2013 年，社裏啟動「人民文學出版社口述歷史採訪計劃」，我參與採訪了牛漢、屠岸、文潔若、何啟治等老前輩，他們或嚴肅或風趣，對出版社的歷史如數家珍，這讓我對人民文學出版社歷史的興趣更加濃厚。何不利用人民文學出版社的資料寫一篇論

文？於是在這一年，我帶著這個學術構想，報考了黃開發老師的博士研究生。

在總經理辦公室工作期間，工作雖然繁雜，但事情並不算特別多，留給自己看書的時間相對來說比較寬裕。剛開始，我是想梳理一下人民文學出版社的歷史。於是找來各種與相關的歷史資料，同時查看了辦公室存放的大量早期檔案，整理了大量論文素材。這些素材之前並未有人關注，很珍貴，也很凌亂。如何將這些素材有機地串聯起來，充分吸納到論文中去，這是我一直思考的問題。在黃開發老師建議下，我選擇了以「文學出版與國家意識形態的建構」為博士論文題目，很快就寫了七八萬字。

本來以為可以按照已有節奏，搜集更多的素材，把論文慢慢寫好。連我自己都始料未及的是，2015 年 4 月，我從總經理辦公室被調到策劃部擔任部門主任。策劃部是負責全社圖書宣傳營銷工作的，是非常重要的業務部門。由於種種原因，策劃部之前的部門主任離職，急需有人接替。當時的策劃部，確實處在一個比較低落的時期，把我調過去工作也算是有點臨危受命的意思，所以我急切地想改變現狀。於是，我和部門同事們積極主動地策劃各種活動，積極開發自身的新媒體平臺。可以說，從那時開始到現在，過得都是「996」的日子（指工作時間為每天上午九點至晚上九點，一周工作六天），但是我沉浸其中樂在其中。也許對於任何事情，只要你全身心投入，就並不會感覺疲乏。然而，由於我的偏廢，論文被我擱置得太久，我甚至不敢面對它。面對黃開發老師時不時的提醒，我感到很慚愧，真是辜負了他對我的期望。一次又一次申請延期，我的內心焦灼不已。

2018 年，我下定決心要把論文寫完。在集中撰寫論文的時間，我經常一個人待在朝內大街 166 號。尤其是週末，對我來說非常寶貴，在出版社一待就是一天。寫得投入時，經常忘了吃東西，待到饑腸轆轆便急不可待地四處覓食。在緊張的集中寫作狀態下，終於完成了論文。

記得當年在北師大讀碩士期間，有一次在圖書館看書，聽到一位同學跟管理員說：「感謝你幫我找書，我會在論文後記裏感謝你的！」管理員聽了樂得哈哈笑。秀才人情薄如紙，後記裏感謝人家有什麼用呢？但是，我相信文字的力量，文字的感謝比口頭的感謝更莊重、更持久。今天，我也仍然要向當年那位校友一樣，在後記裏感謝幫助過我的人。雖然他們不一定看到，但這份心意我確實是有的。

首先要感謝黃開發和李怡老師，是他們激發了我讀博的興趣。要感謝黃

開發老師的耐心和信任，從開題報告到預答辯、到正式答辯的各個環節，黃老師都傾注了大量心血；對於生活，他總是不急不躁淡然處之，但對學術卻極其嚴肅認真，沒有黃老師做我的學術引路人，我就無法激發自己的潛能。要感謝李怡老師，我有幸和他結識多年，他對學生總是無私地提供幫助，創造良好的學術環境。其次，要感謝曾在論文構思、開題、預答辯、正式答辯中給予我幫助的各位老師，他們是鄒紅、劉勇、錢振綱、孫郁、楊聯芬、沈慶利、張清華、孟繁華、張檸、王家平、姜異新等老師。還要感謝我的同學陳濤，在寫論文的過程中，我們是一對「難兄難弟」；感謝我同級的同學李俊傑、妥佳寧，與他們一起參加李怡老師組織的讀書討論會，讓我收穫很大。第三，要感謝人民文學出版社的領導給予我的幫助，管士光、臧永清、張賢明、周絢隆等都曾對我讀博表示過關心；周絢隆老師當時還專門給管士光社長打電話，為我爭取機會，他像兄長一樣給予我各種幫助和提醒，讓我終身難忘。要感謝前輩何啟治、王培元、張福生、郭娟、謝施基等老師，他們為我的論文寫作提供了很多幫助；感謝我的同事劉曉強，他幫我把論文從頭至尾校對通讀一遍，提出了很多文字問題。最後，要感謝我的愛人肖嚴，她 2014 年博士畢業於中國人民大學，有著博士論文寫作過程中的經驗和教訓，在我感覺氣餒的時候，她經常給我有針對性的鼓勵。尤其值得銘記的是，在讀博期間，女兒宋益臻出生了，我希望能成為她讀書的榜樣。

如果處理得當，工作與讀書完全可以相得益彰。然而，由於我的疏懶和懈怠，沒有將兩者很好地結合，我的博士論文也留下了諸多遺憾。此次出版，得益於李怡老師的鼓勵，本來想借機再做修改，無奈瑣事纏身，終究沒有進行完善。這些遺憾，只能留待日後加以彌補了。

宋　強

2020 年 3 月 18 日於北京芳草地西街